Un ennemi si charmant

Nouveau départ pour Taryn

MAISEY YATES

Un ennemi si charmant

Traduction française de
SOPHIA LIBRET

PASSIONS

HARLEQUIN

Collection : PASSIONS

Titre original :
RANCHER'S FORGOTTEN RIVAL

HARPERCOLLINS FRANCE
83-85, boulevard Vincent-Auriol, 75646 PARIS CEDEX 13
Service Lectrices — Tél. : 01 45 82 47 47 - www.harlequin.fr
ISBN 978-2-2804-8770-2 — ISSN 1950-2761

Composé et édité par HarperCollins France.
Imprimé en juin 2023 par CPI Black Print (Barcelone)
en utilisant 100% d'électricité renouvelable.
Dépôt légal : juillet 2023.

FSC
www.fsc.org
MIXTE
Papier issu de sources responsables
FSC® C159065

Pour limiter l'empreinte environnementale de ses livres, HarperCollins France s'engage à n'utiliser que du papier fabriqué à partir de bois provenant de forêts gérées durablement et de manière responsable.

Les légendes de Lone Rock

C'est à Lone Rock que la famille Sohappy a ses racines, des racines si anciennes qu'elles précèdent l'arrivée du premier colon européen en Amérique du Nord. Le ranch fait partie de son héritage familial. Transmis de génération en génération, de père en fils, il a survécu aux inondations, aux famines et aux périls engendrés par la vie moderne.

En 1955, n'ayant aucun fils à qui léguer ses terres, Casper Sohappy confia sa propriété à son gendre. Selon la légende familiale, ce dernier appartenait à une famille installée depuis fort longtemps elle aussi en ces lieux. Un soir, il se rendit au bar local. Les détails précis entourant cette soirée restent un mystère, mais le gendre se réveilla le lendemain avec une gueule de bois et un morceau de papier indiquant qu'il avait perdu l'étendue de terre située entre le Ranch Sohappy et Evergreen Ranch. En outre des droits essentiels en matière d'usage de l'eau avaient été accordés à la famille Carson, propriétaire d'Evergreen Ranch.

Depuis lors, la famille Sohappy et la famille Carson se querellent.

Lorsque le gendre mourut, son fils fit le serment que la terre des Sohappy ne serait jamais plus léguée à quelqu'un d'un autre sang que celui de leur famille.

Il jura également de veiller à ce que les Carson payent pour leur faute. La haine entre les familles commença à se faire plus profonde que les liens ancestraux à la terre ne pourraient jamais l'être.

- 1 -

Chance Carson n'avait pas à se plaindre de son sort.

Enfin, bien sûr, il aurait pu trouver des raisons d'être insatisfait. Mais en chercher n'était pas dans son tempérament. Pour lui, chaque jour était un cadeau.

Ajoutez à cela le fait qu'il travaillait avec ses frères et pouvait s'éclipser comme bon lui semblait pour participer à des compétitions de rodéo, et le tableau était complet pour qu'il ait le sentiment de vivre un rêve.

Bon sang, il était normal qu'il s'en réjouisse, pas vrai ?

Il savait combien la vie était fragile et quel drame représentait la perte d'un être disparu trop tôt. Cette terrible injustice causait un chagrin bien particulier qui vous changeait irrémédiablement.

— Tu as l'air content de toi, lui lança son frère Boone depuis sa monture, un sourire goguenard sur les lèvres.

Cinq des frères Carson se trouvaient à l'extérieur, occupés à parcourir les pâturages à cheval en quête de bêtes restées à l'arrière du troupeau.

Ils possédaient le plus grand ranch de Lone Rock, dans l'Oregon.

Evergreen Ranch appartenait à leur famille depuis des générations, mais il s'était résumé à une étendue de terre nue jusqu'à ce que leur père ait fait fortune dans l'univers du rodéo. Il s'agissait désormais d'un prospère élevage de bétail agrémenté de luxueuses demeures réparties au sein d'une nature à la beauté sauvage. Tout cela grâce à leur statut de premier plan sur le circuit des rodéos. Ils participaient aux compétitions et travaillaient ensemble. Ils vivaient même quasiment ensemble, étant donné que la plupart d'entre eux possédaient leur résidence sur le ranch.

Le rodéo, toutefois, ne les avait pas toujours rapprochés.

Il avait même failli amener leur sœur, Callie, à rompre avec leur famille, elle qui œuvrait pour que les femmes puissent monter comme les hommes des chevaux sauvages.

Chance appuyait son initiative.

Enfin, disons plutôt que l'idée générale ne lui déplaisait pas. Il n'avait rien contre une petite pointe de féminisme. Comme tout le monde, non ?

Pour le moment, les frères ne se trouvaient plus sur le circuit, la saison ayant pris fin, et ils passaient du temps sur le ranch, ce qui leur offrait un peu plus de proximité qu'à l'accoutumée.

Flint, Jace, Kit, Boone et lui-même, réunis comme au temps de leur enfance.

Enfin, presque.

Sophie n'était plus là, et il était impossible de la faire revenir, une douleur avec laquelle Chance avait dû trouver le moyen de composer. Il fallait apprendre à vivre avec le chagrin pour pouvoir continuer à avancer, on ne pouvait pas simplement « s'en remettre » comme pensaient certains.

Et puis, il manquait aussi son frère Buck. Mais c'était lui qui avait décidé de ne pas être parmi eux.

Être un prodige au sein de la famille Carson – qui

regorgeait de canailles peu recommandables – n'était pas facile. Mais Buck avait réussi à faire face.

Chance, toutefois, avait décidé de se concentrer sur ce qu'il avait, non sur ce qui lui manquait.

Et de profiter du moment présent sachant que dès le jour suivant il aurait à s'absenter temporairement en vue de l'achat de têtes de bétail.

— Oui, je suis content, c'est vrai, répondit Chance à son frère, en ignorant la note de sarcasme de sa question. C'est encore une belle journée qui commence.

— Espèce de crétin, lui lança Flint sur le ton franc de leurs habituelles chamailleries.

— Non, tu te trompes, répliqua Chance. Dis plutôt que je suis le fumier le plus joyeux des environs, ce serait plus juste. Quoi qu'il en soit, je profite simplement du moment présent. Je m'en vais demain donc ne t'inquiète pas, je ne vais pas tarder à débarrasser le plancher.

— Ah oui, c'est vrai. Encore des vaches à acheter, intervint Jace, sans enthousiasme.

— C'est notre boulot, dit Chance.

— Ouais, tu n'as pas tort, répliqua Flint.

— Auras-tu le temps de venir au bar ce soir ? demanda Jace. Cara a reçu une nouvelle bière et elle se demandait si nous ne pourrions pas tous venir la goûter.

— Ça ne me déplairait pas de goûter la bière de Cara, c'est sûr, dit Kit avec un petit sourire entendu.

Jace lui lança aussitôt un regard assassin. Cara était sa meilleure amie et seulement son *amie*. Tout homme désirant un autre type de relation avec elle pouvait bien aller au diable. En particulier s'il s'agissait de l'un de ses frères. Non pas, se disait Chance, parce que Jace était jaloux, mais parce qu'il connaissait la vérité à leur propos, à savoir qu'ils étaient tous à la fois dénués de scrupules et allergiques à tout engagement sentimental.

— Où devons-nous amener le bétail ? questionna Boone.

— Tu sais bien où nous devons le conduire, rétorqua Chance.

— Je posais simplement la question, parce que j'essayais de m'imaginer combien de temps s'écoulerait avant que l'une des sœurs Sohappy bondisse sur moi.

— Eh bien, Boone, répondit Chance, je pense que tu sais que Jade et Shelby le feront dès que nous apparaîtrons.

— Ce n'est qu'un peu plus d'un mètre de clôture pourtant, nota Boone d'un ton amer.

— Aucune importance, constata Chance. Elle pense que notre arrière-arrière-grand-père a dupé le sien en lui faisant parier ce terrain au poker en profitant de son ivresse et elle s'en prend à moi à ce sujet dès qu'elle me voit. Et cette querelle remonte maintenant à… oh, trois générations, c'est bien ça ? Mais je ne vais pas déplacer cette fichue clôture. Ni la laisser me harceler pour que je lui cède quelque chose simplement à cause d'une histoire à dormir debout transmise dans nos familles depuis des années.

— Tu oublies que la taille de la parcelle en question diffère selon les versions. Qu'il est question d'un peu plus d'un mètre selon l'une d'elles et de près d'un kilomètre selon l'autre et que nous devons en outre supporter des accusations de sabotage, de vol de bétail et tout un tas d'autres stupidités, intervint Kit.

— Si la question la perturbe, ce n'est pas mon problème. Si Jade veut essayer de prouver a posteriori que son arrière-arrière-grand-père n'était pas apte à céder le terrain, ça la regarde, elle n'a qu'à le faire.

— *Jade ?* s'étonna Boone. Je croyais que nous parlions des deux sœurs Sohappy. Étrange qu'il ne soit plus question que de l'une des deux à présent.

Chance se sentit mal à l'aise. Son frère aimait le taquiner, clamant qu'il y avait plus qu'un simple sentiment de colère entre lui et Jade. Mais il se trompait. Bien sûr, elle était très belle. Les deux sœurs Sohappy l'étaient. Mais pour ce qui le concernait, ils ne les avaient jamais vues sourire. Du moins quand elles s'adressaient à lui.

Les femmes aimaient Chance. C'était un tombeur. Il aimait les femmes lui aussi, tant que la relation qu'il nouait avec elles était simple et uniquement charnelle.

Mais Shelby et Jade Sohappy ne le portaient pas dans leur cœur. Jade tout particulièrement.

Bon sang, c'était vrai, Jade était splendide.

Longs cheveux noirs, yeux d'un brun chocolat profond, peau soyeuse à la superbe teinte brun doré, pommettes hautes…

Quel dommage qu'elle soit dotée d'une telle personnalité !

Elle avait agi en méchant petit scorpion depuis le temps de l'école. Ce n'était pas simple malveillance que de parler ainsi d'elle : elle avait bel et bien mis un jour l'une de ces sales bêtes dans son sac à dos quand elle n'avait que dix ans et lui douze.

C'était bien simple, elle l'avait détesté depuis l'instant où la famille de Chance s'était installée sur le ranch après le décès de son grand-père, l'année de ses dix ans, et ce uniquement parce qu'il était un Carson.

S'il avait parfois répondu de la même façon à ses

provocations, qui pouvait le lui reprocher ? Et s'il avait un jour gagné Jade aux enchères à l'occasion d'un événement caritatif et l'avait utilisée pour effectuer des tâches subalternes au ranch et porter ses livres au lycée, là encore, qui pouvait le blâmer ?

Eh bien, elle, c'était certain, était en droit de le faire. Et elle ne s'en privait pas. Mais là n'était pas la question.

Il n'hésiterait pas toutefois à agir de nouveau de la sorte.

Il aimait se disputer avec elle, même s'il avait tout autant envie de lui dire de le laisser tranquille et de l'oublier pour toujours.

C'était comme une maladie incurable ou comme cette irrépressible envie enfantine de tirer sur les tresses d'une petite fille, dans un sens.

Sauf que les autres sentiments qu'il éprouvait à son égard n'avaient absolument rien d'enfantin.

— La situation est toujours explosive, c'est vrai, ajouta Boone.

— Tu sais, dit Chance, j'aimerais au moins que l'un des membres de cette famille demande ce changement de limite gentiment.

— Et, moi, j'adorerais être là quand tu exposeras ce point de vue à Jade, répliqua Flint.

— Quoi qu'il en soit, Jade Sohappy et son comportement déplorable ne sont pas mon problème. Même s'il semble que je sois toujours le destinataire principal de sa colère.

C'était presque comme si elle aimait s'en prendre à lui. Il suffisait qu'elle le voie pour que jaillissent ses remarques acerbes.

— Alors, tu viendras boire un verre plus tard ? questionna Boone.

— Non. Je compte me coucher pour pouvoir prendre la route tôt demain matin.

Une fois leur travail achevé, ses frères reprirent tranquillement le chemin les ramenant au ranch. Sans savoir pourquoi, Chance, lui, se retrouva à chevaucher en direction de la ligne de clôture, vers l'endroit de la propriété qui bordait les terres du ranch de la famille Sohappy.

C'était dommage, vraiment.

Dommage qu'il n'ait pas vu le crotale. Dommage que sa monture ait paniqué et l'ait projeté au sol avant de s'enfuir. Et dommage qu'au moment de sa chute sa tête ait directement percuté un rocher.

Il pleuvait. La visibilité sur la route était tout simplement exécrable. Jade s'attendait à devoir réceptionner des appels durant la soirée. Lorsque la météo prenait cette tournure, des accidents survenaient inévitablement sur ces routes de campagne battues par les vents. Elle n'était toutefois pas supposée être de service durant la soirée, elle qui venait d'effectuer douze heures de labeur d'affilée.

Elle se sentait épuisée. Ou peut-être tout simplement morose.

C'était sans doute à cause de ce satané Chance Carson. Les Carson étaient de manière générale de véritables casse-pieds, mais Chance en particulier lui tapait sur les nerfs depuis des années. Depuis le temps de l'école, chaque fois que leurs chemins s'étaient croisés… les choses s'étaient mal passées entre eux.

Et puis il y avait tout ce poids engendré par la querelle opposant leurs deux familles.

Ses parents lui disaient qu'elle réagissait de façon excessive au sujet de l'emplacement de la limite entre leurs deux terrains, mais cette question était cruciale à ses yeux. Et à ceux de son grand-père, qu'elle avait toujours vu détester les Carson, et lui avait narré comment ils avaient entrepris de porter atteinte à la famille Sohappy depuis toujours. Et principalement comment l'arrière-arrière-grand-père de Chance avait fait boire plus que de raison son propre arrière-arrière-grand-père, et l'avait dupé en l'amenant à parier une parcelle du ranch lors d'une partie de cartes.

D'après la légende, l'homme avait triché et ravi une précieuse partie du ranch Sohappy, sans rien donner en échange.

— *Ton père n'aime pas cette terre, pas comme toi tu l'aimes. Je n'ai pas de petit-fils. Tu es l'aînée de cette génération. C'est à toi que reviendra le ranch, Jade.*

— *Mais Shelby va se marier. Son mari Chuck ne devrait-il pas…*

— *Tu sais ce qui s'est passé. Lorsqu'il a été jugé préférable de transmettre notre ranch à un homme qui n'était pas de notre sang plutôt qu'à quelqu'un de notre lignée. Ce doit être toi, l'héritière du domaine. Tu devras en prendre soin comme s'il s'agissait de ton propre enfant.*

Ainsi Jade avait-elle décidé, à l'âge de dix-sept ans, qu'elle resterait au ranch pour reprendre le flambeau de l'héritage familial. Elle avait réenvisagé la moindre des ambitions qu'elle avait eues quant à son avenir. Cela n'avait pas été difficile, à vrai dire, de renoncer à des idées utopiques telles que son projet d'intégrer la faculté de médecine. Pas difficile de faire comme si ce rêve n'avait jamais eu de réelle importance à ses yeux.

Elle s'était donc dès lors investie dans Lone Rock. Dans le ranch.

Elle faisait partie à présent des éleveurs fréquentant le bar local, le Thirsty Mule, passant du temps avec des cow-boys et leur racontant toutes sortes de fables, accoudée au comptoir. Elle avait gagné cette place. Elle était capable de castrer des veaux et de déplacer un troupeau avec les meilleurs d'entre eux, et pouvait tenir l'alcool mieux que la plupart d'entre eux.

Elle travaillait dur et ne se laissait pas raconter d'histoires. Elle avait bâti une vie dont elle était fière et avait pris un emploi de secouriste pour payer ses factures et satisfaire, à sa façon, ce goût qui lui était resté pour la santé et la médecine.

À présent, elle avait réfléchi à de nouveaux moyens pour développer le ranch et en faire une entreprise plus lucrative.

Un élevage d'équidés et une pension pour chevaux, c'était cela son projet. Car si elle appréciait le travail sur le ranch de manière générale, les chevaux étaient sa véritable passion.

Ainsi si elle créait cette pension et que les gens payaient pour lui confier leurs bêtes, elle n'aurait plus à cumuler deux emplois.

Elle devait payer pour pratiquer l'élevage, et ce, grâce à son dur labeur, car tout ce que possédait sa famille était cette terre.

Son père n'était pas investi dans cette terre comme elle. Elle comptait à ses yeux, certes, mais c'était à ses affaires, à sa carrière, qu'il consacrait son temps.

C'était pourquoi Jade avait renoncé à partir, à entreprendre les études dont elle rêvait. Il n'aurait pas été possible qu'elle étudie et travaille en même temps.

Elle s'était donc mise à l'œuvre et s'était concentrée sur ce qu'elle pourrait faire. Elle avait depuis imaginé un projet pour le ranch qui l'enthousiasmait, la rendait heureuse.

Et elle allait parfaitement bien. Elle ne souhaitait même pas que la situation soit différente.

Peut-être ne faut-il pas que tu réfléchisses trop à tout cela quand tu es mécontente et mal réveillée, ma belle.

Oui, c'était certainement une bonne idée.

La piste menant à son chalet était désormais boueuse, et le constater lui arracha une grimace de contrariété. Lorsque ses phares balayèrent le sol au moment de négocier un virage, elle crut d'abord que son épuisement était la cause de l'image qui se forma devant ses yeux.

On aurait dit un corps. Là, étendu de tout son long, dans le champ.

Elle freina brusquement pour arrêter son pick-up et fixa la silhouette immobile.

Oui. La pluie ruisselait sur ce qui était sans nul doute une forme masculine.

Que s'était-il donc passé ?

Jade jeta des regards autour d'elle pour évaluer le niveau de risque de la situation. Si quelque chose avait blessé ou tué cet homme, elle n'avait aucune envie de jouer le rôle de la prochaine victime.

Puis, ne détectant rien de particulier, elle quitta son

véhicule pour courir vers la forme allongée. Son cœur bondit alors dans sa poitrine.

C'était Chance.

Chance Carson.

Elle s'agenouilla près de lui et tenta de sentir son pouls. Par chance, elle perçut bientôt sous ses doigts une légère pulsation. Il avait beau la rendre folle, elle n'avait pas envie qu'il meure. Tout du moins, pas sur la frontière entre les terres des Carson et celles des Sohappy. Voilà qui serait terriblement gênant.

Appeler quelqu'un n'était pas envisageable dans cet endroit, faute de réseau pour utiliser un portable.

Mais elle avait son pick-up.

Elle fit basculer légèrement le corps de Chance sur un côté et effectua une rapide évaluation de son état. Il n'y avait visiblement pas de lésions au niveau de sa colonne vertébrale. Mais il était dehors, dans le froid. Que faisait-il là de toute façon ?

Songeant qu'elle disposait de matériel médical, elle rejoignit la route en courant, grimpa dans son pick-up et l'approcha aussi près que possible du corps inanimé. Chance ne s'éveillait toujours pas.

Mince.

Après avoir sorti la civière conservée à l'arrière de sa voiture, elle fit rouler Chance dessus, au prix d'un immense effort, le sangla et réussit à faire basculer le brancard sur le plateau du véhicule après l'avoir appuyé contre le hayon.

— Désolée, lança-t-elle, en refermant le hayon d'un coup sec.

L'était-elle réellement ? Pas certain. Enfin, elle était désolée qu'il soit blessé, quoi qu'il en soit.

Son chalet était l'endroit le plus proche où elle pourrait le sécher, le réchauffer et l'examiner. Elle disposait de compétences médicales après tout, et il n'était pas la première victime de blessure à la tête qu'elle rencontrait.

La route menant au chalet était cahoteuse, et chaque passage sur un nids-de-poule lui arrachait une grimace. Elle n'avait vraiment pas envie de *tuer* Chance Carson. Lui pourrait le penser, bien sûr, mais même elle n'était pas aussi mesquine. Finalement la terre n'était que la terre, elle valait moins qu'une vie humaine.

Même si personne ne provoquait en elle de colères plus vives, de réactions plus viscérales.

Elle ne réalisa combien elle était tendue – le poids de la responsabilité, sans doute – qu'au moment où son petit chalet apparut. Alors une vive détente gagna ses épaules.

Elle s'approcha autant que possible de la porte d'entrée et se sentit écrasée par la perspective de la tâche qui l'attendait en voyant, une fois le hayon de nouveau ouvert, la masse inerte toujours étendue sur la civière.

Elle fit rouler ses épaules comme pour se préparer à l'action, puis saisit l'extrémité du brancard, faisant de son mieux pour l'abaisser doucement vers le sol puis l'amenant à sortir comme elle l'avait fait entrer. Puis elle traîna la charge, lui fit gravir les marches du perron, lentement, méthodiquement, en prenant soin de ne pas secouer le corps.

Elle amena enfin Chance jusqu'au salon, retira les coussins du canapé et les étala sur le sol. Elle le détacha de la civière et le fit rouler sur les coussins.

Un grognement résonna alors dans la gorge de l'homme.

Eh bien, il s'agissait au moins d'un signe de vie.

Les vêtements du cow-boy étaient détrempés, mais il était hors de question pour elle de le déshabiller. Impossible. Il y avait des limites à ce qu'elle se sentait prête à faire.

Les battements de son cœur se mirent toutefois à résonner puissamment dans sa gorge.

Qu'elle ait rêvé en une ou deux occasions à quoi cela pourrait ressembler d'arracher les vêtements de Chance Carson au terme d'une dispute stimulante ne trahissait en rien un désir sincère. Ce n'était qu'une divagation de son subconscient. Rien de plus.

S'agenouillant près de lui, Jade souleva l'une des paupières de Chance et éclaira sa pupille avec une torche avant d'examiner son autre œil.

— Tu souffres d'une commotion cérébrale. J'en suis désolée pour toi, mon vieux.

Elle allait devoir surveiller son état. Du moins, il faudrait bien que *quelqu'un* s'en charge.

Elle pourrait le conduire à l'hôpital…

Subitement une main puissante agrippa son poignet.

— Que se passe-t-il ?

Sa voix était éraillée et dure. Elle se sentit soudain… brûlante.

Son cœur semblait bondir dans sa poitrine. Jamais il ne l'avait touchée auparavant. Prise d'une panique subite, elle s'écarta vivement, libérant son poignet, mais le contact des doigts du cow-boy restait comme imprimé sur sa peau.

— Où suis-je ? demanda Chance

— Tu es chez moi. Je t'ai trouvé dans un champ. Peux-tu me dire ce qu'il s'est passé ?

— Aucune idée.

— Tu l'ignores vraiment ?

— Oui.

— Ce n'est pas important. Vois-tu correctement ?

Elle déplaça son doigt levé de sa gauche à sa droite et observa le regard de Chance suivre le mouvement.

— Tout semble normal. Tu ne vois pas double, tu es sûr ?

— Non.

— Tu as cogné ta tête, c'est certain. J'essaye de savoir à quel point ton état est sérieux.

— Es-tu médecin ?

— Non, secouriste…

Il le savait, pourtant. Chance Carson savait qu'elle était secouriste. Tout le monde le savait.

— Sais-tu qui je suis ? tenta Jade.

— Non, pas du tout. Je suis censé te connaître ?

Oh. Très bien. Bon sang. Chance Carson ne savait pas qui elle était.

— Jade, articula-t-elle lentement. Jade Sohappy.

— Ce nom ne me dit rien. Désolé.

— Et toi, comment t'appelles-tu ?

— Euh… Aucune idée, dit-il en plissant le front.

Il ne connaissait pas son nom ? Jade avait du mal à le croire. Il pourrait mentir, bien sûr. Mais quelle en serait la raison ? Pourtant comment pouvait-on jamais savoir avec un Carson ?

Toute l'histoire de sa famille n'était-elle pas la preuve de leur duplicité ?

S'il mentait, elle n'allait pas lui donner la satisfaction de le laisser lui jouer un tour. Elle…

Elle se retint au dernier instant d'ouvrir la bouche.

S'il mentait, il pourrait être amusant de se prêter à

sa ruse, de voir combien de temps il mettrait à montrer son vrai visage.

Et si tel n'était pas le cas ?

Elle repensa à l'humiliation qu'elle avait ressentie quand il l'avait fait travailler sur son ranch. À toutes les insultes échangées au fil des ans, à tout ce qui avait marqué leur relation.

Elle le surveillerait durant la soirée et s'assurerait que son état ne prenne pas un tour fatal. Elle était plus que qualifiée pour surveiller un homme blessé à la tête. Elle savait également que si sa chute avait véritablement causé une perte de mémoire temporaire, la situation reviendrait rapidement à la normale. En outre, il ne fallait pas ensevelir les gens sous une montagne d'informations alors que leur esprit était affairé à retrouver son fonctionnement normal.

Qu'y aurait-il de mal à ce qu'elle lui enseigne quelques petites leçons pendant ce temps-là ?

— Tu ne te souviens pas de ton nom ? insista-t-elle.

— Non, répondit-il, le regard vide. Je ne me rappelle rien.

- 2 -

C'était ce qu'il y avait de plus étrange, et il n'en avait pris conscience qu'au moment où son adorable petite sauveuse lui avait posé la question.

Comment t'appelles-tu ?

Il ignorait la réponse à cette question. Par réflexe, il porta sa main vers la poche arrière de son jean et découvrit qu'il n'avait pas de portefeuille – et donc pas de pièce d'identité – avec lui.

— Tu n'arrives pas à te souvenir ? insista-t-elle.

Son regard sombre était intense, et il ne réussissait pas à le déchiffrer.

— Non.

Sa tête lui faisait un mal de chien, c'était là une certitude.

— Chance, dit-elle. Tu ne le sais pas ?

— Chance, répéta-t-il. Ce n'est pas un prénom.

— Si, c'en est un. C'est le tien.

— Oh.

Il sonda ses pensées pour voir si ce nom évoquait quelque chose. En vain.

— Eh bien, tu me connais apparemment. Alors, qui suis-je ? questionna-t-il.

— Tu… tu travailles pour moi… ici.

L'homme laissa l'idée cheminer dans son esprit.

— OK.
— Cela ne t'évoque rien ?
— Non.
— Tu es… un cow-boy.
Voilà une pensée qui convenait à Chance. Elle n'éveillait aucun souvenir mais elle ne lui était pas désagréable.
Apparemment il travaillait sur le ranch même de cette femme.
Il ignorait qui elle était, mais il était convaincu, malgré son absence de mémoire, qu'il s'agissait de la plus belle créature qu'il ait jamais vue.
Mais c'était plus que sa beauté qui le bouleversait. Le sentiment qu'il éprouvait était profond.
Il aurait pu jurer qu'elle comptait à ses yeux. Qu'elle était la femme qui occupait ses pensées et nourrissait ses fantasmes.
— Un garçon de ranch, dit-il.
— Oui, en quelque sorte. Mais tu sais, il t'est arrivé certains… problèmes dernièrement et…
— Des problèmes ?
— Je préférerais ne pas t'éprouver, Chance.
— Tu préférerais…
— Tu as une blessure à la tête, finit-elle par articuler lentement. Mais je ne crois pas que tu aies besoin de points de suture.
— D'accord.
Il frotta l'arrière de son crâne et sentit sous ses doigts une croûte de sang séché.
— Eh bien, c'est vraiment étrange. Pourquoi suis-je capable de me souvenir… de comment parler ? Mais incapable de me rappeler qui je suis.
— Je sais que la situation est parfois complexe avec

les blessures à la tête. Je ne peux pas vraiment en dire plus sur ton état car je n'ai jamais rencontré de personne amnésique…

— Je ne souffre pas d'amnésie.

— Je crois que si.

Une certitude frappa alors l'esprit de Chance : il n'était pas le genre d'homme habitué à ne pas être en pleine possession de ses moyens, à ne pas avoir le contrôle des situations.

— Je pourrais te conduire jusqu'à l'hôpital…, reprit Jade.

— Non, asséna-t-il.

— Non ?

— Non. Je n'ai envie d'aller nulle part. Je ne suis pas… Je ne vais pas mourir.

— Non. Et j'ai… Écoute, tu as vraiment besoin que quelqu'un reste avec toi. Tu ne peux pas rentrer chez toi et dormir seul.

Chance sentit qu'un feu s'allumait dans ses veines, et il se demanda alors… s'il y avait quelque chose entre lui et Jade.

C'était tout à fait possible, si l'on considérait la façon dont elle suscitait une si intense réaction en lui alors même qu'il se trouvait en si piteux état.

— Je vais te veiller.

— Serais-je seul si tu n'étais pas là ?

— Ta vie personnelle ne me concerne pas mais tu vis seul en effet.

— Entendu, répondit Chance.

Ainsi ils n'étaient pas un couple ? L'avaient-ils été ? L'avait-il touchée ? Embrassée ? Serrée nue entre ses bras ?

Cette pensée propulsa une onde de chaleur à travers tout son corps.

Mais peut-être tout était-il dû au simple fait qu'elle soit sa… patronne. Bien que cette idée soit étrange, car il n'avait pas l'impression d'être homme à avoir un supérieur.

— Tu devrais sans doute essayer de rester éveillé, dit-elle.

— Je suis si fatigué, répondit-il.

Il sentit qu'admettre sa vulnérabilité le dérangeait.

— Je vais préparer de quoi manger. Il faut que tu sois en mesure de te mettre en position assise dès que possible. Tu as un traumatisme crânien et je n'ai pas envie que la situation tourne mal.

— Puis-je t'aider ?

— Non, c'est inutile. Je vais te préparer du pain frit. J'ai de la pâte déjà prête.

Jade sortit un bol du frigo et versa de l'huile dans une grande poêle.

Curieusement Chance avait l'impression qu'elle s'activait dans la cuisine pour s'empêcher d'avoir à poser les yeux sur lui.

Il la vit prendre un petit ustensile en bois et former des boules de pâte qu'elle jeta dans l'huile chaude.

Ses mouvements étaient agiles et rapides et bientôt une délicieuse odeur emplit la pièce. L'estomac de Chance se mit à gronder.

Quelques instants plus tard, Jade plaça les pains à la croûte luisante et dorée sur une assiette et les saupoudra de sucre.

— Comme tu es blessé à la tête, je ne te servirai pas d'alcool.

— Eh bien, je ne sais même pas si j'ai envie d'alcool.

Une intense frustration commençait à enfler en lui. Trop de questions se bousculaient dans son esprit.

— Je t'apporterai un soda. Mon grand-père paternel appelait ça un « pop », mais je ne sais pas grand-chose à son sujet à part qu'il a eu plusieurs épouses. Je connais surtout la famille de ma mère. Elle possède cette terre depuis des générations.

— C'est un ranch familial dans ce cas ?

— Oui. C'est très important pour nous.

Les mots semblaient lourds de sens et Chance ne pouvait déterminer pourquoi.

— Travailles-tu sur le ranch ou n'es-tu que secouriste ?

Jade éclata d'un rire franc.

— « Que » secouriste ? Je vais me montrer indulgente envers toi, mais seulement parce que tu viens de te cogner la tête.

— Ce n'est pas ce que je voulais dire, désolé. C'est que… Comment trouves-tu le temps pour cette activité ?

— On trouve le temps pour faire ce qui doit être fait.

Chance n'avait nulle peine à le croire.

Elle vint se placer près de lui, sur le sol, avec une bouteille de soda et une assiette débordant de pain frit.

— Tu dois absolument t'asseoir pour manger, dit-elle en lui attrapant la main pour l'aider à se relever.

Peut-être aurait-il dû se sentir gêné d'avoir besoin de son aide. Mais la seule pensée qui occupait son esprit en cet instant était combien l'étonnait la douceur des mains de cette femme, elle qui de toute évidence travaillait dur.

C'était une douceur surprenante.

Voilà ce dont il se souviendrait.

Mais se le rappellerait-il vraiment ? Ou bien tout s'effacerait-il de son esprit quand sa mémoire reviendrait ?

— Je travaille ici depuis longtemps ? demanda-t-il.

— Huit mois.

— Entendu. Sais-tu d'où je viens ?

— En toute honnêteté, pas vraiment. Tu n'as jamais livré beaucoup d'informations te concernant. Je sais simplement que tu traversais une période difficile. Et nous… nous t'avons donné beaucoup à faire. De quoi occuper ton esprit. Pour t'offrir une sorte de nouveau départ, j'imagine.

— C'est très aimable de votre part.

— En effet.

Il ignorait la raison pour laquelle il avait besoin d'un nouveau départ. C'était très troublant. Les explications pouvaient être infinies. Quel homme était-il donc ? Il détestait ne pas connaître la réponse à cette interrogation, ni savoir quelle était la nature exacte de leur relation.

— Et qu'en est-il de toi ?

Jade parut troublée, surprise. Il se demanda alors s'il leur était déjà arrivé de converser ensemble. S'il lui avait déjà posé la moindre question à propos d'elle-même.

— Comme je te l'ai dit, je suis secouriste.

— Quelque chose t'a-t-il poussé à le devenir ?

Un petit sourire amusant se peignit sur les traits de Jade, révélant au passage une adorable fossette près de sa bouche.

— Ma sœur s'est blessée quand nous étions enfants. Nous jouions dans les bois, elle est tombée et s'est cassé la jambe. J'étais incapable de l'aider et je m'en suis voulu. J'ai donc demandé à ma grand-mère de m'apprendre quelques techniques de survie. Elle l'a fait et cela m'a passionnée. Je me suis dit que peut-être je ferai des études pour… devenir médecin. Mais je travaille à présent avec les pompiers pour assurer les premiers secours, car l'hôpital le plus proche d'ici se trouve à plusieurs dizaines de kilomètres.

— Impressionnant, lança Chance.

— Tu sais, je voulais être capable de pouvoir prendre soin de moi seule en cas de problème car nous sommes très isolés ici. Je ne peux pas passer d'appels téléphoniques depuis mon chalet par exemple. Pour le faire, il faudrait nous rendre à la résidence principale sur le ranch mais elle est assez loin aussi. Donc le plus logique est que je m'occupe de toi ici puisque je sais comment faire.

— Ce n'est pas grave, dis-moi ?

Elle éclata de rire à ces mots.

— Eh bien, je ne le pensais pas jusqu'à ce que je découvre que tu ne te souviens de rien. Je suis un peu plus inquiète à présent. Mais d'après ce que je vois, tu as l'air d'aller bien.

— Qu'en est-il du ranch ?

— Il appartient à ma famille depuis des générations. Mon père est entrepreneur et il ne s'y intéresse pas vraiment. En vérité, cet endroit compte énormément à mes yeux et surtout à ceux de mon grand-père. Quelqu'un devait… reprendre le flambeau, j'imagine. Cette personne, c'est moi.

La passion qui perçait dans son ton donnait à Chance l'envie d'en savoir davantage.

— Ton grand-père vit encore au ranch ?

— Oui. Les parents de ma mère vivent ici. Ils sont mariés depuis soixante-cinq ans, tu sais. Mais malheureusement notre vie est empoisonnée par un gros conflit.

— Un conflit ?

— Oui. Entre nous et… nos voisins. Ce sont des gens… malhonnêtes. Des escrocs. Des querelles existent depuis toujours à propos de l'emplacement de la limite entre nos deux terrains. Mais la parcelle disputée est bien la nôtre. En fait, il y a de nombreuses années, toute cette terre nous appartenait. Mais mon arrière-arrière-grand-père a traversé une période difficile et a dû céder une partie du terrain. Je ne peux pas supporter que les Carson essayent d'en prendre davantage. Plus que ce dont nous avons dû nous défaire il y a tant d'années.

Elle l'observa avec une sorte d'impatience fébrile comme si elle était plus que curieuse de savoir ce qu'il aurait à dire de ses paroles.

— Eh bien, voilà une sacrée histoire. Pourquoi essayent-ils de prendre votre terre ?

— Ce sont des gens cupides. Ils n'en ont jamais assez. Tout a commencé avec les arrière-arrière-grands-pères. Quand… quand le leur a emmené le mien boire et a réussi à lui faire céder une portion de nos terres… Cet événement a déclenché une gigantesque querelle. Enfin, c'est un problème qui compte à mes yeux. Je trouve également frustrant de voir une chose comptant pour moi être mal utilisée par une bande d'imbéciles qui n'a même pas l'amour de l'élevage dans le sang.

— C'est leur cas ?

Les coins des lèvres de Jade se relevèrent et un sourire éclaira ses traits.

— Ce sont des hommes faits pour le spectacle. Des cow-boys de rodéo. Mes ancêtres ne croyaient pas en l'idée de posséder la terre. Mais les règles ont changé et à présent il nous faut vivre selon ces lois. Qu'on nous prenne encore davantage est…

— C'est inadmissible, termina Chance.

La terre avait une importance cruciale. Il le savait. Il le ressentait dans son sang, dans sa chair. Avec une absolue certitude. Tout en en ignorant la raison.

— C'est ce que j'estime depuis toujours.

Elle s'assit sur le sol près de lui et prit un morceau de pain.

— J'adore cette recette, elle vient de la famille de ma grand-mère. Elle a épousé mon grand-père alors qu'elle n'avait que dix-huit ans. Cela semble presque ridicule, non ?

— Je ne sais pas. J'ignore ce que m'inspire l'idée de mariage.

En cet instant, il pouvait en voir les avantages. Vous pouviez vous cacher dans un confortable chalet avec une femme qui cuisinait pour vous et s'asseyait à vos côtés pour discuter. Sans souvenir, son univers se résumait à ce moment passé avec Jade et il lui semblait important, au point de pouvoir imaginer de passer tous les jours dans cet endroit.

Peut-être était-il un homme prêt à s'engager sentimentalement.

Peut-être était-il marié. Peut-être avait-il laissé une épouse et des enfants quelque part.

— Peut-être devrais-je te conduire jusqu'à la résidence principale…

— Non, dit-il.

Il ne sentait pas prêt à élargir le champ de la réalité qui s'offrait à lui.

— Mais pourquoi ?

— Franchement… je n'en ai pas la moindre idée. Mais le fait est que je ne sais rien et l'idée de me plonger dans… Je ne me sens pas à l'aise avec cette idée.

— C'est entendu, répondit Jade avec lenteur. Dans ce cas je resterai près de toi.

- 3 -

Jade se sentait par moments pareille à un monstre. C'était pour cette raison qu'elle avait proposé à Chance de l'amener jusqu'à la maison de ses parents. Ces derniers lui auraient alors dit qu'elle se comportait de manière abominable et l'auraient aidée à reprendre le contrôle de la situation.

Mais Chance avait refusé et elle était heureuse d'abandonner cette idée. En outre, elle savait pourquoi elle avait laissé sa propre méchanceté la pousser dans cette voie.

Elle avait songé à la fois où il avait acheté ses services lors d'une vente aux enchères au temps du lycée et l'avait fait travailler sur son ranch. Elle était habituée à ramasser le fumier dans les boxes et à toutes les tâches de cette sorte, mais travailler sur ses terres était une abomination pour elle et il le savait alors fort bien.

À présent voilà qu'elle lui cuisinait une recette de sa grand-mère et partageait avec lui des choses tout en sachant qu'elle ne le devrait pas.

Il était toujours Chance.

Et il s'était résolument comporté... eh bien, comme un abruti envers elle au cours des vingt dernières années, alors qu'y avait-il de si mal à s'offrir une petite revanche tout en prenant soin de lui ?

L'essentiel était qu'elle l'avait sauvé, non ?

Et elle ne croyait vraiment pas que tout lui expliquer était recommandé. Elle lui avait appris quel était son prénom puis avait parlé des Carson, et rien ne semblait raviver ses souvenirs. Ce qui était inquiétant, tout comme l'avait été le regard farouche qu'il lui avait lancé quand elle avait proposé de le ramener jusqu'à la résidence principale. Mais elle ne croyait pas qu'il courait le moindre danger physique. Sinon, elle l'aurait conduit à l'hôpital sur-le-champ. Elle était assez habituée à traiter des blessures à la tête pour juger de son état et le fait qu'il soit assis et capable de parler était bon signe. Ses paroles étaient claires. Ses mouvements oculaires cohérents et ses yeux sans trace de sang. Il semblait très bien aller. Même s'il ne se souvenait pas du tout de qui il était.

— Merci, dit-il en prenant un autre morceau de pain.

Jade sentit à cet instant son cœur se serrer étrangement.

Chance Carson ne s'était jamais montré gentil envers elle. Et à présent il était… très gentil.

Il avait en outre l'air ébouriffé et superbe, et elle se demanda de nouveau si elle devrait l'aider à retirer ses vêtements mouillés…

Probablement pas. Une fort mauvaise idée, sans aucun doute. De plus, elle devait impérativement cesser de songer à lui sans ses vêtements.

Le serrement de son cœur cependant la dérangeait. Ce n'était pas la première fois qu'il provoquait en elle une réaction physique – c'était un homme séduisant et il était inévitable qu'elle le remarque, dans une certaine mesure – mais elle devait garder à l'esprit qu'il était son ennemi. Les Carson étaient ses ennemis.

Fortifiée par cette pensée, Jade prit un long souffle. Puis un autre morceau de pain.

— As-tu toujours su que tu voulais rester ici ? l'interrogea Chance.

Pourquoi posait-il tant de questions ? Sans doute pour retrouver ses repères. Le plus étonnant était qu'elle lui répondait.

— Je… oui, j'imagine que oui. J'ai toujours été très proche de mes grands-parents. Et la terre représente tout à leurs yeux. Il est très dur de bien gagner sa vie avec l'élevage, si on ne possède pas beaucoup de moyens pour investir. Je veux développer un élevage et une pension pour chevaux. C'est la seule manière de gagner un peu d'argent.

— L'argent est important pour toi ? demanda-t-il d'un ton rendu innocent par son amnésie.

— Je dirais que c'est surtout le fait de réussir, de rendre mon grand-père fier, qui compte pour moi. Je… j'ai sacrifié certains de mes rêves et appris à faire de ce projet mon nouvel horizon et il faut que celui-ci ait un impact réel.

Pourquoi se livrait-elle de la sorte ? Bon sang, elle aurait pu tout inventer, il n'aurait jamais vu la différence. Même s'il se souvenait de tout, il ne l'aurait pas vue non plus. Elle savait qui était Chance Carson depuis presque toujours, mais ils ne se connaissaient pas.

— Cet endroit est à nous, c'est notre héritage et…

— C'est important pour toi, l'interrompit Chance.

— Oui, admit-elle simplement.

Son grand-père était la personne la plus importante de sa vie. L'avait-elle rendu fier ? Elle l'ignorait. Mais elle avait fait de son mieux. Pour se montrer à la hauteur de son statut d'héritière. Elle était la première fille à qui revenait la responsabilité de travailler la terre, d'assumer les responsabilités liées au ranch. Elle avait des projets, et elle désirait qu'il les approuve et en tire fierté.

— Je l'aime, c'est tout, dit-elle.

— Ton grand-père ?

Elle réalisa qu'il avait compris correctement bien qu'elle ne l'ait pas précisé.

— Oui, je l'aime plus que tout. Il a fait de moi celle que je suis. Il m'a appris à monter à cheval et m'a enseigné tout ce qu'il y a à savoir sur ces terres. Comment on peut se sentir libre et être soi-même en vivant ainsi isolé avec la terre, les arbres et le ciel. Je ne gagne pas beaucoup avec mon activité de secouriste. Cela suffit à peine pour couvrir mes besoins et avoir de quoi épargner pour investir. Mais comme je vis ici, je n'ai pas de loyer à payer et ainsi tout ce que je gagne revient au ranch.

— C'est un véritable engagement de ta part, dis-moi.

— Oui, c'est vrai. Mais quand il s'agit de ton héritage, tu agis comme il se doit, c'est tout.

Elle n'avait pas eu l'intention de se confier de la sorte. En toute honnêteté, elle ne lui aurait jamais parlé en temps normal et si elle l'avait fait elle n'aurait jamais montré une telle sincérité dans ses propos.

Se sentant soudain épuisée, Jade ne put réprimer un bâillement.

Chance la regarda avec un air… préoccupé.

— Tout va bien aller pour toi ?

— Je vais t'empêcher de mourir, ne t'inquiète pas, dit-elle d'un ton taquin.

— Waouh. C’est très aimable de ta part, merci. Mais je ne crois pas que je vais mourir, à vrai dire.

— Je ne le pense pas non plus. Dans le cas contraire, je t’aurais forcé à te rendre à l’hôpital. Je crois que la situation est sous contrôle.

Du moins, elle l’espérait du fond du cœur.

— Je n’ai pas envie d’aller à l’hôpital, asséna alors Chance.

L’étrange lueur apeurée qui traversa son regard éveilla la curiosité de Jade.

— Te souviens-tu de quelque chose de particulier à propos d’un hôpital ?

Chance plissa le front à ces mots, comme s’il tentait de sonder sa mémoire défaillante.

— Difficile à dire. J’ai juste l’impression qu’il s’agit d’un endroit où je n’ai pas envie d’être. Sans savoir pourquoi. Mais écoute, je ne me souviens de rien. Je ne sais pas si je suis un homme bon ou mauvais. Si je fuis la police, la mafia ou… une épouse.

— Peut-être n’es-tu pas en fuite.

Elle avait prévu de s’amuser un peu avec lui en cette soirée, mais elle n’allait pas le retenir chez elle. Le lendemain matin, il faudrait qu’il s’en aille.

L’expression de Chance se fit opaque.

— J’ai l’impression que ce pourrait être une éventualité.

Jade se demanda si les amnésiques oubliaient totalement leur ancienne existence mais elle préféra ne rien ajouter, se contentant de prendre un autre morceau de pain.

— Et si nous dormions tour à tour, qu’en dis-tu ? proposa alors Chance.

— C’est une idée potentiellement dangereuse d’après moi.

— Ou nous pourrions régler une alarme. Tu pourras te réveiller et t'assurer que je ne suis pas mort de cette façon.

— Fantastique.

Elle était fatiguée, cependant. Elle avait fini sa journée de travail épuisée et il était à présent près d'une heure du matin.

Sa radio lui permettrait d'appeler des secours en cas de besoin et elle ne pensait pas que l'état de Chance soit grave. Tant qu'ils continueraient à vérifier que tout se passe au mieux…

— Entendu, nous allons nous installer ici pour la nuit.

Jade alla dans son entrée et tira d'un placard deux sacs de couchage qu'elle disposa sur le sol. Chance semblait se mouvoir avec plus d'aisance désormais, mais elle n'était que trop consciente du fait qu'il devait avoir froid.

— Je jure que je n'essaye pas de t'obliger à te déshabiller, dit-elle en grimaçant légèrement. Mais avant que nous nous couchions, il faut que nous te retirions ces vêtements mouillés.

C'est l'expression qui se lut alors sur les traits de l'homme qui la toucha en plein cœur. Pleine de charme et de malice à la fois. Comme s'il n'était absolument pas dérangé par l'idée qu'elle puisse vouloir qu'il retire ses vêtements.

— Aurais-tu une couverture pour moi ?

— Oui, je vais t'en donner une. Va donc dans ma chambre. Déshabille-toi et je m'occuperai de laver et sécher tes vêtements.

— C'est vraiment très aimable de ta part.

— À quoi bon t'éviter de succomber à un choc à la tête si tu meurs d'hypothermie ?

— Eh bien, c'est vrai, tu marques un point.

Jade alla prendre dans son placard une épaisse couverture en laine ornée de vifs motifs géométriques d'inspiration amérindienne, et la jeta dans sa direction.

— Tu pourras te couvrir avec.

— Entendu.

Chance se rendit dans la chambre de Jade et celle-ci fit nerveusement les cent pas devant la porte en l'attendant. Quand il sortit, tenant ses vêtements et enroulé dans la couverture, laissant apparaître une épaule et une portion d'un torse des plus virils, un profond trouble la gagna.

— Désolée, je n'ai pas de vêtements de rechange pour toi, dit-elle en s'approchant de la machine à laver située dans un dégagement et en y plaçant ses vêtements.

— Je suis vraiment choqué que tu n'aies pas un jean pour homme quelque part, répliqua-t-il en souriant.

— Je ne suis pas ce genre de fille.

— Trop convenable pour ramener un homme chez toi ?

— Plutôt trop effrayée par toute idée d'engagement pour l'autoriser à laisser un jean chez moi. Une fois qu'un homme sort de mon lit, mieux vaut que toute trace de sa présence disparaisse également, et si ce n'est pas le cas, je ne tarderai pas à jeter ce qu'il a laissé dans l'incinérateur.

Sa description s'avérait assez proche de la réalité. Elle avait pleinement assumé son rôle d'héritière du ranch et avait décidé de profiter de tous les avantages liés à son statut. Elle ne se marierait pas ni n'aurait de famille. Elle n'avait que faire de ce qu'on pensait d'elle. Elle se comporterait à la manière des cow-boys. Par conséquent, quand elle avait envie de sexe, elle s'arrangeait pour satisfaire ses désirs. Les petits amis, les relations amoureuses, ce n'était pas ce qu'elle recherchait. Elle aimait s'appliquer ses propres lois à elle-même. Même si elle obéissait également aux obligations liées au ranch. Ces dernières devenaient, il est vrai, plus difficiles à supporter qu'auparavant, mais son projet d'élevage et de pension pour chevaux était la réponse. Il lui fournirait l'occasion de montrer à son grand-père que sa vision novatrice était bonne. Ce serait un moyen d'honorer sa promesse et bien plus encore. Cette nouvelle direction prise la comblerait.

Elle avait promis à son grand-père qu'elle pouvait mener à bien la tâche qu'il lui avait assignée. Qu'elle pouvait tenir le rôle que son propre fils n'avait pu assumer. Elle avait adoré occuper cette place unique à ses yeux avant de découvrir combien il serait difficile d'honorer son engagement. Plus les années passaient, plus elle se demandait si sa vie devrait se limiter à son existence sur le ranch. Par conséquent, le changement était la réponse. Apposer son propre sceau sur l'endroit était la réponse.

Soudain Jade fut distraite par les larges épaules musclées de Chance et elle oublia totalement la raison pour laquelle elle songeait à son grand-père.

— Je respecte ça, dit-il.

— Tu ne te souviens de rien. Comment pourrais-tu faire autrement ?

Il éclata d'un rire franc.

— J'imagine que tu marques un autre point. Mais j'ai l'impression d'être un homme qui accède à ses désirs quand le besoin s'en fait ressentir.

Leurs regards se croisèrent et ne se quittèrent pas.

C'était torride pour Jade. Elle détourna les yeux, le cœur battant à coups sourds.

— Eh bien.

— Aurais-tu un jeu de cartes ? demanda le cow-boy.

— Tu plaisantes ? J'ai une tablette et un service de streaming, nous pouvons simplement regarder un film.

— Pas question. Tu as obtenu que je me mette nu alors tu peux bien jouer à la bataille avec moi, non ?

Quelques instants plus tard, Jade tendait un jeu de cartes à Chance et celui-ci se mettait à battre les cartes avec aisance et dextérité.

— Tu sais t'y prendre, constata-t-elle.

— Oui apparemment. Et je sais jouer à la bataille.

— Tout ceci est très étrange.

— Je suis bien d'accord.

Il distribua les cartes et elle prit place face à lui. Bien entendu, quand il leva la main pour tenir son jeu devant lui, la couverture glissa jusqu'à sa taille, dévoilant brusquement tout son torse.

Bonté divine !

Si quelqu'un lui avait dit qu'elle se retrouverait un jour assise face à un Chance Carson nu comme un ver chez elle, elle l'aurait traité de fou. Puis elle se serait enfermée dans sa chambre pour hurler, car cette idée lui aurait échauffé le sang d'une façon qu'elle n'aurait jamais voulu l'admettre.

C'était là tout le problème. Chance l'avait toujours troublée plus qu'elle ne voulait le reconnaître.

Il la battit à plate couture, ce qui la piqua au vif, et elle se rendit compte qu'elle devait garder tout son sang-froid afin de ne pas trahir le fait qu'ils étaient rivaux.

Mais quand il remporta la troisième partie d'affilée, elle jeta ses cartes sur lui.

— Je crois que tu triches.

— Pourquoi imaginer une chose pareille ?

Son regard bleu pétillait de malice et son sourire était celui d'un parfait innocent, d'un homme n'ayant jamais triché de sa vie. Il pouvait le croire sincèrement puisqu'il n'avait pas le moindre souvenir.

— Tu es féroce, dis-moi, dit-il d'un ton taquin.

— Non, pas du tout.

— Juste un peu, non ?

— Non.

— Viens récupérer tes cartes, maintenant que tu as piqué ta crise.

Les cartes étaient éparpillées sur ses genoux. Il était certain qu'elle ne viendrait pas les y chercher. Ce qui signifiait qu'elle devait absolument le faire.

Elle humecta ses lèvres, puis tendit la main vers lui et quelque part en chemin elle oublia quelle était précisément sa motivation. Voulait-elle démontrer sa trempe ou entreprendre une manœuvre de séduction ?

Elle n'était pas coutumière des tentatives de séduction. Son approche du sexe était généralement des plus directes. C'était ce qui lui semblait logique. En outre, c'était facile, il était inutile de compliquer les choses. Jamais elle ne ressentait le besoin de se mettre sur son trente et un ou d'essayer d'être quelqu'un qu'elle n'était pas. Mais elle se mordilla la lèvre tout en levant les yeux vers lui. Puis elle récupéra lentement l'une des cartes. Un éclair enflammé traversa le regard de Chance.

Jade se hâta alors de prendre les cartes restantes et reprit sa position initiale en réalisant qu'elle en faisait trop.

— Peut-être devrions-nous arrêter de jouer aux cartes maintenant.

— Je me sens épuisé, lâcha le cow-boy.

— D'accord, je vais aller mettre tes vêtements dans le sèche-linge.

— Dormir nu ne me dérange pas, tu sais, dit-il, en agrémentant ses mots d'un léger haussement d'épaules.

Jade sentit son visage devenir subitement brûlant – comme si elle était une jeune vierge, sans la moindre expérience amoureuse – et elle partit retirer ses vêtements de la machine à laver pour les mettre dans le sèche-linge. Quand elle revint dans la pièce, Chance s'était glissé dans le sac de couchage. Dans son sac de couchage, entièrement nu. Elle songea, durant un bref instant, à quoi ressemblerait d'aller l'y rejoindre.

— Nous ferions mieux de dormir, lança-t-elle tout en se couchant à son tour. Tu dormiras le premier. Je regarderai un film en mettant mes écouteurs. Je réglerai une alarme et je te réveillerai pour m'assurer que tu vas bien.

— J'ai vraiment l'impression d'être dorloté, dit-il en lui adressant un petit sourire.

Rien ne semblait le tracasser, c'était ce qui la dérangeait le plus à propos de Chance Carson, car lui la préoccupait énormément. Elle tendit la main pour toucher son front.

— Je vérifie que tu n'as pas de fièvre, murmura-t-elle.

La mâchoire de Chance se crispa aussitôt et un feu sembla s'allumer au fond de ses yeux. Elle n'avait aucune peine à imaginer ce qui pouvait bien se passer dans son sac de couchage. En un instant, elle se sentit bien mieux. Parce que, peut-être, il était bien plus sensible à elle qu'elle ne l'imaginait.

Et pourquoi exactement as-tu besoin de le prouver ?

Mais tout cela n'avait pas la moindre importance, car lorsque le soleil se lèverait le lendemain matin, tout irait bien. Elle pourrait le renvoyer vers son ranch, et oublier que ces moments avaient existé. Oublier qu'ils s'étaient assis face à face pour jouer aux cartes alors qu'il était nu. Oublier qu'elle avait cédé à l'envie de flirter avec lui.

Oublier qu'elle s'était laissée aller à reconnaître pleinement l'attirance qu'elle éprouvait à l'égard de Chance Carson.

Oui. Un nouveau jour se lèverait et tout irait pour le mieux.

- 4 -

Quand il s'éveilla le lendemain matin, Chance éprouva un sentiment d'urgence. Il lui fallut trente secondes pour réaliser qu'il ignorait à quoi ce sentiment était relié. Car il ne savait pas qui il était.

Chance.

Le prénom résonnait dans son esprit tandis qu'il enfilait ses vêtements de la veille, tout juste sortis par ses soins du tambour du sèche-linge.

Il s'appelait Chance, mais cela ne lui apprenait rien à part que ses parents avaient des goûts étranges en matière de prénoms. Il referma les paupières et essaya de former une image dans son esprit. Mais tout ce qu'il pouvait voir était les splendides yeux sombres de la femme qui avait pris soin de lui la veille au soir. La femme qui l'avait nourri.

Avait veillé sur lui.

Quand il rouvrit les paupières et regarda vers sa droite, il la vit. Ses cheveux noirs recouvraient en partie son visage, cachant ses magnifiques traits. Mais il restait malgré tout beaucoup à admirer. Il se leva et aussitôt se sentit assailli de vertiges tandis qu'une sourde douleur traversait son crâne.

Chance était conscient d'être dépourvu de beaucoup de certitudes mais il savait qu'il connaissait cet endroit et cette femme. Il s'accrochait à ces convictions aussi fermement que possible.

Il était garçon de ranch, c'était cela son travail. Il se dirigea vers la porte, l'ouvrit, observa le paysage qui se déployait autour du chalet et fut stupéfait en découvrant la vue splendide qui s'offrait face à lui et en contrebas de la petite habitation. Celle-ci semblait bâtie dans le flanc de la montagne et surplombait un panorama ponctué de hauts sapins. Le patchwork formé par les montagnes d'un vert lumineux ou plus sombre semblait s'étendre à l'infini dans le lointain. Il pouvait distinguer des touches de zones désertiques à leurs pieds également, des affleurements plats et rocheux et des dépôts de roches volcaniques à l'aspect poreux.

Cet endroit lui semblait… curieusement familier. Venait-il de s'installer dans la région ou était-il originaire des lieux ? Ce qu'il ressentait semblait profondément ancré, ce ne pouvait être le signe d'une installation récente.

Il avança d'un pas sous le porche tout en prenant une profonde inspiration. L'air qui emplit ses poumons lui procura une agréable sensation. Il se sentait à son aise en ces lieux.

Puis il balaya les environs du regard. En quête d'une tâche à réaliser. N'importc laquelle. Peut-être que s'il se remettait au travail, peu importe l'activité à laquelle il se consacrerait, il se sentirait davantage lui-même. Il avait le sentiment confus d'être un homme actif, aimant le travail manuel. Ce genre d'activités lui plaisait, l'aidait à avoir l'esprit clair.

Il aperçut un tas de bois, de grosses bûches rondes, ainsi qu'une hache placée tout à côté.

Il pourrait couper du bois. Curieusement il ne doutait

pas un instant d'en être capable. Avant qu'il ait le temps de réfléchir davantage, son corps se mit en action. Il plaça une bûche droite au sommet d'une autre plus large puis prit la hache et fendit le rondin en un mouvement fluide.

C'était simple. Quelque chose dans ces gestes le faisait se sentir accompli. Le faisait se sentir lui-même. Même s'il était incapable de se souvenir de quoi que ce soit, il était lui-même.

Il commença donc à couper les bûches une à une, aussi rapidement que possible, jusqu'à ce que d'intenses brûlures traversent ses épaules, son torse et l'arrière de ses bras.

— Salut.

Il leva les yeux et aperçut Jade qui se tenait tout près. Elle portait les mêmes vêtements que la veille et ses cheveux sombres formaient une masse de mèches emmêlées. La voir faisait naître une douleur en lui. Il souffrait de ne pas en savoir plus au sujet de son existence.

— Que fais-tu ?

— Je coupe du bois.

— Tu penses que c'est une bonne idée ?

— C'est toi la secouriste. Je suis sûr que tu peux me dire si c'est le cas ou non.

— Je ne le crois pas. Et…

— Ça m'a fait du bien, l'interrompit-il.

— Vraiment ?

— Oui. Je me suis senti un peu plus moi-même. Donc si tu as d'autres travaux à me confier…

— Écoute, répondit-elle, je dois t'emmener quelque part. Ta mémoire n'est toujours pas revenue et s'il était raisonnable que tu restes chez moi hier soir, pour la suite…

— Non, la coupa-t-il brusquement. Sais-tu comment on agit habituellement en cas d'amnésie ?

— Pour autant que je sache, on attend que tout rentre dans l'ordre.

— Dans ce cas, attendons, attendons que la situation se règle d'elle-même. Ici.

Jade parut hésiter.

— Tu vois, reprit-il, j'ignore presque tout à mon propos. Mais je sais que je n'ai aucune envie de quitter cet endroit. J'en ignore la raison. Mais elle pourrait être importante.

— Chance, dit-elle d'une voix ferme, je ne suis pas médecin. Je suis secouriste et tu…

— Je n'en ai pas envie, asséna-t-il d'un ton dur.

Il ignorait pour quelle raison il était si certain d'avoir besoin d'être en ces lieux. D'être avec elle.

— As-tu des travaux pour moi ? Puis-je me rendre utile ?

Elle marqua un temps d'hésitation avant de répondre.

— Oh. Eh bien. Oui… merci pour le bois, au fait. Eh bien, je travaille à la restauration de l'une des granges.

— Laisse-moi t'aider, dans ce cas.

— Chance…

— Même si je ne sais pas qui je suis, je suis un homme qui sait ce qu'il veut. Et je ne crois pas que j'apprécie qu'on me dise comment agir.

Jade poussa un lourd soupir et se mordit les lèvres comme si elle voulait s'empêcher de laisser échapper certains mots. Une fois encore, Chance s'interrogea sur leur relation réelle. La façon dont il réagissait en sa présence semblait indiquer qu'ils étaient plus que simplement un employé et une patronne. Mais dans ce cas il était possible qu'il ait déjà été attiré par elle, et cette sensation était simplement exacerbée du fait qu'en cet instant il ne pouvait pas se souvenir des rôles joués par chacun.

— Je dois me préparer, dit-elle. Tu auras sans doute aussi besoin de vêtements de rechange.

— Oui, c'est exact.

— Pourquoi ne rentres-tu pas dans le chalet prendre une douche ?

— Entendu.

— Je… je serai bientôt de retour avec ce dont tu as besoin.

Jade ne cessa de pester contre elle-même durant tout le trajet la menant chez sa sœur. Elle savait qu'elle se maudirait encore davantage une fois que Shelby saurait ce qu'elle voulait, parce qu'elle serait alors furieuse contre elle.

Chance avait envie de rester. Elle ne pourrait pas le contraindre physiquement à partir.

Mais si sa famille s'inquiétait ? Il est vrai que les Carson étaient nombreux et qu'ils semblaient aller et venir comme bon leur semblait. Mais à quelle fréquence communiquaient-ils les uns avec les autres ? Chance pour sa part n'avait ni téléphone ni portefeuille sur lui…

Tu pourrais simplement lui dire la vérité…

Non, c'était impossible. Agir de la sorte pourrait lui causer du tort. Ce serait comme réveiller un somnambule.

Et puis, il découvrirait que tu lui as menti et toutes les belles choses survenues hier soir ne seraient plus qu'un lointain souvenir.

Mais ce n'était pas *cela,* le problème, enfin !

La vraie question était celle de ses troubles cognitifs.

— Salut, lança Jade en s'approchant de la porte.

Shelby avait les cheveux coupés au carré, et des yeux plus ronds que ceux de sa sœur. Des sillons s'étaient creusés autour de sa bouche. Elle était plus jeune, certes, mais la vie avait laissé des traces sur son visage. Car Shelby venait de vivre quelques années très difficiles.

— Puis-je entrer ?

— Pourquoi ?

Jade lui adressa un sourire éclatant.

— N'ai-je pas le droit de rendre visite à ma sœur ?

— Tu peux, bien sûr. Mais tu ne le fais jamais.

— J'ai besoin de t'emprunter des vêtements.

— Je te rappelle que je suis plus petite que toi.

Un sentiment de malaise étreignit le cœur de Jade.

— En fait, il faudrait que tu me prêtes des vêtements de Chuck, dit-elle en adoucissant sa voix au moment d'évoquer son beau-frère.

— Oh ! fit Shelby dont le regard se vida l'espace d'un instant. Pourquoi ? As-tu un homme nu chez toi ?

Jade leva les yeux au ciel.

— Eh bien… Oui, finit-elle par concéder.

— Et il a besoin de vêtements ? lui lança Shelby en accompagnant sa question d'un petit sourire entendu. Pourquoi n'a-t-il pas de quoi se changer ?

Jade laissa échapper un soupir exaspéré.

— Écoute. C'est compliqué. Donne-moi simplement quelque chose qui pourrait vêtir un homme.

— Très bien, suis-moi.

Shelby s'écarta du pas de la porte pour laisser entrer Jade dans sa petite maison douillette. Elle n'était pas aussi ancienne que son chalet édifié dans les années 1920, mais elle incarnait l'esprit des années 1970 avec ses lambris et son épaisse moquette. Il s'agissait de la maison dans laquelle elles avaient passé une partie de leur enfance, avant que leur père construise la vaste demeure moderne où il résidait toujours avec leur mère.

Même s'il avait une petite touche démodée, Jade trouvait toujours l'endroit chaleureux et charmant. Mais elle ne pouvait s'empêcher de se demander comment s'y sentait Shelby. Cette maison aurait dû accueillir la famille qu'elle aurait fondée avec Chuck, et à présent…

Eh bien, *à présent…*

Shelby la conduisit jusqu'à sa chambre. Soudain, Jade se sentit étrangement mal à l'aise.

Tout ce qui se trouvait dans la pièce était resté comme au jour de la disparition de Chuck. Les vêtements de ce dernier étaient encore à leur place dans le placard.

— Tu sais, tu n'as pas à me prêter quoi que ce soit si…

— Je dois me débarrasser de toutes ces affaires. Leur présence ici ne change rien à la réalité. Il n'est plus là et il ne reviendra pas.

— Peut-être préférerais-tu garder ces vêtements et qu'aucun autre homme ne les porte…

— C'est toi. Pas moi. Si c'était moi qui avais un partenaire sexuel ayant besoin de vêtements, ce serait étrange. Mais cela n'arrivera pas, à vrai dire.

Le fait que la chambre soit restée tel qu'au moment du décès de Chuck avec une photo de mariage sur la table de chevet et un placard plein de ses vêtements indiqua à Jade qu'il n'y avait en effet pas la moindre chance qu'une telle situation se produise.

— Je ne sais pas quand je pourrai te les rendre et…

— Ne t'inquiète pas. Je vais te prêter un jean et une chemise noire.

Chuck avait été un peu plus petit que ne l'était Chance, mais Jade n'en dirait rien. Nécessité faisait loi et de toute façon, elle n'allait pas faire savoir que c'était Chance Carson qui avait besoin de ces vêtements. Mieux valait laisser sa sœur croire qu'elle avait ramené chez elle une conquête pour une nuit peu habituelle.

— Tu n'as pas une aventure avec Jamie, n'est-ce pas ? demanda Shelby.

— Comment ?

Le charmant homme blond avec qui Jade faisait souvent équipe avait un petit ami. Mais de toute évidence sa sœur n'en avait pas la moindre idée.

— Tu étais de service hier soir, insista Shelby.

— C'est vrai. Mais écoute, il ne se passe rien avec Jamie. Ce n'est pas… Enfin, ne te tracasse pas à ce sujet.

— Je ne peux pas m'en empêcher. Je m'inquiète pour toi. Tu es mon unique sœur. Et tu t'es montrée… d'humeur changeante ces derniers temps.

— Absolument pas, rétorqua Jade. Et puis c'est toi la plus jeune de nous deux. C'est donc moi qui suis censée m'inquiéter pour toi. Quoi qu'il en soit, as-tu toi-même une humeur constante ?

— Non, répondit Shelby en haussant les épaules. Mais j'ai une excuse.

— Bien sûr. Tu joues la carte du chagrin, comme c'est facile.

User d'humour noir était l'unique façon de faire face à la réalité. Du moins, il s'agissait de la seule que Jade et Shelby aient trouvée.

— Oui, et j'en suis ravie, lança Shelby en souriant. Il

faut bien que je tire quelques avantages de la situation, n'est-ce pas ?

En voyant les vêtements que lui tendait Shelby, Jade se dit qu'ils n'iraient certainement pas très bien à Chance.

Car elle connaissait bien son physique, s'étant attardée sur l'examen de sa silhouette depuis des années. Elle aurait préféré que ce ne soit pas la triste vérité et elle regrettait de ne pas être insensible à l'homme et à son apparence.

Sincèrement, elle regrettait aussi d'avoir été animée de cette affreuse mesquinerie qui l'avait conduite à décider qu'elle jouerait ce petit jeu avec lui.

Mais elle avait poursuivi un but en prenant cette décision.

Peut-être serait-il possible pour Chance grâce à cela de commencer à comprendre pourquoi toutes les questions qui l'animaient étaient si importantes à ses yeux.

Peut-être pourrait-il comprendre pourquoi la terre était si essentielle. Jusqu'alors ils avaient été confrontés à toutes ces histoires liées à sa famille, à toutes ces absurdités et à ce ridicule ego masculin qui n'avait jamais quitté Chance depuis qu'ils se querellaient... Le problème était là. Il y avait tant de choses ineptes entre eux.

Il restait à souhaiter que les derniers événements permettent qu'il y en ait moins à l'avenir.

Il avait semblé... humain, la nuit précédente. Ce qui avait eu pour effet de donner à Jade le sentiment qu'une modification s'était opérée au fond d'elle. Une sensation qu'elle n'appréciait pas le moins du monde.

Quand Chance retrouverait la mémoire... Non. Elle refusait de penser aux conséquences de son acte. Car à ce moment-là il aurait appris à la connaître peut-être un peu et elle apparaîtrait plus humaine à ses yeux.

— Quel est cet air sur ton visage ? questionna Shelby.

— Que veux-tu dire ?

Un sourire facétieux se peignit sur les lèvres de sa sœur.

— Ton visiteur doit être un amant incroyable.

Jade sentit la nervosité la gagner.

— Pourquoi dis-tu une chose pareille ?

— Parce que tu as l'air de flotter au-dessus du sol.

Jade ricana à ces mots.

— Les hommes ne me font jamais un tel effet.

C'était vrai. Elle avait eu quelques petits amis, mais aucune relation sérieuse, rien qui lui ait jamais brisé le cœur. Ces hommes ne lui avaient pas manqué après que chacun était parti de son côté.

Le sexe comptait peu à ses yeux. Elle avait d'autres questions qui l'occupaient et dont elle avait à s'inquiéter.

Sa sœur avait été *tellement* amoureuse de Chuck. Il avait été l'homme de sa vie, le seul et l'unique.

Elle avait pu sembler intéressée par l'idée que Jade ait pu avoir plus d'un partenaire sexuel.

Mais Jade n'envisageait le sexe que comme un besoin naturel qui devait occasionnellement être assouvi. Elle avait souvent conclu que ce n'était pas vraiment si extraordinaire que cela au bout du compte.

Ce qu'elle avait ressenti n'avait rien eu de fabuleux et elle ne savait pas comment faire pour prétendre que ses ébats avaient été torrides, exceptionnels.

Mais, apparemment, l'air rêveur qu'elle affichait à cause de Chance laissait penser à sa sœur qu'elle avait connu une nuit d'amour d'anthologie. Si elle voulait se montrer honnête toutefois, il lui fallait s'avouer que ce n'était pas Chance qui la rendait distraite. Mais le fait qu'elle lui mente et qu'il souffre d'amnésie.

Mais oui. Bien sûr.

— Merci.

— Veux-tu un café ? demanda Shelby.

— Il vaudrait mieux… que je rentre chez moi. Avec des vêtements.

Shelby sembla un peu déçue et Jade sentit la culpabilité la gagner. Cependant Chance se trouvait sans vêtement de rechange chez elle et cette question se devait d'être réglée.

— Entendu. Comme tu voudras.

Elle regagna l'extérieur en hâte, grimpa dans son pick-up et prit la route la ramenant à son chalet.

À l'instant même où elle entrait chez elle, la porte de la salle de bains s'ouvrit et Chance émergea devant ses yeux seulement vêtu d'une serviette nouée autour des hanches.

Jade eut le sentiment que sa mâchoire se décrochait littéralement. Peut-être que si l'un des hommes qu'elle avait fréquentés avait eu ce physique…

Son corps était incroyable. Elle l'avait remarqué le soir précédent. Enfin. Elle l'avait remarqué il y avait déjà bien longtemps. Mais il continuait à lui couper le souffle. Ses épaules larges, son torse à la musculature finement dessinée, sa taille étroite et ses abdominaux semblant durs comme la pierre.

Le tout ombré d'une fine toison sombre qui lui donnait envie d'y plonger ses doigts.

— Désolé. Mon but n'était pas de te tendre une embuscade.

Son corps encore mouillé était presque luisant. Ce qui n'était absolument pas juste.

— Pas de problème, dit-elle.

Elle s'approcha d'un pas et quand elle lui tendit les vêtements, elle eut le sentiment de sentir la chaleur émaner de son corps.

Il disparut dans la salle de bains et elle resta figée devant la porte, terriblement consciente du fait que son cœur battait à coups sourds dans ses oreilles.

Quand il reparut, Chance était vêtu d'un jean noir trop court.

— Dieu merci, avec mes bottes, ça ne se verra pas, dit-il.

— Désolée. Ce jean appartenait à mon… beau-frère. Il n'était pas aussi grand que toi.

— Tu en parles au passé ?

Bon sang. Elle n'avait pas eu l'intention d'aborder ce sujet.

— Mon beau-frère, Chuck, est mort dans un accident de voiture il y a quelques années, prononça-t-elle avec difficulté. Ma pauvre sœur… a été anéantie. Elle adorait son mari, son amour d'enfance. C'était une relation comme on en voit peu. C'était l'homme de sa vie.

— C'est triste, dit Chance.

Il garda le silence durant un long moment avant de reprendre.

— C'est assez fabuleux, quand on y pense, de pouvoir rencontrer la personne qui nous correspond vraiment. Même si ce n'est que pour un bref moment.

Jade le regarda fixement, incapable de déterminer s'il était ainsi en permanence, ou si son attitude était due au fait que… Tout ce qu'était le Chance d'avant l'accident avait été effacé.

Mais peut-être que le vrai Chance se trouvait-il bel et bien devant elle. Peut-être était-ce simplement qu'elle ne le connaissait pas.

Tout ceci a pour but de l'amener à t'apprécier, toi. Pas l'inverse.

— As-tu été appelée sur les lieux de l'accident, en tant que secouriste ?

Jade ne put que noter qu'il avait réussi à lier les deux événements avant de poser la terrible question… Sa poitrine se serra et son souffle se fit plus malaisé.

— Je… Oui. Jamie, mon équipier. Il… Il a reconnu Chuck et m'a dit de ne pas m'approcher. Je voulais absolument le faire mais… Chuck n'était déjà plus de ce monde.

Elle tenta de déglutir, son corps semblant brusquement figé sur place.

— Je lui suis reconnaissant de m'avoir protégée ce jour-là, mais je ne me remettrais jamais d'avoir dû annoncer la nouvelle à Shelby.

— Cette annonce a-t-elle eu un impact sur votre relation ?

— Je dirais qu'elle nous a rapprochées. J'ai été là pour elle durant la nuit la plus dure de son existence. Personne ne devrait avoir à dire des choses pareilles à sa sœur, mais d'un autre côté qui mieux qu'une sœur pour vous parler et vous soutenir ?

— C'est un point de vue magnifique.

— Peut-être. Nous n'avons pas eu le choix de toute façon. Alors nous avons tiré le meilleur parti possible de la situation. Es-tu prêt ?

— Ouais.

Sans échanger la moindre parole, ils sortirent de la maison pour gagner le pick-up de Jade.

Une fois qu'ils furent installés dans le véhicule, elle réalisa qu'elle avait commis une autre erreur. Elle n'avait pas réfléchi à quoi ressemblerait d'être enfermée dans cet espace confiné avec lui. De sentir l'odeur de sa peau. D'être si proche.

Son souffle se fit plus rapide et de plus en plus heurté. Elle se sentit subitement stupide.

Son cœur battait à mille à l'heure, ses sens étaient terrassés par le parfum de sa peau fraîchement lavée.

Elle ne pouvait dire qu'elle n'y avait pas pensé. Songé à ce à quoi cela pourrait ressembler si une fois leurs querelles finies ils… tombaient dans les bras l'un de l'autre. S'ils s'arrachaient mutuellement leurs vêtements et que les choses devaient se finir de cette façon. Sur le sol de son chalet. Jamais dans ses fantasmes ils ne réussissaient à arriver jusqu'à un lit. Non, Chance Carson et elle ne feraient jamais l'amour dans un lit. Ils étaient destinés à unir leurs deux corps enfiévrés contre le mur, par terre…

Non, nulle part, petite imbécile.

Ils ne feraient jamais l'amour nulle part.

Il n'avait jamais montré le moindre signe qu'il pourrait en avoir envie.

Jamais. Et voilà qui était bien. Parfait, même.

— La grange est par ici, dit-elle jugeant qu'il lui fallait rompre le cours de ses pensées.

— Quels travaux as-tu entrepris ?

— Eh bien, je refais la toiture.

— Toute seule ?

— Oui, en grande partie.

— Je ne t'aidais pas ?

— Non. Nous avons… nous avons quelques vaches. Et quelques chevaux, c'est la partie de l'activité que je veux développer. C'est dans ce domaine que tu apportes ton aide.

N'ayant pas la moindre idée de ce qu'étaient les compétences techniques de Chance, elle jugeait plus prudent d'évoquer une tâche qu'il pratiquait fréquemment sur son propre ranch.

— Eh bien, quoi qu'il en soit, j'ai le sentiment que je peux manier un marteau aussi bien qu'une hache.

— J'en suis ravie.

Ils se garèrent près de la vieille grange, et elle se sentit soudain mal à l'aise. L'endroit était bien différent du genre de bâtisse que l'on trouvait sur la propriété des Carson. Où tout était neuf et parfaitement entretenu. Mais à vrai dire, il ne s'en souvenait pas. Donc peut-être ne la jugerait-il pas trop durement.

Elle l'observa avec attention tandis qu'il examinait l'endroit.

— Il y a beaucoup à faire, lança-t-il.

— Je sais, concéda-t-elle. Mais j'ai déjà beaucoup travaillé.

— Je n'en doute pas un instant.

Ils quittèrent le pick-up, et Jade se sentit agacée par les dernières paroles de Chance, ce qui eut le mérite de lui donner le sentiment d'être en présence de l'homme qu'elle côtoyait habituellement. Voilà qui aidait à tempérer son attirance pour lui. C'était le problème, en effet. Il n'avait pas été irritant jusqu'alors, ce qui avait ôté à la jeune femme toute envie de s'emporter contre lui. Et à présent tout allait pour le mieux.

Elle retrouvait ses repères quand l'envie d'envoyer son poing dans le beau visage de Chance Carson s'emparait d'elle.

C'était peut-être une triste réalité, mais elle n'en avait que faire. C'était une attitude juste. Plus que juste.

Elle s'approcha de l'échelle et saisit quelques outils.

— Allons-y, lança-t-elle.

Chance commença à grimper à l'échelle, un marteau à la main. Jade décida qu'elle n'avait pas à s'inquiéter pour sa sécurité, il paraissait aller parfaitement bien et être tout à fait capable de monter à une échelle.

Au moment de le suivre, elle ne put s'empêcher de poser les yeux sur la partie de son anatomie qui s'offrait à sa vue. Ce n'était pas la première fois que ses yeux s'égaraient tout au bas de son dos mais jamais elle n'avait eu un point de vue aussi privilégié.

— Tu es en train de me reluquer ? demanda-t-il d'un ton plein de malice.

Elle releva vivement la tête.

— Comment ?

Sa façon de parler ressemblait davantage au Chance qu'elle fréquentait habituellement.

— Je te demande si tu profites de l'occasion pour te rincer l'œil, à tout hasard.

— Je réfléchis aux tuiles, répondit-elle.

— Mais oui, bien sûr.

Il jeta un regard derrière son épaule et lui adressa un clin d'œil. Cet imbécile avait le culot de lui faire un clin d'œil.

Elle se sentait irritable, mais au moins n'était-elle

plus engluée dans la tristesse qui s'était emparée d'elle un peu plus tôt.

Chance se retrouva alors sur le toit et la domina de toute sa silhouette. Elle se hâta de se relever à son tour pour s'éviter la gêne d'être agenouillée devant lui.

— Le pistolet à clous est prêt, dit-elle. Donc…

— On peut commencer, je suppose, ajouta Chance.

Et c'est ce qu'il fit.

— Je vois que tu sais t'y prendre, fit Jade.

— C'est comme avec les bûches, dit-il. Je ne savais pas de quoi j'étais capable mais mon corps connaissait les gestes.

Il leva les yeux vers elle, les plongea dans son regard et resta ainsi pendant un long moment.

Jade ne pouvait s'empêcher de songer à toutes les autres activités dont le corps d'une personne pouvait garder une mémoire immuable.

Oh. Elle n'avait pas besoin de penser à cette question en cet instant précis.

Il est ton ennemi juré, ne l'oublie pas. Comment peux-tu te laisser hypnotiser par son corps ?

Ouais. Son attitude était peut-être un brin honteuse, tout bien considéré.

— Es-tu mariée ? demanda soudain Chance.

La question arracha un rire à Jade.

— As-tu constaté la présence d'un mari dans les environs ?

— Non, c'est vrai.

Elle n'avait vraiment pas besoin de jouer avec Chance à ce petit jeu destiné à apprendre à se connaître. Et pourtant… Elle ne pouvait pas lui résister.

— L'as-tu déjà été ? questionna-t-il.

— Non.

— Pourquoi ?

Elle eut un petit haussement d'épaules.

— Je n'en vois pas l'intérêt. Et puis, tout ça, ce n'est pas pour moi. Je ne m'en crois pas capable. Je veux rester libre. Et je n'ai jamais rencontré personne qui me donne envie de me conformer à ce modèle de vie.

Elle déglutit avec peine avant de poursuivre.

— De plus je ne pourrais respecter qu'un homme ayant la même volonté et la même ambition que moi. Et je ne pourrais pas vivre avec quelqu'un qui ne possède pas des terres. S'il possède ses propres terres, il ne viendra pas vivre sur les miennes. Et je ne partirai certainement pas des miennes.

— Tout homme digne de ce nom se doit de posséder des terres, c'est bien ça ? J'ai l'impression d'avoir entendu cette phrase quelque part.

Bien entendu, Chance ne pensait pas qu'il avait des terres. Mais c'était le cas et il en avait même beaucoup.

C'est ta faute s'il ne le sait pas, parce que tu es une sale petite menteuse.

Oui, elle mentait et elle se sentait mal. Mais pas assez pour *arrêter* de mentir.

Pour… se priver de lui. Se priver de tout ceci.

— Oui, c'est un peu ça.

— Mais ?

— Si je rencontrais un tel homme, que ferions-nous de mes propres terres ?

— Tu ne serais pas heureuse avec tes chevaux sur une autre propriété, c'est ça ?

— Non, ce serait impossible. Je suis attachée à la terre des Sohappy, c'est mon héritage et il est capital à mes yeux. J'ai décidé de m'investir dans cette tâche au prix de tout le reste. Je ne pourrai jamais… quitter cet endroit.

— Donc, pour toutes ces raisons, tu ne peux pas trouver un homme qui fasse naître des sentiments puissants en toi.

— Oui, on peut dire cela. Je crois que c'est là le problème. J'ai juste… Je ne suis pas faite pour ça.

— J'aimerais pouvoir te raconter mon histoire. T'expliquer les raisons pour lesquelles je ne crois pas non plus à l'amour et au mariage. Mais je ne sais même pas si c'est ce que je pense.

— C'est probablement le cas. Les hommes ayant ton physique…

— Mon physique ?

— Tu as eu l'occasion de te regarder dans un miroir ?

— Ouais, répondit-il en haussant une épaule avec nonchalance.

— Dans ce cas tu dois savoir que tu es beau. Enfin, tu vois ce que je veux dire, précisa-t-elle en désignant son corps d'un vague mouvement de main.

— Merci, je crois que je n'y ai pas vraiment pensé. Tu penses que je suis une source d'ennuis ?

— Je *sais* que tu l'es, répliqua-t-elle.

Elle sentit alors qu'il la fixait longuement mais elle ne le regarda pas.

— J'ai l'impression qu'il y a quelque chose, dit-il, entre nous.

Oh ! voilà qu'ils avançaient en terrain dangereux. Respirer devenait presque impossible à présent. Comme elle le détestait de faire naître ces sensations en elle.

Mais cette détestation était toute aussi forte que son envie furieuse de se jeter dans ses bras.

Le haïr, au moins, était normal.

Elle se demandait… si cela signifiait que sans toute cette colère, sans tous ces souvenirs, sans tout…

Et s'il ressentait la même chose.

— Tu travailles pour moi, dit-elle.

— C'est exact.

Ils décidèrent alors de se mettre à la tâche et travaillèrent jusqu'à ce que la chaleur soit trop intense.

Une fois qu'ils furent descendus du toit, Jade rejoignit son pick-up pour y chercher une glacière et revint près de Chance pour lui proposer un sandwich.

— Je meurs de faim, reconnut-il avant de croquer à pleines dents dans le pain. C'est très gentil de ta part.

— Eh bien, rétorqua sèchement Jade, tu ne sais rien de moi mais je suis *très gentille*. C'est ce qu'on dit de moi.

— Pourquoi ai-je l'impression que ce n'est pas tout à fait vrai ? dit-il d'un ton taquin.

Elle eut un petit haussement d'épaules.

— Je ne sais pas. Ce n'est pas ma faute si les gens se trompent parfois.

— Je sais peu de choses, mais j'ai l'impression que beaucoup de personnes ne sont pas aussi attentives aux autres qu'elles le devraient.

— Entièrement d'accord. Les gens se retranchent derrière leurs propres façons de faire, leurs croyances et ils ne prennent jamais personne d'autre en considération. Ni ne se remettent en question.

Elle parlait de lui, bien sûr. De lui et de ses outrageantes idées préconçues à son égard. De lui et de ses certitudes quant au fait que ses ancêtres étaient sincères quant à l'identité du propriétaire de cette parcelle de terre.

Tout son stratagème était censé amener Chance à voir la situation d'une nouvelle façon, à la respecter et à respecter sa famille.

Ce n'était pas censé la changer, elle. Pourtant c'est cette sensation qui résonnait en elle, dans son cœur, dans sa poitrine. Et elle détestait qu'il en soit ainsi.

— Maintenant, allons à l'intérieur pour remplacer le plancher, lança Jade.

Dans la grange, ils trouvèrent des lattes de bois qu'elle avait prédécoupées quelques jours plus tôt à l'aide de sa scie circulaire. Il ne restait plus qu'à les clouer.

Chance semblait s'amuser à effectuer son travail et ce qui était étrange était qu'elle s'amusait avec lui. Passer l'après-midi en sa compagnie était plus agréable que de le vivre seule.

Ce n'est pas le vrai Chance qui se trouve avec toi, se dit-elle comme pour se rassurer. Elle ferait mieux de s'en souvenir.

— Ai-je déjà rencontré ton grand-père ? demanda-t-il de but en blanc.

— Oui, répondit-elle.

— M'apprécie-t-il ?

Eh bien. Elle n'était pas certaine qu'il faille se montrer sincère en l'espèce.

— Tu prends beaucoup de temps pour répondre. Je me demande si je vais aimer ce que tu vas me dire.

— Il n'apprécie pas grand monde. Ou plutôt je dirais qu'il n'est pas impressionné par beaucoup de monde.

C'était vrai. Son grand-père avait des opinions très arrêtées. Ce qu'elle appréciait chez lui.

Sous ses airs grincheux, il cachait son point faible, son amour incommensurable pour la terre, et dissimulait le fait qu'il était capable de sentiments.

C'était si important à ses yeux qu'elle honore la confiance que ce vieil homme dur et obstiné avait placée en elle.

Il avait fait d'elle l'héritière du ranch plutôt que d'en léguer la responsabilité à son propre fils ou à son gendre.

Il avait placé sa foi en elle et cette décision s'était clairement imposée à lui depuis le début. Elle avait saisi les rênes et promis de travailler dur.

Ce n'était que maintenant que parfois… elle se demandait si elle serait capable d'aimer ce ranch et uniquement ce ranch.

Il est trop tard à présent.

— Il aime sa famille… ses chiens… sa terre. Il n'a besoin de rien d'autre.

Chance éclata de rire à ces mots.

— Je peux respecter une telle attitude. Tant qu'il est bon envers toi et qu'il réalise combien il est merveilleux d'avoir mérité ton admiration. J'ai l'impression qu'un homme pourrait passer sa vie entière à tenter sa chance sans y parvenir, Jade.

— Vraiment ? s'étonna-t-elle, la gorge soudain sèche. Pourquoi ?

— Tu as l'air d'une femme difficile à impressionner. C'est une particularité qui me plaît chez toi.

Sur ces mots ils continuèrent leur tâche épuisante. Une fois qu'ils eurent terminé la pose du plancher, Jade sentit son estomac gronder.

— Je meurs de faim, moi aussi, dit-il.

— Par chance, j'ai des plats préparés par ma grand-mère

dans mon congélateur. Je n'aurai qu'à réchauffer une double portion.

— Je ne refuserai jamais un plat cuisiné par une grand-mère. C'est une certitude que je ressens au plus profond de mon âme. Et toi, tu ne cuisines pas ?

— Non.

Un éclair de tristesse traversa la poitrine de Jade. Que deviendraient les recettes de sa grand-mère une fois que cette dernière ne serait plus de ce monde ? Elle avait quatre-vingt-dix ans, l'heure de sa disparition sonnerait bientôt.

Peut-être était-ce la question qui la taraudait ces derniers temps. Le temps poursuivait sa marche inéluctable. Chuck était parti. Bientôt ses grands-parents s'en iraient à leur tour.

Jade sentit sa poitrine se serrer douloureusement.

— J'imagine que je devrais demander ses recettes à ma grand-mère. Mais je me dis parfois qu'une fois qu'elle ne sera plus là il ne sera pas juste que nous savourions sa cuisine.

— Mais c'est une forme d'héritage, non ? Tout comme la terre.

— Oui, c'est comme la terre, reconnut Jade.

Ils grimpèrent dans le pick-up et reprirent le chemin de son chalet. Elle se sentait soulagée de ne pas avoir croisé un membre de sa famille en chemin. Ils ne se rendaient pas souvent aussi loin sur leurs terres, mais il leur arrivait parfois de lui apporter un peu de nourriture.

Jade n'avait aucune envie d'expliquer pourquoi Chance Carson travaillait avec elle. Pourquoi il ignorait qui il était et pourquoi il croyait qu'ils étaient peut-être amis et qu'il travaillait comme employé du ranch.

— C'est une belle soirée, lança Chance. J'ai remarqué un foyer devant ton chalet. Veux-tu que j'allume un feu et que nous dînions dehors ?

Elle se rendit compte que sa proposition lui faisait envie. Elle voulait s'asseoir à ses côtés près du feu.

— D'accord. Je vais chercher le faitout pour réchauffer le ragoût de ma grand-mère.

— Génial.

Il avait répété ce mot à plusieurs reprises au cours de la journée.

Génial.

Voilà qui faisait naître de drôles de sensations dans sa poitrine. Parce que Chance ne lui avait jamais dit jusqu'alors que quoi que ce soit était génial.

Il alluma le feu. Un autre geste dont il se souvenait, de toute évidence. Elle sortit le grand faitout contenant le ragoût congelé et le plaça sur une grille au-dessus du feu de camp.

Elle rapporta ensuite deux bières et tendit à Chance une des bouteilles.

Il ne fallut pas longtemps pour que le plat mijoté se mette à bouillonner. Jade servit deux parts dans des bols en fer-blanc puis ils prirent place côte à côte sur deux chaises pliantes et mangèrent de bon cœur.

La nuit avait commencé à tomber, et les étoiles commençaient à percer le rideau de velours bleu au-dessus de leurs têtes. À mesure que l'obscurité s'épaississait, leur éclat se faisait plus vif.

— La nuit est superbe, dit-elle.

— Oui, c'est magnifique… mais triste aussi. Ces heures juste avant que le soir tombe à cette période de l'année. J'ignore pourquoi j'ai ce sentiment.

Elle le fixa, l'observant comme si elle ne l'avait jamais vu, et elle savait qu'il ne trouverait même pas étrange son attitude. Il ignorait qu'elle l'avait vu presque quotidiennement durant une bonne partie de sa vie. Que ce soit quand elle l'apercevait de l'autre côté de la salle du Thirsty Mule, quand le bar était bondé, le samedi soir, à l'épicerie locale ou bien quand sa silhouette se détachait sur le paysage alors qu'il chevauchait à travers les terres des Carson.

Ces moments durant lesquels elle voulait le détester mais ressentait un tout autre sentiment au fond d'elle.

— Mais tu le ressens simplement, c'est bien cela ?

Il semblait se débattre avec cette idée. Ou se concentrer avec force, comme s'il lui était extraordinairement difficile de rassembler ses pensées.

— C'est un sentiment qui s'impose à moi, avec puissance.

Le regard de Chance se perdit dans le vague un instant. Quand il reprit la parole, Jade eut le sentiment qu'il ne s'adressait pas à elle mais utilisait les mots comme pour inscrire cette vérité dans son cœur. Afin qu'elle ne disparaisse pas.

— Je vois une petite fille. Une petite fille et… Ce n'est pas mon enfant. Parce que je me vois dans la peau d'un petit garçon. Elle est très malade.

— Oh.

— C'est pour cette raison que je ne veux pas voir de docteur.

Il lui semblait très loin d'elle en cet instant.

— Elle consultait des médecins en permanence. Il y avait des hôpitaux. Tant d'hôpitaux. Tout le temps.

Quand elle est morte, c'était la fin du printemps, comme aujourd'hui. Un de ces jours où le soleil se couche tard.

Les sons autour d'eux semblaient amplifiés. Les flammes venant lécher le bois, les craquements du feu. Le chant rythmique et entêtant des criquets s'élevant quelque part au milieu de l'obscurité.

— Qui était-elle ?

Elle l'ignorait elle-même. Il s'agissait d'une histoire concernant la famille Carson dont elle n'avait jamais entendu parler.

— Je ne sais pas. Ma seule certitude, c'est que je la vois et que, lorsque tu m'as demandé si je voulais aller à l'hôpital, je me suis dit que non, que c'est l'endroit où les gens se rendent pour mourir. Elle est la raison pour laquelle je le pense. Parce qu'elle était une petite fille et qu'elle est un jour entrée dans un hôpital pour ne jamais en ressortir.

Un accablant sentiment de tristesse s'insinua dans la poitrine de Jade.

— Tu sais, je conduis des gens à l'hôpital tous les jours, dit-elle. Je comprends qu'il puisse y avoir des souvenirs traumatiques liés à ce lieu. Mais… Mais l'hôpital n'est pas toujours synonyme d'événements néfastes.

— D'un point de vue logique, cela me semble évident. Mais…

— Je suis désolée. Je suis désolée que le premier souvenir qui te revienne en mémoire soit si triste.

— J'imagine que c'est probablement parce qu'il s'agit du plus marquant de ma vie. Je pense avoir ressenti cette tristesse en moi avant que son visage ne me revienne en mémoire. Quelle terrible histoire… J'ai failli mourir, là, dans le champ. Alors que…

— Alors que ? murmura-t-elle.

— Mes parents ont déjà assez souffert. Cette fillette était certainement ma sœur.

— Oh ! lâcha-t-elle dans un souffle, incapable de masquer sa surprise.

Il savait ce qu'était que de perdre quelqu'un. Il était… humain.

Tout comme elle. Tout comme ils l'étaient tous.

Les Carson et les Sohappy n'étaient pas si différents les uns des autres. Elle avait espéré qu'il puisse le constater durant ce moment particulier, mais elle ne s'était pas attendue à être celle qui reçoive cette leçon.

Elle n'avait jamais entendu quoi que ce soit à propos de l'histoire qu'il évoquait et elle ignorait pourquoi ces idées occupaient l'esprit de Chance. Ou si c'était même vrai. Un poids pesa subitement sur sa poitrine.

Chance s'approchait bien trop désormais du moment où les souvenirs lui revenaient en mémoire et la situation devenait… périlleuse. Jade pouvait se dire qu'elle voulait se faire apprécier de lui grâce à sa stratégie, mais qu'il partage un souvenir aussi personnel, dont il n'aurait jamais parlé dans d'autres circonstances, lui donnait le sentiment de pratiquer une forme de trahison. Elle n'aurait jamais imaginé qu'une telle situation advienne un jour.

Il évoquait sa sœur. Mais tout cela n'avait aucun sens. Il avait effectivement une sœur. Or elle était en vie et en pleine forme.

Callie Carson était bien plus jeune que lui, et elle avait quitté leur ranch pour épouser un cow-boy de rodéo vivant à Gold Valley.

La façon dont il parlait de l'événement laissait entendre qu'il était plus jeune quand le drame s'était produit.

Elle mourait d'envie d'en savoir davantage mais ne souhaitait pas exercer la moindre pression sur lui. En particulier parce qu'elle se sentait fragile, son cœur étant si attendri par lui.

— Très bien, dit-il.

Il se leva et elle l'imita aussitôt, prête à récupérer son bol vide pour le rapporter avec le sien dans la cuisine. Mais au moment où elle tendait la main vers le récipient, ses doigts frôlèrent ceux de Chance et leurs regards s'arrimèrent puissamment l'un à l'autre.

Jade sentit alors un frisson presque magique la traverser. Une onde chaude et délicieuse qui semblait couler comme du miel dans ses veines.

Elle eut l'impression de ne plus être capable de respirer ni de réfléchir. Elle ne pouvait que garder ses yeux rivés sur lui. Sentir les battements puissants de son cœur, pareils au galop d'un troupeau de mustangs sauvages. Elle était certaine qu'il pouvait l'entendre, lui aussi.

Puis, peu à peu, son inquiétude la quitta. Parce qu'elle pouvait voir à l'expression de son visage qu'il… bouillait de désir pour elle.

Elle ne pouvait s'empêcher de se demander s'il s'agissait d'un élan nouveau, ou s'il existait en lui depuis longtemps.

Tout comme c'était le cas pour elle.

Peut-être éprouvaient-ils les mêmes sentiments tous les deux.

Elle avait toujours cru que Chance et elle étaient différents. À propos de tout. Mais peut-être n'était-ce pas le cas.

Peut-être ressentaient-ils tous deux la même chose.

Peut-être en avait-il toujours été ainsi.

Au moment où elle s'apprêtait à parler, il baissa la tête vers elle et l'embrassa.

Ce fut comme une décharge électrique qui la traversa. Sa bouche était ferme et délicieusement chaude et ses lèvres lui prodiguaient un baiser tout simplement magique.

Elle s'agrippa à lui, instinctivement, et ce ne fut que lorsqu'elle entendit le bol tomber avec fracas sur le sol qu'elle réalisa qu'il avait quitté ses mains.

La situation était dangereuse. Parce qu'elle était en train d'oublier la réalité et qu'elle se laissait happer par ce qu'elle aurait voulu fuir.

Mais c'était plus fort qu'elle. Blottie dans ses bras, elle se délectait du fabuleux contact de ses lèvres contre les siennes. Elle avait été embrassée maintes fois dans sa vie, mais jusqu'alors les baisers échangés avec ses amants ne lui avaient semblé n'être qu'une forme de passage obligé sans plus d'intérêt. Car quand on trouvait un homme attirant c'était ce qui se faisait, n'est-ce pas ? Cela n'avait rien d'exceptionnel.

Jamais auparavant un baiser n'avait fait ainsi bouillir le sang dans ses veines.

Elle se sentait si fiévreuse. Tout son corps était brûlant et comme endolori. Non pas uniquement tout en haut de ses cuisses, mais au fond de sa poitrine également. Elle avait tellement envie d'être près de lui qu'une forme de douleur sourde s'était emparée d'elle.

Comme elle avait envie d'arracher les vêtements qui s'interposaient entre eux, comme elle voulait presser son corps nu contre le sien…

Jamais elle n'avait ressenti désir si soudain, si violent.

Elle agrippa sa chemise, enfouit ses doigts dans ses cheveux, arquant son corps contre le sien, frottant langoureusement ses seins contre son torse puissant.

Chance poussa un grognement sourd, bascula ses hanches vers elle et elle put sentir sa fantastique érection contre elle.

Par terre. Contre le mur.

Elle y avait songé.

Elle avait envie de lui. Mais… Il ignorait qui elle était.

Il ne savait rien sur lui-même.

Elle se recula brusquement, horrifiée, et prit alors conscience qu'elle était prise au piège d'un filet qu'elle avait tissé de ses mains.

— Désolée, dit-elle. Je suis désolée. Tu travailles pour moi et…

— Mais il n'y a pas que cela entre nous, n'est-ce pas ? questionna-t-il d'une voix rauque.

Non. Ce n'était évidemment pas tout ce qu'il y avait entre eux. Bien sûr que non.

Mais elle ne pouvait pas l'avouer, elle ne pouvait pas expliquer la situation. Car l'explication ne rendrait pas les choses plus claires, mais bien plus troublantes. Il n'était pas son employé et ils n'avaient pas de rendez-vous secrets.

Ils étaient deux ennemis, prisonniers d'une querelle entre leurs deux familles. Deux personnes qui n'avaient fait que se taper mutuellement sur les nerfs depuis une éternité. Il n'y avait rien de plus profond entre eux. Comment aurait-ce pu être le cas ?

— C'est juste que… Écoute, je suis désolée. Ce n'est pas correct de ma part. Vraiment pas.

— Je suis un homme. Voilà une certitude. Que j'aie

ou non toute ma mémoire n'y change rien. Je sais couper du bois, réparer un toit, poser un plancher. Je crois que je suis en mesure de savoir comment…

— Ce n'est pas ce qui me tracasse. Je m'inquiète du fait de tirer profit de la situation.

Alors que sa tête reposait contre le torse musclé de Chance, Jade réalisait le ridicule de ses mots.

Bravo, Jade. Te voilà prise au piège de ta propre stupidité.

— Je suis désolée…

— Pas de problème. Je peux partir si tu veux. Je n'ai pas besoin de rester ici. Je peux regagner mon propre chalet si c'est…

— Non, je vais bien… Ce n'est pas à cause de toi. Je te le promets.

— Je ne vais pas te faire de mal, tu sais.

— Je le sais, bien sûr. Il n'y a aucun doute dans mon esprit. Tu n'as jamais donné le sentiment que tu serais capable de me faire le moindre mal. Peu importait la situation. Même lorsque nous nous disputions.

— Très bien, dit-il en hochant lentement la tête. Si tu en es convaincue, c'est le plus important.

— C'est le cas, tu peux me croire.

- 5 -

Dormir par terre dans le salon de Jade était plus inconfortable encore que la nuit précédente. Parce que son corps était douloureusement tendu de désir et qu'il y avait bien peu de chance qu'il trouve le sommeil.

C'était hilarant de savoir qu'elle s'inquiétait de son consentement. Il avait pourtant clairement montré qu'il avait envie d'elle. Mais elle se tracassait à cause de sa perte de mémoire. Enfin, peu importe.

Même lorsque nous nous disputions.

La phrase s'imposa à l'esprit de Chance dans un flash.

Se disputer ? S'étaient-ils réellement querellés par le passé ? La façon dont elle avait prononcé ces mots donnait l'impression que c'était effectivement le cas.

Il ne pouvait pas s'empêcher de s'interroger.

Elle s'était comportée comme si elle ne le connaissait que vaguement, mais il commençait à avoir le sentiment que ce n'était pas vrai.

Il se leva avant le lever du soleil et gagna la cuisine pour se préparer du café et des œufs.

Jade s'éveilla peu après et le rejoignit vêtue de sa tenue de secouriste.

Il la trouva splendide.

— Je te retrouve plus tard, dit-elle. Je dois partir travailler. Je… je te rapporterai d'autres vêtements.

— Entendu.

— Désolée que tu n'aies pas d'autre tenue de rechange. Excuse-moi aussi pour… tout.

— Rien de tout cela n'est de ta faute, d'accord ?

— Tu as toujours envie de rester ?

— Oui, si cela ne te dérange pas.

— Non, pas du tout. Si c'est là que tu as envie d'être, alors… Je… Je suis heureuse de t'accueillir.

— Dis-moi, puis-je aller à la grange et continuer à avancer les travaux pour toi aujourd'hui ?

— Bien sûr.

— J'aimerais bien continuer à aider.

— J'apprécie ton offre, merci.

Sur ces mots, il quitta le chalet et partit à pied vers la grange. Il n'y avait pas de véhicule pour s'y rendre et marcher ne le dérangeait pas. Il se souvenait du chemin et la balade était agréable.

Le mauvais temps s'était dissipé et les fleurs printanières pointaient leur nez sous le soleil, piquetant de points jaunes et orange les champs d'un vert éclatant.

L'esprit de Chance lui paraissait agréablement vide. C'était étrange, même s'il ne se souvenait pas ce qu'était d'avoir toute sa mémoire, il savait que ce qu'il ressentait était différent de la normalité. Peut-être avait-il eu un avant-goût d'un retour à la normale la veille au soir. Il avait été si préoccupé par ce qui s'était passé avec Jade, par cette phrase qu'elle avait prononcée, qu'il ne s'était pas vraiment attardé sur ce souvenir datant de son enfance. Cette petite fille. Sa sœur. Il était certain qu'elle était sa sœur, même s'il ne connaissait pas son nom. Des images lui étaient apparues et avec elles des sensations. Il s'était revu enfant. Il avait perçu une douleur irradiant sa poitrine, qui paraissait correspondre à une trahison infligée par l'existence.

C'était quelque chose d'unique. Une douleur comme il n'en avait encore jamais connu. Alors que le monde semblait radieux et plein de promesses, il avait été frappé pour la première fois par le sentiment que les situations pouvaient parfois terriblement mal tourner.

Cette souffrance l'avait façonné. Elle l'avait changé. Il y avait eu un avant et un après. Même dépourvu de sa mémoire, il savait qu'il vivait encore dans cet « après ».

Mais il choisit de concentrer son attention sur la journée qui s'offrait à lui, et non sur ces souvenirs. Une question le frappa alors. Était-ce ainsi qu'il procédait habituellement ? Était-il homme à refuser de ressasser sa douleur, choisissant plutôt d'aller de l'avant sans se retourner ?

Il traversa le champ et poursuivit son chemin jusqu'à la grange. Il grimpa à l'échelle, prêt à travailler, et commença à clouer plus de tuiles sur le toit. Comme il terminait la couverture d'une portion, il se leva et le talon de sa botte s'enroula dans un morceau de la corde. Il bascula vers l'avant et vit le sol se rapprocher de son visage. Mais se rattrapant juste à temps, il ne chuta pas. Toutefois ce moment le ramena à un autre incident et soudain, il visualisa une autre chute.

Il était tombé de cheval, de son propre cheval, et sa tête avait frappé le sol. Alors qu'il chevauchait à la frontière séparant les terres des Carson de celles des Sohappy.

Les terres des Carson.

Il s'était trouvé sur ces terres, parce qu'il était un Carson.

Et Jade Sohappy était sa rivale.

Quand Jade se gara sur la propriété de sa sœur, elle était épuisée. Elle s'était arrêtée au Thirsty Mule et avait acheté des hamburgers à emporter, et elle avait eu du mal à croiser le regard de Cara Thompson, la meilleure amie de Jace Carson. Cara n'appréciait pas Jade et ne faisait pas grand effort pour le cacher.

Si seulement elle savait. Si seulement elle savait que Jade abritait Chance dans son chalet, et que Chance ignorait qui il était.

Jade avait songé aux Carson et au fait qu'ils risquaient de s'inquiéter au sujet de Chance, mais à présent qu'elle savait à propos de la perte qu'ils avaient subi, la question la rongeait.

Dès que Jade eut claqué la portière de son pick-up, la porte d'entrée de la maison de sa sœur s'ouvrit à la volée et Shelby bondit à l'extérieur.

— Mais que se passe-t-il, bon sang ?

— Que veux-tu dire ?

— J'ai vu Chance Carson perché sur le toit de ta grange aujourd'hui, habillé avec les vêtements de Chuck. Tu dois donc répondre à ma question.

— Je ne peux pas te garantir que je le ferai, répliqua Jade, la bouche soudain sèche.

— Tu t'envoies en l'air avec Chance Carson, c'est ça ?

— Arrête, s'il te plaît.

— Je peux le dire autrement, si tu préfères. Tu couches avec lui ?

— Non… je ne couche pas avec Chance Carson.

Bien entendu, la vérité était si ridicule qu'elle devrait probablement se contenter d'acquiescer à la version de sa sœur, car cette dernière ne croirait jamais que Chance

Carson était amnésique, qu'elle lui avait menti et qu'il vivait sous son toit.

Non, ce serait difficile de faire entendre cette vérité.

Mais elle devait essayer d'expliquer la situation. D'une manière ou d'une autre.

— Il… s'est blessé.

— Vraiment ? Et pourquoi était-il nu chez toi ? insista Shelby.

— Il n'était pas nu *avec moi*. Il est tombé, de son cheval certainement, les détails ne sont pas clairs. Je l'ai trouvé inconscient dans le champ. Je l'ai ramené au chalet parce que nous étions au milieu de la nuit et que nous nous trouvons si loin du moindre hôpital. Comme la professionnelle que je suis, j'ai évalué son état et conclu qu'il avait un traumatisme crânien…

— Rien dans cette histoire n'explique ce qu'il fait chez toi ni pourquoi il porte les vêtements de mon mari.

— Il ne se souvient de rien.

— Vraiment ?

— Oui. Et encore moins qu'il me déteste. Enfin, qu'il nous déteste tous.

— Oh ! Jade…

— Et je lui ai peut-être… un peu dit qu'il travaille pour moi.

— As-tu des envies suicidaires ? lança Shelby en criant presque.

— Non, pas du tout.

Sa sœur la fixait de ses yeux sombres, écarquillés par la stupeur.

— Il va te tuer.

— Mais non, bien sûr.

— Quand il découvrira que tu lui as menti, que tu lui

as fait exécuter des tâches subalternes pour ton compte alors qu'il ne se souvenait plus de qui il était, il va te *tuer*. T'étrangler de ses grandes mains compétentes de réparateur de toit.

— Tu en fais vraiment trop, rétorqua Jade tout en percevant qu'il y avait dans ces mots un soupçon de vérité qui la rendait nerveuse.

— Ce n'est pas moi qui dramatise, c'est toi qui te comportes en psychopathe. Je peux t'assurer que je t'admire pour ce grain de folie que tu as eu et d'une certaine façon pour cette bassesse que tu as commise envers lui. Mais j'ai beau être sincèrement impressionnée, je m'inquiète pour ta sécurité. Parce que si tu es seule quand il découvrira…

Elle s'arrêta un instant de parler avant de reprendre.

— Mais tu couches avec lui ou pas ?

— Non. Je l'ai embrassé. Une fois. Et je lui ai dit que ça ne pouvait pas se reproduire. Parce que je ne suis pas une psychopathe, Shelby, contrairement à ce que tu prétends, et que je ne peux pas faire l'amour avec un homme qui pense être mon employé alors qu'il est en réalité mon ennemi. Je peux passer ma journée à me moquer de mon ennemi juré mais je ne tirerai pas avantage de lui sur le plan physique.

— Eh bien, je remercie le ciel qu'il te reste quelques scrupules. Mais tout ceci est très déconcertant.

— Je ne sais pas quoi te dire. Ça s'est passé… c'est tout, les mots sont sortis de ma bouche tout seuls. Je finissais ma journée de travail, j'étais très fatiguée, et ensuite il n'était plus possible de faire demi-tour.

— Je ne sais même pas quoi dire.

— Va me chercher des vêtements pour lui, ou…

— Il va devoir vivre nu dans ton chalet.

Jade sentit son visage s'empourprer.

— Non, cela ne se produira pas.

Bien que l'image lui semble fort plaisante.

— Et puis tu sais, reprit-elle, le pire dans toute cette histoire c'est que, d'une certaine manière, j'aime bien Chance. Je veux dire, ce Chance, celui qui n'a pas de souvenirs.

— Ce n'est pas Chance, insista Shelby. Nous ne sommes pas nous-mêmes sans nos souvenirs. Si je ne me rappelais pas tous ces moments affreux qui ont marqué ma vie ces dernières années… je ne serais probablement pas celle que je suis aujourd'hui. Dès l'instant où tout lui reviendra en mémoire, il redeviendra celui qu'il a toujours été. L'homme face auquel tu te trouves n'est pas vraiment Chance. Tu ne dois pas l'oublier.

— Je le sais. Je te promets que je ne risque rien.

Shelby poussa un lourd soupir.

— Entendu.

Elle garda le silence quelques instants avant de reprendre.

— Il embrasse bien, au fait ?

Un vif intérêt brillait au fond du regard de la jeune femme et Jade en connaissait la raison. Mais il s'agissait toutefois d'un sujet qu'elles n'abordaient jamais.

Il ne fallait pas parler de Kit Carson, ou de la façon dont sa sœur le regardait.

Jade s'en abstenait malgré l'envie qui la taraudait.

— Tu veux bien simplement aller me chercher des vêtements, s'il te plaît ? grogna-t-elle presque.

Shelby revint les bras chargés d'une pile d'habits qu'elle lui tendit, une expression sceptique sur le visage.

Jade les serra contre sa poitrine et regarda sa sœur qui la fixait d'un air plein d'espoir.

— Il embrasse comme un dieu, concéda-t-elle.

— Oh ! voilà qui est bon à savoir. Les hommes de la famille Carson sont… Eh bien, il s'agit d'un sujet épineux.

— Entièrement d'accord.

— Tout comme toi, ajouta Shelby.

— C'est noté, lui cria Jade en quittant à la hâte la maison tandis que sa sœur la mettait une nouvelle fois en garde contre la réaction de Chance.

Elle monta dans son pick-up et reprit le chemin du chalet. Quand elle l'eut rejoint, Chance se tenait dans l'embrasure de la porte.

Il ne s'agissait pas de Chance, l'homme avec lequel elle venait de passer les derniers jours.

C'était Chance Carson.

Le *vrai* Chance Carson.

Et il semblait avoir une lueur assassine au fond des yeux.

- 6 -

Chance identifia très clairement le moment où Jade comprit ce qui se passait. Il put percevoir la seconde où elle réalisa qu'elle le regardait. Lui, celui qu'il était réellement, non l'homme avec lequel elle s'était amusée au cours des derniers jours.

Non.

Elle était bien consciente de qui était celui qu'elle regardait en cet instant, et il était fasciné par ce moment. Qu'allait-elle faire ? Comment tenterait-elle de s'extirper de cette situation ? Le ferait-elle ? D'après sa propre expérience, Jade aimait la confrontation. Elle pouvait se comporter en tigresse et il fallait se méfier de ses coups de griffes.

Il fixa son visage et patienta. Elle leva devant elle un sac en papier et lui sourit.

— J'ai apporté des hamburgers.

Intéressant. Ainsi, c'était de cette manière qu'elle comptait jouer la partie. Elle voulait l'amener, lui, à énoncer les faits.

— Je ne suis pas d'humeur à manger des hamburgers, dit-il tout en croisant ses bras sur sa poitrine et en s'adossant à l'un des poteaux du porche.

— Dommage, dit-elle, son sourire se faisant curieusement plus éclatant. Je t'aurais pris une salade si j'avais su.

— Je n'ai pas envie de salade. Mais sais-tu ce que j'aimerais par contre ?

— Non, dis-moi ?

— J'aimerais bien une explication.

Jade lança un regard furtif vers la gauche, puis vers la droite : elle lui évoqua un taureau effrayé, tentant de décider par où fuir.

Mais il ne la laisserait pas s'échapper, elle pouvait en être certaine.

— Eh bien, j'ai terminé ma journée de travail, je suis fatiguée, mais je me suis arrêtée au Thirsty Mule malgré tout pour acheter des hamburgers à Cara. Enfin tu ne sais pas qui est Cara…

Le sourire de Jade s'était fait plus résolu que jamais.

— Ah oui, vraiment ? questionna Chance.

— Pas autant que je sache, répondit-elle.

Soudain une évidence s'imposa à l'esprit de Chance. Tandis que lui ignorait qui elle était, Jade avait su qu'il était Chance Carson durant tout ce temps. Elle savait donc qu'ils se détestaient mutuellement. Pourtant, elle l'avait embrassé.

Avec ardeur.

Elle avait pressé son adorable corps contre le sien et quasiment supplié pour qu'il la touche… En fait, il avait l'impression que s'il n'avait pas souffert de perte de mémoire, elle aurait été prête à aller jusqu'au bout.

Jade avait décidément d'étranges principes. Apparemment, lui mentir et l'utiliser pour des travaux manuels ne lui posait pas le moindre problème, mais elle n'entendait pas tirer profit de son état quand il était question de sexe.

Il imaginait qu'il devrait lui en être reconnaissant.

Même s'il ne se serait pas senti excessivement exploité s'ils avaient cédé à leur désir.

— Pas autant que tu saches, répéta-t-il d'un air pensif. Tu sais, j'ai réfléchi.

— Vraiment ?

— Oui. J'ai réfléchi au baiser que nous avons échangé l'autre soir.

— Oh.

— C'était bon.

— Je… Oui.

Le visage de Jade était à présent rouge écarlate, signe du profond embarras qu'elle ressentait. Peut-être n'était-elle pas entièrement certaine qu'il ait recouvré la mémoire, et ce doute la rendait nerveuse, mal à l'aise. Voilà qui était parfait.

Il avança d'un pas vers elle.

— Je ne suis pas d'humeur à manger des hamburgers. Mais j'ai bien envie d'un autre baiser.

Il savait que son ton était inquiétant et il pouvait en juger par la réaction de la jeune femme. Ses pupilles s'étaient dilatées et son souffle s'était fait plus court. Elle avait peur de lui mais elle était également intriguée, excitée et plus que vaguement intéressée par ce qui se passait entre eux.

Il sentit un sourire naître sur ses propres lèvres et il savait qu'il n'exprimait ni douceur ni gentillesse.

— Je t'ai dit que ce n'était pas une bonne idée, lança-t-elle.

— C'est vrai, répondit-il. Tu t'inquiètes tellement du risque de profiter de moi.

Une onde de fureur vibrait dans ses veines au moment

où il s'avança vers elle pour saisir sa nuque au creux de sa paume.

La sensation éprouvée le frappa. Ses cheveux, comme sa peau, étaient doux.

Il n'aurait jamais imaginé que Jade Sohappy soit si douce.

Le parfum de sa peau évoquait le chèvrefeuille et la chaleur du soleil. Elle était incroyablement belle et il la désirait.

Bon sang, il sentait qu'elle lui devait bien ça.

Elle s'était amusée avec lui, s'était moquée de lui en profitant de son amnésie pour lui confier toutes sortes de tâches.

Tout cela à cause d'une parcelle de terre ?

Et il lui avait dit des choses… dont il ne parlait jamais. Parce que, dans son état, il avait oublié qu'il n'en disait jamais rien.

C'était vraiment dommage.

Mais rien qu'il ne pourrait corriger en prenant une forme de revanche.

Il regarda la veine qui battait follement à la base de la gorge de Jade.

Elle était superbe. Il avait envie de faire courir la pointe de sa langue à cet endroit, le long de la peau satinée de son cou.

Il réalisa à cet instant que ce qu'il désirait plus que tout, plus que de la punir, plus que de la faire payer, était de la faire crier de plaisir.

Qu'elle soit sous lui, ou bien sur lui, comme il lui plairait.

Il avait enfoui au fond de lui ce qu'il ressentait pour elle. Durant toutes ces années, il n'avait pu ignorer sa beauté, mais il ne s'était jamais autorisé à s'abandonner complètement au désir qui bouillonnait entre eux chaque fois qu'ils se disputaient. La façon dont elle lui avait rendu son baiser lui avait prouvé qu'elle ressentait la même chose, et ce fait avait suffi à libérer ses propres pulsions enfouies.

En toute honnêteté, plus Jade se montrait odieuse, plus il avait envie d'elle. Il aimait quand elle était en colère, dure envers lui et qu'elle compliquait tout.

Ces traits ne ressemblaient en rien à son caractère.

Chance aimait séduire une fille mignonne dans un bar puis vivre une aventure sans complication avec cette partenaire d'un soir qui n'était liée en rien à sa vraie vie. Chance aimait passer du bon temps avec une femme, pas rester longtemps en sa compagnie. Il appréciait que tout reste simple. Il ne voulait s'attacher à personne.

Pour toutes les raisons dont il se souvenait à présent et qui étaient nichées au plus profond de son âme.

— N'as-tu pas envie de m'embrasser de nouveau ? Juste un petit peu ?

— Non. J'ai été stupide, je me suis conduite de façon insensée. Et je …

Il approcha son visage du sien et l'embrassa d'autorité.

Jade n'aurait pu ignorer la différence entre ce baiser et celui qui avait précédé car ils n'avaient rien à voir l'un avec l'autre. Dans ce baiser, Chance laissait s'exprimer toute sa frustration, toute sa colère, née du fait qu'elle lui avait soutiré une histoire chargée d'émotion, absolument intime et qu'il préférait ne jamais évoquer. Ce baiser se nourrissait aussi de la moindre once de désir retenu. Ce désir qu'il avait choisi d'enfouir si profondément en lui, parce qu'il était impossible qu'il fasse l'amour avec Jade. Elle était la plaie de son existence.

Elle était aussi… la femme la plus sacrément sexy qu'il ait jamais tenue entre ses bras, et il avait l'impression que son corps était en feu.

Jamais il n'avait été aussi fâché contre une femme de toute sa vie et, en même temps, il échouait complètement à contrer les élans fiévreux qu'elle faisait naître en lui.

Alors il choisit de l'embrasser, avec exigence, tenant son visage et l'orientant de sorte à lui prodiguer un baiser profond, intense. Sa langue se mêlant à la sienne, attisant le brasier au bas de son ventre, cette sensation qui l'ébranlait si profondément.

Il n'était pas dans ses habitudes d'être aussi troublé.

— Maintenant, à toi de m'embrasser, dit-il d'un ton dur.

Jade laissa alors échapper un doux gémissement en nouant ses bras autour de son cou. Il poussa ses hanches contre les siennes afin qu'elle perçoive toute l'intensité de son excitation.

— Chance…

— Raconte-moi…

— Chance…

— Dis-moi ce que tu as fait, murmura-t-il, en refermant ses mains sur ses seins avant de caresser l'une des pointes tendues de son pouce jusqu'à lui arracher une petite plainte lascive. Dis-moi ce que tu as fait, Jade.

— Rien… rien du tout.

Il plaqua son corps plus fermement contre elle et elle fut parcourue d'un violent frisson.

— Tu n'es qu'une petite menteuse.

— Et toi, dit-elle contre sa bouche, tu es un sacré salaud.

— Ah oui, vraiment ? Est-ce moi qui ai menti à un homme qui était incapable de se souvenir de qui il était ?

— Est-ce moi qui essaye de voler la terre de certaines personnes sous leur nez ?

— Je t'ai dit de faire venir un fichu géomètre, dit-il, en refermant son poing sur la masse de ses cheveux et en tirant légèrement pour basculer sa tête en arrière afin que sa bouche puisse poursuivre sa conquête. As-tu songé à le faire ?

— Tu payeras pour son intervention, lâcha-t-elle sèchement avant de se hisser sur la pointe des pieds et de l'embrasser de nouveau.

Il la souleva de quelques centimètres au-dessus du sol et la porta jusqu'à l'intérieur de la maison. Il fit claquer la porte derrière eux, saisit le sachet qu'elle tenait toujours entre ses mains et le jeta sur le canapé.

Puis il la reposa au sol, plongeant son regard brûlant dans le sien.

— Trop loin, lâcha-t-il. Tu es allée trop loin.

— J'ai sauvé ta peau, Chance.

— Eh bien, merci de ne pas m'avoir laissé dans la nature au risque de me faire dévorer par les coyotes. Quel superbe exemple d'humanité ! Tu es vraiment la meilleure d'entre nous, Jade.

— Va te faire voir, riposta-t-elle.

— Je préférerais m'occuper de ton cas.

Sur ces mots, il ouvrit lentement le premier bouton de son uniforme de secouriste.

Puis il défit le suivant, et un autre encore, faisant apparaître peu à peu des courbes brun doré qui allumèrent un feu dévorant dans ses veines.

— Tu as toujours su que c'est ainsi que tout ceci finirait, pas vrai ? demanda-t-il.

— Tu es vraiment un sale type, tu sais ? dit-elle, tout en portant les mains sur la boucle de sa ceinture.

Puis elle défit le bouton de son jean et plongea la main dans son pantalon, et Chance bloqua son souffle quand elle enroula ses doigts autour de son sexe pour exercer une enivrante pression.

— Un vrai sale type, répéta-t-elle, mais cette fois-ci ses mots n'étaient plus empreints de la moindre colère.

Un petit gémissement s'échappa de sa gorge. Elle passa sa langue sur ses lèvres avant de lever ses yeux vers lui.

— Tu es… vraiment sacrément gâté par la nature, dis-moi, lâcha-t-elle tout bas.

Ces mots suffirent à provoquer sa reddition. Jade plongeant ses yeux dans les siens et parlant de ses attributs généreux, sans plus d'agressivité dans son ton… Le monde avait finalement gardé quelques cadeaux inattendus en réserve pour lui.

Il avait connu le deuil, le chagrin, il avait eu plus que sa part pour ce qui concernait le sexe, mais ce qui se passait en cet instant… Jamais il n'avait connu telle expérience.

Il détestait révéler à Jade que son fonctionnement était si simple, qu'il suffisait qu'une femme prononce une telle phrase pour que la machine s'emballe.

Non pas *une femme. Elle.*

C'est parce que c'est elle.

— Tu es le petit démon le plus sexy que j'aie jamais vu, dit-il. Dommage que tu aies une personnalité si terrible.

— Je te retourne le compliment, répliqua Jade sans

lâcher sa prise mais en ajoutant un délicieux mouvement à l'étreinte de sa main.

— Laisse-moi te débarrasser de tout ça, poursuivit-il en défaisant les derniers boutons de son chemisier avant de le jeter par terre.

Son soutien-gorge noir était tout simple, mais il mettait en valeur à merveille son généreux décolleté.

Il abaissa la tête, fit courir la pointe de sa langue sur la tendre rondeur, puis fit glisser une bretelle pour laisser apparaître une pointe de sein sur laquelle il referma avidement les lèvres.

Happée par l'intensité de sa caresse, Jade rejeta la tête en arrière en laissant échapper une petite plainte surprise et ravie et enfouit ses doigts dans ses cheveux. L'autre main de Chance s'était quant à elle aventurée tout au bas de son dos et pressait sa chair tandis qu'il continuait de faire jouer sa langue avide sur sa peau.

Il pouvait sentir les tremblements s'amplifier en elle. Tout son corps semblait à présent sur le fil du rasoir.

— Tu vas crier mon nom tant de fois que ni toi ni moi ne l'oublierons jamais, chuchota-t-il contre ses lèvres.

Chance la délesta alors de la dernière pièce de son encombrant uniforme, son pantalon bleu marine, et il put découvrir qu'elle possédait une silhouette terriblement féminine, toute faite de courbes.

Ses sous-vêtements étaient dépareillés et ce détail attisa encore davantage le feu de son désir.

Elle n'avait pas anticipé ce moment intime. Elle portait un soutien-gorge noir et une culotte blanche agrémentée de petites roses rouges.

— Très mignon. Je ne t'imaginais pas comme une

fille délicate, aimant les petites fleurs. Tu es vraiment unique, dis-moi.

— Ne tombe pas amoureux de moi, surtout.

Il éclata de rire et l'embrassa de nouveau.

— Inutile de t'inquiéter. Je ne cours pas le moindre danger. Mais cela ne va pas nous empêcher de bien nous amuser tous les deux.

Il la souleva une nouvelle fois du sol, la portant plus haut de sorte qu'elle puisse nouer ses jambes autour de sa taille.

Alors qu'il l'emmenait dans ses bras jusqu'à sa chambre, Jade tira sur le T-shirt de Chance pour le faire passer par-dessus sa tête. Il la lâcha un instant d'un côté, puis de l'autre, pour qu'elle puisse le libérer entièrement du vêtement qu'elle laissa retomber par terre.

Chance dégrafa son soutien-gorge, libérant sa poitrine qui s'offrit alors à son regard enfiévré.

— Bon sang, dit-il. Tu es sacrément sexy, ma belle.

— J'apprécie ta remarque, dit-elle en affichant un sourire aussi coquin que celui de Chance quand elle s'était extasiée sur la taille de son sexe.

Il était troublant de savoir que la personne qui vous détestait plus que tout était complètement subjuguée par votre corps et ne pouvait rien faire pour lutter contre cette vérité.

Chance la laissa retomber sur le lit, se délesta de ses bottes et retira rapidement le reste de ses vêtements.

Jade fit glisser sa culotte le long de ses jambes et se trouva nue et offerte sur le lit.

Il poussa un grognement sourd et vint couvrir son corps du sien.

— Petite sorcière.

— Espèce d'imbécile.

Soudain il s'empara de sa bouche, avec une fougue nourrie par ce désir si longtemps retenu en lui. Le temps de la colère semblait révolu désormais. Le feu agitant son sang n'était que pur désir. Il la voulait plus que tout. Jade soupira bruyamment et arqua le dos contre lui tout en laissant ses jambes s'écarter, et il glissa alors ses mains entre ses cuisses, caressant le point le plus brûlant de son corps, traçant de son pouce des cercles sur son clitoris devenu si sensible.

Puis il glissa un doigt en elle tout en l'embrassant, jusqu'à ce que sa résistance atteigne une limite.

Il ne la fit pas attendre plus longtemps et descendit entre ses jambes. Il agit rapidement, attira ses hanches contre son visage et la goûta avec ardeur, amenant son corps à s'arquer sur le lit.

— Oui, dit-il, interrompant un instant le jeu avide et enivrant de sa langue.

Jade avait le sentiment de perdre la tête tant le plaisir était intense et quand il introduisit un autre doigt en elle, elle ne put plus contenir ses gémissements. Il intensifia sa caresse et elle commença à trembler, avant d'atteindre brusquement l'extase.

Elle agrippa ses cheveux tandis que la vague du puissant orgasme l'emportait tout entière.

Chance se sentait si tendu de désir que c'était à peine supportable.

— Je t'en prie, dis-moi que tu as des préservatifs, lâcha-t-il d'un ton presque implorant. Je n'ai pas la moindre affaire avec moi.

— Oui, j'en ai.

Elle se précipita dans la salle de bains et revint une minute plus tard avec des protections.

— Cela fait longtemps que je n'en ai pas eu besoin. Il ne me semblait pas utile de les garder près de mon lit.

— Je ne te juge pas. Je suis juste heureux que tu en aies.

En cet instant, il ne savait plus à quand remontait sa dernière nuit d'amour. Tout semblait se mélanger à l'intérieur de sa tête. La seule réalité qui avait du sens à ses yeux, c'était elle, rien qu'elle.

Quand elle se fut allongée, il saisit ses poignets, amena ses deux bras au-dessus de sa tête et les y maintint fermement. Ainsi elle était comme prisonnière et ses deux seins étaient tendus vers lui à la manière d'une offrande. Il baissa la tête, suça ardemment la pointe de l'un, puis de l'autre.

Il se glissa vers son sexe et la sentit si prête qu'il lâcha un grognement gourmand.

— Je t'en prie, viens, supplia-t-elle.

— Redis-le.

— Je t'en prie, viens, Chance.

Il s'empara alors d'elle d'une franche poussée. Elle se cambra violemment sur le lit, tandis qu'un cri rauque jaillissait de sa gorge. Son corps se mit à onduler au rythme de chaque caresse, de chaque assaut de Chance.

Elle enfonça ses ongles dans sa peau et le laissa les mener tous deux aux limites de la raison.

Puis quand il sentit la fin de sa propre résistance approcher, il pressa son visage dans son cou et mordilla légèrement sa peau.

C'est à cet instant qu'il la sentit s'abandonner entièrement.

Son orgasme, puissant, magnifique, le prit au dépourvu. Ses muscles se serrèrent autour de son sexe et, après quelques élans vifs et impatients, sa main fermement agrippée à la hanche de Jade, il atteignit à son tour le sommet du plaisir.

— Jade, lâcha-t-il, sans pouvoir cacher l'exultation perçant dans sa voix.

Il se laissa retomber près d'elle, le souffle court.

— Waouh, lâcha-t-il.

— Je ne peux pas bouger, dit Jade. Tu m'as tuée.

Puis elle éclata de rire.

— Qu'y a-t-il ?

— Ma sœur m'avait bien dit que tu me tuerais.

— Ta fichue sœur est au courant ?

— Ma fichue sœur *t'a vu*. J'ai fini par devoir lui dire.

— Tu m'es redevable, tu sais. Je ne plaisante pas. Tu as vraiment dépassé les bornes.

— Doit-on vraiment en parler maintenant ? Et puis, que comptes-tu me demander si je te suis redevable ?

— Tu vas devoir venir travailler pour moi.

— Je ne travaillerai pas pour les Carson.

— Tu n'as pas le choix. Tu m'as menti. Tu as couché avec moi et il existe un certain nombre de choses que je pourrais faire en me servant de ce qui s'est passé entre nous.

— Essayes-tu de… me faire chanter ?

Il n'en avait pas vraiment eu l'intention et il ne savait pas tout à fait ce qui se passait en lui en cet instant.

Mais l'idée selon laquelle il la ferait venir sur les terres des Carson et la contraindrait à effectuer la même quantité de travail que celle qu'il avait accomplie pour elle semblait justifiée.

Ou peut-être que là n'est pas ta vraie motivation. Peut-être essayes-tu simplement de prendre une revanche sur elle parce que tu as raconté l'histoire de Sophie et que tu regrettes qu'à présent elle soit au courant.

— Je ne travaillerai pas pour toi.

— Je pourrais probablement appeler la police, Jade.

— Que leur dirais-tu ? Que tu as souffert d'amnésie et que je t'ai fait travailler pour moi ? Ouais, je suis sûre que le shérif adjoint Morton serait très intéressé par ton histoire. C'est mon amie, au fait.

— Dans ce cas peut-être que ton grand-père adorerait savoir que tu as beaucoup de mal à garder tes mains dans tes poches quand tu es en ma présence.

— Tu… Tu es monstrueux, dit-elle. Je ne peux pas croire que je viens tout juste de faire l'amour avec toi.

— Peut-être que tu devrais faire ce que je te demande parce que tu culpabilises.

— Je n'aurai jamais de regret à cause de toi, ni à cause d'aucun des Carson.

— Préviens-moi quand tu auras un jour de congé.

Jade quitta le lit pour gagner la salle de bains et, quand elle s'éloigna, il ne put s'empêcher de laisser son regard s'égarer sur le balancement sensuel de ses hanches.

Ses courbes étaient si douces, si délicieusement généreuses et tentantes. Il adorait ça.

Il n'avait pas fait l'amour avec elle pour exercer une quelconque vengeance. C'était juste que c'était… une occasion rêvée.

Elle revint quelques instants plus tard, entièrement vêtue.

— Que dirais-tu de cette proposition ? lança-t-elle. Je viendrai travailler pour toi. Je me rabaisserai à devenir ta fille de ferme. De ton côté, tu acceptes de chercher à savoir ce qui s'est passé entre nos deux arrière-arrière-grands-pères et comment a été organisé ce jeu de cartes entre eux. Si ta famille possède des archives…

— Je suis désolé, mais je ne crois pas que tu sois en position de négocier, Jade.

— Peut-être pas en effet, concéda-t-elle.

Il réalisa alors qu'ils avaient atteint la limite de la raison, de la dignité. Il avait été fou de rage et il avait eu des raisons objectives de l'être. Mais sa colère les avait conduits à cet instant et, à présent, il essayait de l'utiliser contre elle. Peut-être avaient-ils besoin de régler la question, une fois pour toutes. Mais son orgueil ne lui permettrait pas de le faire en échange de rien.

— Très bien, Jade Sohappy, marché conclu.

— Tu sais bien que je n'ai pas le temps de venir travailler pour toi.

— Utilise des journées de congé.

— Tu…

— Tu obtiendras ta preuve, si elle existe.

— Très bien. Maintenant, sors de chez moi, lança-t-elle.

— Eh bien, je vais avoir besoin que tu me reconduises chez moi.

Jade saisit les clés de son véhicule sur la table de nuit et les lui jeta.

— Je demanderai à ma sœur de m'emmener en voiture au travail et je récupérerai le pick-up demain.

— Parfait. À bientôt.

Chance commença alors à ramasser ses vêtements tout en ayant le sentiment qu'il lui faudrait du temps pour faire le tri dans tout ce qui s'était passé au cours des derniers jours.

- 7 -

Devoir demander un congé rendait Jade furieuse. Mais ressentir cette colère était plaisant, car dès que ce sentiment l'abandonnait, elle se sentait submergée par le souvenir de Chance et elle dans un lit.

La façon dont il l'avait touchée, la façon dont il avait… La façon dont son corps avait si merveilleusement pris possession du sien.

Ce salaud avait contredit ses fantasmes à leur propos. Oh ! leurs ébats avaient été intenses. Il y avait eu de la colère entre eux. Il l'avait portée droit vers son lit, et il y avait quelque chose d'étrange dans ce fait, car ses rêveries honteuses à son sujet s'étaient toujours centrées sur l'idée que la force de leur élan les aurait empêchés d'arriver jusqu'à la moindre chambre pour faire l'amour.

Elle se sentait brûler de rage, mais aussi prise d'une fièvre et tracassée d'une façon qui…

Les étreintes amoureuses n'avaient jamais constitué des moments extraordinaires pour elle.

Inutile de songer aux orgasmes multiples, pour sa part elle n'avait eu que de rares moments d'extase et encore, elle ne s'était jamais sentie bouleversée par un déchaînement de sensations.

Durant l'amour, elle s'était toujours inquiétée en premier lieu de son apparence, de sa manière de réagir.

Bref, de tous ces détails qui ne devraient pas avoir d'importance, mais qui en avaient.

Elle se rendait désormais chez Shelby, parce qu'elle devait lui expliquer son absence et qu'elle… Eh bien, elle préférait que ce soit Shelby qui soit au courant, plutôt que ses parents, et surtout ses grands-parents.

— Toujours vivante à ce que je vois, lança Shelby en la voyant sur le pas de sa porte.

Sa remarque arracha à Jade un rire amer.

— Oh oui. Mais il sait.

— Oh non, ce n'est pas vrai, s'exclama Shelby. Que s'est-il passé ?

Jade sentit alors… qu'elle n'avait pas la moindre envie de parler du fait qu'elle avait couché avec lui.

Quelle réalité la concernant révélait cette vérité ? Quand ils s'étaient affrontés verbalement, elle s'était sentie en colère et tellement excitée… Elle aurait dû résister à Chance mais l'idée ne lui avait même pas effleuré l'esprit. Elle avait simplement… eu envie de lui. N'était-ce pas pure folie ? Avoir envie d'un homme dont il était si évident qu'il la détestait. Il y avait eu tant de noirceur dans son regard quand il s'était avancé vers elle…

Mais alors il l'avait embrassée et, peu à peu, le feu de la rage qui brûlait entre eux était devenu d'une tout autre nature.

Quand Chance avait enfoui sa tête entre ses jambes et…

Eh bien, elle pouvait dire en toute honnêteté que nul homme avant lui ne lui avait prodigué de telles caresses.

C'était un as.

Elle avait… adoré ce moment. Jusqu'à présent la

place du sexe était si infime dans sa vie. Mais après ce qu'elle avait vécu avec lui, elle y songeait bien plus qu'elle aurait voulu l'admettre.

— Eh bien, il me fait chanter, si tu veux connaître la vérité.

Sous l'effet de la surprise, Shelby recracha pratiquement son café.

— Enfin, ma description est un peu excessive. Chance a décidé de me faire travailler pour lui. Un prêté pour un rendu, tu vois le genre.

— Eh bien, répondit Shelby. En y réfléchissant… ç'aurait pu être pire.

— Ne me dis pas que tu te ranges de son côté.

— Pas du tout, mais tu as joué à un petit jeu avec un dangereux prédateur et ce même prédateur a fixé le prix revenant au vainqueur. Je ne serai pas assez bête pour tenter de me frotter à un de ces frères Carson.

— Ah oui ? Vraiment ? Ai-je rêvé ou tu rougis dès que Kit est dans les parages ?

Jade se sentit aussitôt terriblement coupable. Car Kit Carson était un sujet clos. Elle le savait.

— Il n'y a rien entre Kit Carson et moi, rétorqua Shelby.

— Ce qui ne veut pas dire que tu ne le regardes pas.

— Je suis encore en vie, voilà l'explication.

Jade savait qu'il s'agissait de questions qu'elle ferait bien de ne pas aborder et elle décida de dévier le cours de la conversation.

— Très bien. Je voulais juste que tu saches, au cas où quelqu'un poserait la question, que je travaille sur le ranch d'un ami.

— Un ami, c'est noté, dit Shelby en la regardant d'un air entendu.

Jade poussa un lourd soupir.

— Je te rapporterai les vêtements de Chuck.

— Merci, dit Shelby. Je ne devrais probablement pas me raccrocher à ces objets.

— Tu l'aimes toujours, dit Jade.

— C'est vrai, reconnut Shelby. Mais cela ne m'aide en rien. L'aimer ne le ramènera pas auprès de moi, pas plus que de me cramponner à ses affaires. Enfin, quoi qu'il en soit, sois prudente.

— Que veux-tu dire ? Tu continues d'agir comme si Chance était dangereux. Nous ne nous apprécions peut-être pas, nous sommes peut-être impliqués dans une querelle, mais…

— Non, le problème est que je crois que tu l'aimes vraiment bien. Je pense qu'il en a toujours été ainsi. Tu es en conflit avec lui, c'est vrai. Mais si tel n'était pas le cas…

— Cette question n'a pas d'importance. Grand-Père détestait le grand-père de Chance. Tant que Chance n'aura pas remédié au problème, ce que Grand-Père ressent…

— Pourquoi est-ce à Chance de remédier au problème ? Et pourquoi te reviendrait-il d'arranger quoi que ce soit ? Ce sont nos arrière-arrière-grands-pères respectifs qui ont causé toute cette histoire infernale.

— Tout d'abord il s'agissait uniquement de l'arrière-arrière-grand-père de Chance Carson et…

— Oui, peut-être qu'il l'a escroqué. Peut-être qu'il a abusé de la situation. Mais le passé est le passé.

— Facile à dire pour toi, Shelby. Ce n'est pas ton problème.

— Et pourquoi serait-ce le tien ?

Jade se sentait sur le point d'exploser.

— Parce que j'ai fait un serment à Grand-Père. Je lui ai dit que ce serait facile et que j'en serai capable. Je dois être la personne qui se charge de la question parce qu'il n'y a personne d'autre.

Shelby semblait avoir pitié d'elle et Jade avait du mal à le supporter.

— Si notre arrière-arrière-grand-père n'a pas pu régler le problème, ni notre arrière-grand-père, notre grand-père ou notre père… Pourquoi penses-tu que, toi, tu le peux ?

Parce qu'ainsi elle saurait qu'elle avait raison, qu'elle avait pris les bonnes décisions.

— Parce que, dit Jade, tout en sentant à quel point elle paraissait agacée et puérile. Parce que quelque part, tout au fond de lui, je suppose qu'il se soucie vraiment de ce qui est juste.

— Je vois. Le sujet ne concerne pas simplement les Carson, il tourne principalement autour de Chance. C'est sur ce sujet que tout aboutit toujours. La façon dont vous vous affrontez tous les deux à propos de cette question.

— Tout ne revient pas toujours à nous deux.

— Tu te trompes, Jade. C'est le cas depuis toujours. Comme je l'ai dit, et si cette querelle entre nos familles n'existait pas ? Que ressentirais-tu pour lui ?

— Ça n'a pas la moindre importance.

— Tu l'as embrassé.

— Eh bien, oui, c'est vrai, concéda-t-elle, sentant ses joues devenir brûlantes.

— Et ?

— Ça ne veut rien dire, parce qu'il est qui il est et

que je suis qui je suis et que tout ce qui compte est que nous pourrons peut-être régler le différend qui nous oppose. Il a accepté l'intervention d'un expert pour mener une évaluation concernant la propriété. Et en se fondant sur les archives…

— Tu n'as pas l'argent pour cela.

— Mais lui, oui. Il a accepté de payer.

Shelby leva un sourcil surpris en croisant ses bras sur sa poitrine.

— Je m'inquiète de tes émotions, Jade. Du fait que tu aies des sentiments pour cet homme. Et si tu passes plus de temps avec lui, il va se produire…

Jade sentit son visage devenir brûlant. Shelby l'observa alors, yeux plissés.

— Quelque chose s'est déjà passé. Que me caches-tu ?

— Il n'y a rien dont tu doives t'inquiéter, crois-moi.

Les yeux de Shelby s'écarquillèrent alors, de manière presque comique.

— Tu *as couché avec lui*, asséna-t-elle.

— Peut-être. Enfin, il est parti en trombes juste après.

— Oh.

Soudain, Shelby adopta l'attitude d'un écureuil indécis. Elle se mit à trépigner et Jade se demanda quelle mouche l'avait piquée.

— Qu'y a-t-il ?

— J'essaye de savoir si j'ai envie de connaître les détails.

— Pourquoi ?

— Parce que je mentirais si je disais que je ne suis pas curieuse de savoir… Enfin, tu sais, il n'y a pas qu'un seul Carson…

Jade l'observa attentivement.

— Kit. Tu te poses des questions sur lui. Et tu crois qu'en savoir plus à propos de son frère te donnera des informations sur lui.

— Pourquoi es-tu obsédée par Kit, Jade ?

— C'est toi qui l'es. Je ne suis pas stupide. Il te fait perdre tes moyens depuis tes seize ans.

Le visage de Shelby devint subitement écarlate mais la raison en était cette fois la colère.

— J'étais avec Chuck quand j'avais seize ans. Que je sois mal à l'aise en présence d'un garçon dont personne ne peut dire qu'il n'est pas mignon ne prouve rien du tout.

— Dis-moi que tu n'as jamais fantasmé sur lui.

— Sors de chez moi, lança Shelby qui plaisantait à peine.

— La nature a été très généreuse avec Chance, pour tout dire, concéda alors Jade.

Shelby se mordilla nerveusement la lèvre à ces mots.

— Dieu merci, murmura-t-elle.

— Es-tu contente à présent ?

— Voilà qui est bon à savoir, voilà tout, répondit Shelby avec pragmatisme. Quoi qu'il en soit, je te couvrirai mais ne couche plus jamais avec lui.

— Ça n'arrivera plus. La vérité est que ça… couvait entre nous. Le moment où tout a basculé est celui où sa mémoire est revenue. Je ne crois pas que la situation va s'enflammer de la sorte à nouveau.

— Il vaudrait mieux que ce ne soit pas le cas. Protège-toi.

— Entendu, chef.

Tout en quittant la maison de sa sœur, elle prit la résolution de renoncer à ses fantasmes au sujet de Chance. De se débarrasser de toute pensée impure à son sujet.

Elle allait se concentrer sur son travail, sur ses objectifs.

Avec un peu de chance, la querelle entre leurs familles s'achèverait enfin. Ou peut-être continuerait-elle à couver sous la surface des apparences, mais elle obtiendrait gain de cause.

En ce qui la concernait, le sort de Chance Carson n'avait plus la moindre importance à ses yeux.

- 8 -

— Je ne vois pas de bétail.

C'est avec ces mots que fut accueilli Chance à son retour à Evergreen Ranch.

— C'est parce que je ne suis pas allé chercher les bêtes, répondit Chance. Où diable est passé mon cheval, au fait ?

— Qu'est-ce que j'en sais ? lança Kit. Tu devrais mieux t'occuper de ce qui t'appartient, mon vieux.

— Ma jument n'est pas là ?

— Pourquoi ne le sais-tu pas ? demanda Boone.

Eh bien, il allait adorer l'histoire qu'il s'apprêtait à lui raconter.

— Tout simplement parce que j'ai été frappé d'amnésie.

Ses frères échangèrent des regards. Assis autour d'une table placée devant l'une des granges, ils étaient occupés à déguster leurs sandwichs en organisant les tâches de la journée lorsque Chance était apparu.

Il avait fait halte dans son propre chalet, avait pris une très longue douche, enfilé des vêtements et essayé de s'assurer que ses pensées étaient en ordre avant de les retrouver.

— Tu n'es pas amnésique, lança Boone. C'est complètement idiot. Nous ne sommes plus des gamins à qui tu peux faire gober n'importe quoi.

— Je l'ai été. J'ai passé des journées sans savoir qui j'étais et je ne sais pas ce qui est arrivé à mon cheval.

Ses frères se regardèrent, intrigués.

— Tu es sérieux ? demanda Boone.

— Oui. J'imagine que ma jument est rentrée toute seule mais je suis un peu inquiet.

— Eh bien, je n'en sais rien. Il est tout à fait possible que l'un des garçons d'écurie se soit occupé d'elle.

— Fabuleux, répliqua Chance. Non seulement, bandes de crétins, vous n'avez jamais essayé de me contacter ni ne vous êtes inquiétés de mon sort, mais vous ne savez même pas où se trouve mon cheval.

Flint l'observa d'un air soucieux.

— Mais où étais-tu ?

— C'est une longue histoire. Quoi qu'il en soit, sa conclusion est que Jade Sohappy va venir travailler ici. Pour honorer une dette envers moi.

— Oh ! je crois qu'il faut entendre la version longue de cette histoire, lança Kit. D'abord tu affirmes que tu as été frappé d'amnésie et maintenant j'apprends que Jade Sohappy est impliquée dans cette affaire, voilà qui est très intéressant.

Chance n'avait pas hâte de partager son récit mais il s'exécuta.

— Très bien, voilà l'histoire. Elle m'a trouvé, elle m'a sauvé. Mais je ne me souvenais plus qui j'étais. Elle m'a expliqué que j'étais garçon de ranch et que je travaillais pour elle.

Boone faillit tomber de sa chaise. Kit éclata de rire si fort que Chance crut qu'il allait s'étouffer, tandis que Jace secouait la tête d'un air incrédule.

— Eh bien, bon sang…, fit-il.

— Ouais. Donc…, répondit Chance qui remarqua que ses frères étaient désormais disposés à croire à son problème d'amnésie.

— Je savais qu'elle te détestait, fit Boone en essuyant les larmes coulant sur son visage, mais ça, c'est vraiment quelque chose. Donc elle t'a retenu prisonnier durant tout ce temps ?

— Oui.

— J'imagine qu'elle n'a cessé de te torturer, pas vrai ? Qu'elle n'a pas hésité à s'en prendre à ton corps ?

Boone et Flint partagèrent un regard entendu en souriant.

— Veux-tu bien la fermer ? lança Chance.

Il ne pouvait même pas être vraiment en colère, parce qu'ils avaient en partie raison.

Il avait couché avec elle. Cela s'était réellement produit.

— Nous nous tiendrons bien, annonça Flint. Une fois qu'elle sera là. À moins que tu ne le veuilles pas. Ce qui serait juste.

— Elle et moi avons un accord.

Il n'allait pas évoquer toute la question, la recherche du contexte du jeu de cartes entre leurs aïeux et d'une preuve qui n'existait peut-être pas. Parce qu'alors ils lui demanderaient vraiment ce qui lui passait par la tête.

Comment expliquer pourquoi il avait accepté de satisfaire ses demandes ? Elle ne méritait pas qu'il agisse de la sorte. Elle n'avait pas de moyen de pression sur lui. Il n'y avait pas de raison objective pour qu'il lui accorde ce qu'elle exigeait.

— Je vous retrouve un peu plus tard.

Juste au moment où il atteignait le chemin menant à la grange, Jade arrêta sa voiture à son niveau.

— Salut, lui lança-t-il quand elle baissa sa vitre. Bienvenue à Evergreen Ranch.

— Merci.

— Tu peux te garer par-là, ajouta-t-il en désignant un espace devant lui.

Par chance ses frères n'étaient plus en vue. Il n'avait aucune envie d'avoir à gérer leur attitude en plus de s'occuper de Jade.

— Toutes les nouvelles recrues commencent ici, annonça-t-il.

Elle leva les yeux au ciel d'un air exaspéré, puis remonta la vitre de son pick-up, et coupa le moteur. Quand il la vit sortir du véhicule, Chance sentit une étrange sensation se nouer au creux de son ventre.

Elle portait un débardeur noir serré et un jean moulant. Ce qui était bien plus flatteur que l'uniforme de secouriste.

Il savait à quoi ressemblait son corps sans tous ces vêtements désormais.

Il savait que la promesse de l'étincelle qui s'était allumée lors de leurs ébats n'était qu'un vague aperçu de ce qui pourrait se produire entre eux.

Il était bien plus grand qu'elle, de près de trente centimètres, et pourtant leurs deux corps s'étaient épousés à merveille.

Il essayait de garder son esprit fixé sur les tâches à accomplir, mais le défi semblait insurmontable. Parce que les souvenirs de la nuit précédente étaient encore très frais dans son esprit.

— Je cherche à savoir si mon cheval a réussi à rentrer au ranch, dit Chance.

— Oh ! Je ne savais pas que tu étais tombé de cheval.

— C'est bien ce qui s'est passé. Je ne me souviens de rien de plus. Elle a dû être effrayée. C'est une bonne monture, elle est généralement calme et fiable, mais…

Ils pénétrèrent dans la grange et gagnèrent les stalles. La plupart d'entre elles étaient vides, ses frères ayant sorti leurs chevaux pour la journée, mais la jument se trouvait bel et bien là.

— Geneva, espèce de petite traîtresse, lança-t-il. Tu m'as abandonné à mon sort.

— Veux-tu bien la laisser tranquille ? protesta Jade. Je crois qu'il s'agit d'une jument très avisée au contraire.

— Elle n'est pas avisée du tout, dit Chance en secouant la tête. C'est une chipie, voilà la vérité.

— Je n'accepterai pas qu'on dise du mal d'elle.

— Quoi qu'il en soit, libre à toi de choisir n'importe lequel des chevaux restants, dit Chance. Lefty est plutôt sympa et Cheech a mauvais caractère.

— Parfait, comme moi. Donc je choisis Cheech.

C'est ce qu'elle fit et, alors qu'ils préparaient leurs montures, elle fit courir affectueusement sa main sur l'encolure de la bête.

— Ce sont d'anciens chevaux de rodéo ?

— Pour la plupart.

— Je n'ai jamais su trop quoi penser des rodéos.

— Tu peux me croire, personne ne tient plus à ses animaux que ceux qui les élèvent pour ce genre d'événements. Ils valent bien plus que les cow-boys.

— Je suppose que je peux le comprendre. Dans le sens où je sais que beaucoup de gens ne comprennent pas que les éleveurs de bétail tiennent plus que personne à leurs vaches.

— Tu as sacrément raison. Nous sommes connectés aux réalités de la nature. La vie, la mort et leur prix.

— Je n'aurais jamais imaginé que nous ayons des points communs.

— Eh bien, nous partageons deux choses. Le souci que nous avons des animaux et notre joie mutuelle à coucher ensemble.

Jade lui lança un regard noir.

— Comment sais-tu que j'ai aimé ce moment ?

— Tu veux rire ? Tu t'es complètement laissée emporter par l'instant.

— Peut-être que je suis une fille facile, rétorqua-t-elle.

— Curieusement, je ne le crois pas. Je dirais plutôt que tu es une sorte de dure à cuire, Jade Sohappy. Je crois que j'ai fait tomber tes défenses.

— Je t'en prie Chance, épargne-moi tes sornettes. Les hommes ont vraiment une si haute opinion d'eux-mêmes.

— Je crois avoir une haute estime de toi également.

— Si haute que tu me contrains à effectuer des travaux manuels pour toi ?

— Ce n'est que le remboursement du travail que j'ai fait.

— Très bien, dit-elle. C'est cohérent.

— Ouais. Parfois je suis capable de me montrer juste. Si tu voulais bien arrêter d'être furieuse contre moi par principe, tu t'en rendrais peut-être compte.

Il grimpa en selle, elle l'imita et tous deux partirent, Chance ouvrant la voie.

Ils conduisirent les chevaux vers une crête rocheuse qui courait le long de la rivière.

C'était le haut désert.

Les rochers offraient une palette variée de couleurs allant du beige pâle à l'ocre rouge.

Des buissons d'armoise rabougris parsemaient le paysage. Les cerfs aimaient s'en régaler, mais l'arôme de la plante donnait à leur viande un goût particulier que Chance n'avait jamais apprécié.

Parce que, bien sûr, il connaissait le goût du gibier, le goût du wapiti.

Désormais il savait qui il était et ses souvenirs n'étaient plus un mystère.

Il sentait un pincement... une étrange pointe de jalousie à l'égard de l'homme qu'il avait été juste deux jours plus tôt et qui ne savait rien, qui avait été étonnamment enthousiasmé par les choses qu'il savait, et libre de tout. Sa seule certitude avait été Jade.

Cela s'était révélé intéressant. C'était le moins qu'on puisse dire.

Génial. Voilà qu'il regrettait à présent de ne plus être un benêt. Quelle idée !

Il secoua la tête comme pour mettre de l'ordre dans ses pensées.

— Il y a beaucoup de roches volcaniques par ici et on peut trouver des agates, dit-il. Mes frères et moi passions des heures dans cet endroit à chercher des pierres. C'était notre lieu favori.

— Je peux très bien t'imaginer courir en liberté dans ce paysage et te faire toutes sortes d'égratignures, dit Jade.

— Oh oui, c'était bien le cas. Un jour Boone s'est même fait mordre par un crotale. Il a caché la vérité à nos parents aussi longtemps que possible, parce qu'il savait qu'il se ferait gronder. Il avait raison. Papa était tellement furieux quand il l'a finalement appris.

— Il était énervé parce qu'il s'était fait mordre par un serpent ? C'est un peu étrange, non ?

— C'est juste qu'ils avaient déjà tant de tracas avec…

Il s'interrompit brusquement parce qu'il n'avait pas vraiment l'intention de parler de Sophie.

Il ne le faisait jamais. C'était juste qu'il lui en avait déjà dit un mot, d'une manière détournée, et c'était bien le problème.

Il avait déjà expliqué certains aspects de son passé, même s'il n'était pas entré dans les détails.

Voilà pourquoi il se sentait plus libre de s'exprimer.

— Eh bien, à cette époque mes parents avaient beaucoup de soucis à gérer.

— D'accord. En tout cas ma sœur et moi courions partout nous aussi. C'est drôle que nous ne nous soyons jamais rencontrés.

— Vous restiez de votre côté et nous, du nôtre. Ce qui était logique.

— C'est vrai, dit Jade. Mon grand-père détestait vraiment le vôtre.

— Il n'était pas le seul, répondit Chance. C'était une redoutable canaille. Je ne suis pas surpris que ton grand-père l'ait haï. Je ne crois pas qu'aucun d'entre nous l'ait réellement apprécié.

— Vraiment ?

Il secoua la tête.

— À en croire mon père, c'était un homme mauvais et aussi vicieux qu'un serpent.

— Je n'aurais jamais imaginé qu'il t'inspire ces sentiments. Si tu dis vrai… pourquoi tiens-tu tant à cette terre ? Je sais pourquoi je l'aime, c'est parce que j'aime mon grand-père et que ce qui est important à ses yeux l'est également aux miens.

— Parce que nous ne perpétuons pas l'héritage pour lui. Mais pour nous. Pour faire plus, faire mieux pour honorer notre nom. Pour être les gardiens de cette terre et de tout ce qui y vit.

Un sourire vint relever le coin de ses lèvres.

— Pour nous enrichir.

Jade éclata de rire et le son résonna tout autour d'eux.

— Enfin, reprit Chance, d'après moi mon grand-père a une réussite à son actif. Il a engendré mon père. C'est grâce à lui et à ma mère que nous sommes ici. Ce sont… de bons parents. Ils nous aiment.

— Les miens sont très aimants aussi. Nous voulons simplement des choses différentes. Nous tenons à des choses différentes.

— C'est ton ranch qui compte à tes yeux, dit Chance.

— Oui, concéda-t-elle. Presque à l'exclusion de tout le reste, pour être honnête.

— Pourquoi est-il si important à tes yeux ?

— Je me rappelle qu'un jour à l'école nous travaillions en groupe sur un projet, et un gamin s'est énervé contre moi parce que je formulais mon opinion sur une question. Il m'a alors dit de retourner à l'endroit d'où je venais. Tu vois, dans mon pays.

Elle tendit son bras devant elle, pour appuyer son propos en montrant sa peau brune.

— Je n'ai pas su réagir à l'époque. Je voulais lui dire qu'il était stupide, mais tous les mots étaient coincés dans ma gorge. Je réalise que le ranch, c'est de là que je viens. Mes racines s'y trouvent. Même quand certains se comportaient mal envers moi… eh bien ils ne pouvaient pas m'enlever ce trésor. C'est ici qu'est ma place. J'aime cet endroit.

Chance sentit son estomac se nouer.

— Tu aurais pu lui dire de retourner lui-même d'où il venait, non ?

Jade éclata à nouveau de rire.

— Ouais. J'y ai pensé plus tard. Malheureusement, sur le coup j'étais juste… choquée et triste. À vrai dire, même si je ne lui ai adressé aucune des mille répliques auxquelles j'ai songé depuis, c'est ce jour-là que j'ai forgé ma détermination.

— Je suis désolé que tu aies subi pareille situation.

— Ne crois-tu pas qu'il y ait un peu de cette dimension, celle liée à nos différences, au cœur de tout ce conflit entre nos familles ?

Chance fit stopper sa monture et se tourna pour lui faire face.

— Pas de ma part, tu peux en être sûre.

— Au niveau de nos grands-parents.

Il parut surpris.

— Je n'ai… Probablement. Je ne peux pas te dire que ce n'est pas le cas.

— Je crois que ton grand-père, ton arrière-grand-père, pensaient qu'ils méritaient cette terre davantage. Parce qu'ils pensent qu'ils sont plus importants que nous.

— Je suis désolé, dit-il. Cette idée ne m'est jamais venue à l'esprit.

— Pourquoi y aurais-tu songé ?

Cette simple question résonnait comme une accusation cinglante.

— Écoute Jade, cette situation est stupide. Pourquoi ne trouvons-nous pas une façon de partager ?

— Non. Je veux savoir. Si tu as des papiers, des archives familiales, qui disent quoi que ce soit à propos du transfert de propriété, je tiens à les voir. Je n'ai pas envie que tu me cèdes quoi que ce soit parce que tu te sens coupable. Et si… s'il a perdu la parcelle de façon honnête, s'il existe un moyen de le savoir…

Elle bloqua son souffle un instant avant de reprendre.

— Je la rachèterai.

— Tu n'as pas l'argent pour le faire, dit Chance qui la vit tressaillir à ces mots.

— Je le sais bien. Mais je trouverai bien un moyen de rassembler la somme.

— Et s'il n'y a aucune réponse, nulle part ?

— Il doit bien en exister. Parler aide.

— En général c'est par des cris que se terminent nos conversations.

— Oui, j'imagine que nous effectuons un pas vers un statut d'adulte fonctionnel. Un concept vraiment nouveau pour nous, non ?

— Nous nous sommes comportés comme des adultes l'autre nuit, fit remarquer Chance.

Il le regretta aussitôt parce qu'il n'avait nul besoin d'évoquer le sujet. C'était si simple de se remémorer tout ce qui s'était passé entre eux et combien c'était sacrément bon.

— C'est vrai. Si l'on excepte les suites de ce moment.

— Tu dois reconnaître, dit-il, parce que le souvenir de son comportement le ramenait brusquement à la réalité, que ce que tu as fait était…

— Je suis d'accord. Te mentir n'était pas la meilleure des idées. Mais, en toute franchise, je ne pouvais pas tout te dire. On n'est pas censé agir de la sorte, à cause du choc. Il fallait que tu reprennes conscience de la réalité tout seul. Et puis, je t'ai veillé toute la nuit, je me suis assurée que tu allais bien. Je ne t'ai pas laissé au beau milieu de ce champ.

— Je sais, admit-il.

— Qu'est-ce qui te dérange le plus ? Que je t'aie fait travailler gratuitement ou que j'ai dû prendre soin de toi ? C'est peut-être là que réside une partie du problème. Ce à quoi s'ajoute le fait que, peut-être, tu ne me détestes pas.

— Si c'est le cas, c'est également vrai pour toi.

— Eh bien, j'avoue que j'ai dû te considérer comme un véritable être humain durant quelques jours.

— Une sacrée épreuve pour toi, non ?

— Non, pas du tout. C'est bien le problème.

— Il est vrai qu'à ce moment-là j'ignorais qui tu étais.

— Je voulais que tu comprennes pourquoi certaines questions ont un prix à mes yeux. Alors que ton esprit était vidé de toutes ses certitudes. Je suis désolée si j'ai fait un choix étrange. Un mauvais choix. Mais la terre est tout pour moi. Tout comme mon grand-père.

— Que dirait ton grand-père s'il savait pour nous ?

— Il n'y a pas de « nous », répliqua Jade.

— Je voulais parler de notre partie de sexe, Jade, mais j'essayais de me comporter en gentleman.

— Il en mourrait, répondit Jade en le regardant droit dans les yeux. Sur-le-champ. Mon grand-père ne saura rien de ce qui s'est passé entre nous. Jamais. C'est impossible. J'ai fait trop de sacrifices pour qu'une partie de jambes en l'air vienne gâcher ma relation avec lui.

— Une partie de jambes en l'air ? Waouh, tu y vas fort !

— Oh ! ne joue pas les vierges effarouchées, ce n'est pas comme si le sexe était un acte sacré pour toi.

Il la regarda longuement et durement. Il détestait constater que l'expression qu'elle venait d'employer semblait définir plus qu'aucun autre mot ce qu'ils avaient partagé.

Il ne dit rien, se contentant de lâcher un petit ricanement.

— Eh bien, je ne suis pas pressé le moins du monde d'ébruiter la nouvelle, c'est sûr.

— Ma sœur est au courant. Il faut dire que je suis incapable de lui cacher quoi que ce soit. Elle me perce toujours à jour.

— Mes frères le savent aussi, mais ce n'est pas grâce à leur perspicacité. Je ne leur ai rien dit mais ils se sont fait leur propre idée et ils ont toujours cru que…

— Que veux-tu dire ?

Un acte sacré.

Non, c'était juste une partie de sexe et un moment dont il avait envie depuis longtemps, à vrai dire. Peut-être était-ce pourquoi c'était marquant.

— Ils ont toujours pensé que j'avais envie de toi.

— Je vois. Ils ont raison ?

— Qu'en penses-tu ?

— Quel est ton endroit préféré sur le ranch ? demanda Jade subitement.

Chance balaya les environs du regard et pointa le doigt vers un point d'eau situé en contrebas.

— Cet endroit. Toutes les plus belles agates s'y trouvent. Tu peux sauter dans l'eau depuis les rochers. C'est ici qu'a eu lieu l'un des derniers souvenirs que j'ai de nous tous réunis. Avant que Buck…

— Que lui est-il arrivé ? Comme il est plus âgé, je m'en souviens à peine.

— Il a eu cet accident. Et… il n'a pas voulu rester ensuite.

Chance n'avait jamais compris la décision de son frère de partir loin de sa famille, cette famille qui était prête à lui offrir tout son soutien.

Ce n'était pas lui qui avait bu. Mais quoi qu'il en soit il avait tout de même été gravement blessé.

Tout ce qu'il savait était que son départ était lié au décès de son ami. Son absence avait créé des sentiments étranges, durs, à travers la ville, en particulier de la part de la famille de son ami.

— Oui, c'était dur sans lui, mais j'ai des frères en abondance.

— Eh bien, vous étiez tous proches.

Malgré tous ses efforts, les pensées de Chance se portèrent de nouveau vers Sophie.

— C'est vrai. Nous sommes proches. Nous ne prenons pas notre famille comme acquise. C'est impossible quand…

Il s'interrompit et elle ne fit rien pour l'inciter à poursuivre.

— À quelle distance sommes-nous des limites de tes terres ? demanda-t-il.

Il se doutait qu'elle le savait.

— Pas très loin. Peut-être deux cents mètres.

— J'aimerais que tu me montres ton endroit favori, proposa Chance.

— Je n'ai toujours pas travaillé, fit-elle remarquer.

Il se rendit compte qu'il avait oublié le but de cette journée. Il était supposé la punir, d'une certaine façon, lui donner une tâche à accomplir. Ils auraient dû parcourir ce sentier jusqu'à la clôture qui avait besoin d'être réparée. Mais ils pouvaient tout aussi bien le faire plus tard. Cela ne poserait pas le moindre problème.

Soudain rien ne semblait aussi important.

Ce n'était pas simplement parce qu'il était attiré par elle, bien qu'il le soit. Il y avait autre chose.

Quelque chose à propos de la façon dont le soleil se reflétait sur ses cheveux brillants, et la manière dont elle souriait ou dont elle plissait le front.

— Montre-moi.

— D'accord, si tu y tiens vraiment.

Elle guida son cheval vers l'avant, ouvrant ainsi la voie, et engagea l'animal dans le chemin.

Chance la suivit, ravi de cette chevauchée, ardue, parfaite pour des gens comme eux qui connaissait leurs bêtes et leur terre.

— Participes-tu à des rodéos ? s'enquit Jade quand ils atteignirent la partie la plus plate et la plus luxuriante du terrain, les pins se faisant soudain plus nombreux.

— Ouais, je ne peux pas dire que je suis le meilleur mais je m'amuse bien. Je monte des chevaux sauvages. C'est la spécialité de ma famille.

— Oh. Ce ne sont pas des taureaux ?

— Boone est le seul à essayer d'en dompter.

— Peut-être que c'est avec lui que j'aurais dû coucher, dans ce cas.

Il lui jeta un regard noir et elle afficha un petit sourire malicieux.

— Oh ! je vois, dit-il.

— J'ai des goûts raffinés, tu sais, répliqua-t-elle en riant.

Chance avait le sentiment qu'ils n'avaient jamais passé autant de temps ensemble sans sembler avoir envie de s'assassiner mutuellement. Voilà qui n'était pas anodin.

Ils continuèrent d'avancer sous le couvert des arbres, et le chemin se fit plus étroit.

— Mes parents ne s'aventurent jamais jusqu'ici. Mon grand-père a arrêté de parcourir le domaine depuis longtemps. C'était notre endroit secret. Les arbres paraissent se courber au-dessus du sentier pour former une entrée vers un monde enchanté. Quand nous étions enfants, c'est ce que nous voyions, Shelby et moi. Nous imaginions même qu'il y avait des fées. J'adore ce lieu.

Avec son tapis de fleurs violettes et ses fougères poussant sous les arbres, l'espace offrait un contraste saisissant avec le paysage qu'ils avaient arpenté plus tôt.

Chance entendit le chant de l'eau vive et après quelques instants il réalisa qu'un ruisseau coulait tout près. Sur l'un de ses bords se trouvait une sorte de petite piscine.

— Il n'y a pas assez de profondeur pour qu'on puisse sauter dedans, expliqua-t-elle. Mais c'est parfait pour se laisser flotter. Ce que nous adorions faire.

— C'est magnifique, dit Chance.

Un éclair malicieux passa dans le regard de Jade. Elle se retourna et fit passer sa chemise par-dessus sa tête.

Que lui passait-il donc par la tête ? Se déshabiller en étant toujours en selle ? C'était complètement insensé. De plus elle s'était juré qu'elle ne poserait jamais plus ses mains sur Chance. Parce que c'était d'une stupidité absolue. Qu'elle n'en avait pas besoin. Qu'elle devait s'empêcher à tout prix d'agir de la sorte.

Dans ce cas, pourquoi chevauchaient-ils vers les lieux ayant enchanté leur enfance plutôt que de se consacrer au travail ?

Et voilà qu'elle venait d'enlever sa chemise à présent. Oh ! tant pis, elle était allée trop loin. Elle mit pied à terre, dégrafa son soutien-gorge et le jeta par terre. Puis elle retira tout le reste et se glissa dans les eaux translucides dont la teinte émeraude resplendissait sous le couvert des arbres. Les flots calmes du petit étang au fond jonché de grandes pierres rondes avaient toujours été propices au déchaînement de son imagination. Ce cadre lui avait toujours donné le sentiment de faire partie d'un univers merveilleux et magique.

Sa mère était si fermement convaincue qu'il y avait des choses dans le monde que nul ne pouvait comprendre, que la nature respirait et leur parlait sans cesse, faisant courir son énergie dans leur sang.

Dans cet endroit elle le ressentait, elle se sentait touchée puissamment sur un plan spirituel. Et elle avait conduit Chance jusqu'à ce lieu. Quelle mouche l'avait donc piquée ?

Jade se sentit alors vulnérable, et ce n'était pas simplement parce qu'elle était nue.

— Tu me rejoins ? demanda-t-elle à Chance.

Ce dernier quitta sa selle et se délesta rapidement de sa chemise, faisant apparaître son sublime corps qu'elle ne se priva pas d'admirer longuement.

Comment faire machine arrière ? Revenir à ces moments où elle le détestait ? Elle l'avait haï, certes. Mais depuis qu'il avait posé ses mains sur elle, elle ne pouvait pas ignorer quel amant généreux il était, ni ce que cette réalité disait de lui.

Cet homme ne faisait pas que prendre, il donnait également grâce au jeu habile et ensorcelant de ses doigts et de sa bouche. La voir submergée par le plaisir semblait l'avoir comblé tout autant que ses propres sensations.

Il ne s'agit que de sexe. Cela ne dit rien de son tempérament.

Eh bien, c'était là un rappel utile. Mais il peinait à pénétrer ses pensées en cet instant.

En quelques secondes, Chance fut entièrement nu et il vint la rejoindre sans détacher un instant son regard du sien.

— En temps normal, je ne serais pas ravi de me plonger dans une eau glacée face à une femme splendide comme toi. Mais par chance ta beauté l'emporte de loin sur les effets du froid.

— Eh bien, voilà qui est… étrangement flatteur, dit Jade. Je ne sais que faire de cette information, étant donné que tu es mon ennemi.

— Oui, pourquoi moi en particulier, au fait ?

Jade connaissait la réponse à cette question. La raison de son attitude était qu'elle était censée détester les Carson, mais que dès que son regard s'était posé pour la première fois sur Chance, la haine n'avait pas été l'émotion la plus forte qu'elle ait ressentie. Elle avait été fascinée par lui, complètement subjuguée dès le premier jour, et ce sentiment, en contradiction avec les directives de son grand-père, l'avait fait se sentir violemment en colère contre Chance, alors qu'elle avait huit ans et lui, dix.

Elle s'en souvenait si clairement. C'était peut-être illogique, injuste, mais c'était la vérité.

Elle l'avait apprécié alors qu'elle n'en avait pas le droit.

Elle aimait son grand-père plus que tout, et être attirée par un Carson était une atteinte portée à sa famille, à son nom. Aux promesses qu'elle avait faites pour être digne de la confiance placée en elle pour prendre à sa charge l'héritage de sa famille.

Elle avait donc fait de son mieux pour transformer tout ce qui vibrait en elle en colère. En indignation.

Mais sa stratégie n'avait pas fonctionné. Du moins, pas de manière constante.

Et voilà où elle en était arrivée. Elle se trouvait nue avec lui, une nouvelle fois.

— Chance…

— Tu es magnifique, dit-il en s'approchant tout près.

Tout à coup il embrassa ses lèvres, la chaleur de son corps offrant un délicieux contraste avec l'eau glacée et la faisant subitement trembler tout entière.

Il entoura son corps de ses bras puissants, venant ainsi presser sa poitrine contre son torse musclé.

— C'est dangereux, murmura-t-il contre sa bouche.

— Pourquoi ?

— Je n'ai pas de préservatifs.

— Je prends la pilule. Donc si tu es… en pleine santé…

Il acquiesça d'un hochement de tête.

— Ouais.

— Moi aussi, ajouta Jade.

Le fait était qu'elle utilisait toujours une double protection. Un préservatif en plus de la pilule. La situation présente avait donc un aspect effrayant. C'était comme un saut dans l'inconnu. Mais elle avait envie de lui et ne voulait pas attendre, parce que s'ils attendaient, ils pourraient revenir à la raison.

Elle ne voulait pas reprendre ses esprits. Elle n'avait qu'un désir : le sentir contre elle. En elle. L'embrasser jusqu'à les laisser tous deux hors d'haleine. Atteindre le sommet du plaisir avec lui.

Seulement lui.

— J'utilise toujours…

— Moi aussi, dit-elle.

Il comprenait. Il ne dit rien de plus, mais il avait saisi qu'elle n'avait jamais laissé un homme lui faire l'amour sans préservatif, et songer à ce qui allait se passer coupa le souffle de Jade.

Elle attendit qu'il s'empare de son corps et la pénètre soudainement, mais il n'en fit rien. Au lieu de cela, Chance l'embrassa avec une lenteur enivrante. Leur étreinte était totalement différente de celle, nourrie par la colère, qu'ils avaient connue précédemment. Son application à l'embrasser était comme une douce torture. Puis il plongea son regard dans le sien et elle gémit quand son baiser se fit plus profond. Leur désir se mua en un feu ardent et Jade perdit pied.

Elle avait l'impression de vibrer si intensément, si entièrement, que son corps semblait prêt à quitter son enveloppe corporelle. Les mains puissantes et chaudes de Chance parcouraient à présent son corps, s'attardaient sur ses courbes et lui donnaient le sentiment qu'elles étaient magnifiques, précieuses. Elle n'était pas musclée, n'avait pas un physique vraiment sportif, mais elle aimait ce qu'elle ressentait quand il serrait fermement sa chair : sa silhouette pulpeuse lui semblait sexy, c'était si nouveau pour elle.

Elle fit glisser ses mains le long du torse trempé du

cow-boy et se délecta de la vision, superbe, que son corps offrait.

Jade voulait savourer chaque seconde. Qui savait si un tel moment se reproduirait un jour ?

En cet instant, elle ne souciait plus de ce que quiconque pourrait penser d'eux. Ils étaient là, dans cet endroit si cher à son cœur, cet endroit qu'elle n'avait jamais montré à personne et le moment lui semblait unique, magique. Chance se rendait-il compte de la portée de cet instant ?

Jade regarda ses doigts effleurer les magnifiques contours des muscles de son torse.

Son corps était dur, si viril, et elle, qui ne prêtait en général que peu d'intérêt à la question, se sentait si intensément féminine.

Chance la souleva entre ses bras. Elle noua ses cuisses autour de sa taille puis fit onduler ses hanches contre lui avec ardeur, désireuse d'apaiser la tension qui se nichait au fond d'elle.

— Sois patiente, dit-il en mordillant le lobe de son oreille.

— Non, répliqua-t-elle. Je ne veux pas attendre. J'ai envie de toi.

— Dis mon nom.

Le faire était comme briser un tabou pour elle, mais elle s'exécuta avec plaisir.

— J'ai envie de toi, Chance Carson.

Il avança un peu plus vers elle et elle sentit son sexe dressé se presser tout contre elle. Puis il s'empara de son corps d'une franche poussée de ses hanches. Jade ne put retenir un cri en sentant son membre brûlant s'introduire dans son sexe. Les yeux de Chance se plongèrent dans les siens. Son regard était si intense, si beau. Elle ne se sentait plus en conflit avec elle-même désormais. Les querelles qu'elle avait provoquées pendant si longtemps, elle en prenait conscience maintenant, s'étaient en partie nourries de l'envie de le voir.

Chance se mouvait à présent en elle à un rythme intense, exigeant et un air sérieux sur le visage, il les menait tous deux sur la route du paradis.

Elle referma ses doigts sur ses épaules, enfonçant ses ongles dans sa peau tout en plantant ses talons dans ses cuisses tandis qu'il la tenait fermement plaquée contre un rocher bordant le petit bassin.

Son élan se renforça encore et elle sentit que cet homme était à la fois son tourment et son refuge. Comment pouvait-on être les deux à la fois ? Voilà qui était insensé.

Malgré tout, le plaisir enflait en elle, son orgasme approchant tel un orage imminent.

Elle savait que si la tempête se déchaînait, si les flots s'abattaient sur elle, elle se perdrait dans leur tumulte et s'y noierait. Mais elle n'avait pas la force de le repousser, de faire machine arrière.

Chance l'embrassa alors puis se mit à murmurer contre ses lèvres. Des promesses obscènes qui tout en la choquant renforçaient son excitation.

Elle accompagna de ses propres mouvements chacune de ses poussées et, dans un élan fiévreux, ils atteignirent ensemble l'orgasme.

Chance resta en elle, la couvant du regard, chassant d'une caresse les cheveux qui cachaient en partie son visage.

— Je te promets que j'avais réellement l'intention de te donner du travail aujourd'hui, dit-il, le souffle court.

— Eh bien, à présent je ne peux plus accomplir la moindre tâche, marmonna-t-elle, sentant les ondes du plaisir se diffuser encore en elle, le front posé contre l'épaule de Chance. Je ne suis même pas certaine de pouvoir marcher.

Sa remarque arracha un petit rire à Chance.

— Je crois que je suis moi aussi dans un état compliqué.

Tous deux tournèrent alors la tête dans un même mouvement vers les chevaux qui se tenaient placidement non loin d'eux.

— J'avoue que c'est la première fois que je me donne en spectacle de cette façon devant un tel public, lança-t-il d'un air enjoué.

— Voilà qui me surprend, dit Jade en riant. Un cow-boy de rodéos n'a-t-il pas amplement l'occasion de s'amuser avec des femmes dans tous les paddocks du pays ?

— Bon sang, non, protesta Chance. Je suis un foutu adulte qui a passé l'âge de s'envoyer en l'air dans des endroits loufoques. J'ai une maison, un lit et de quoi payer des chambres d'hôtel.

— C'est très mature de ta part.

— Enfin, apparemment, ce n'est pas ce qui me définit quand je suis avec toi.

Chance poussa un lourd soupir.

— Qu'allons-nous faire maintenant ? demanda-t-il.

Jade haussa les épaules.

— Tout oublier ?

— Ce serait une possibilité comme une autre, c'est vrai, concéda Chance.

Jade songea que sans cette colère ardente ou ce désir flamboyant elle serait bien plus heureuse.

Elle s'écarta de Chance, nagea jusqu'au bord de l'étang et rassembla ses vêtements.

C'était plus difficile de s'éloigner cette fois. Sans cette rage habituelle pour venir abolir les tendres sentiments créés par leur fougueuse étreinte.

Ce moment avait été fabuleux. Ils avaient connu l'orgasme ensemble et elle se sentait unie à lui. Elle n'avait pas été uniquement spectatrice du plaisir masculin comme toujours par le passé. Elle avait participé pleinement et savait que Chance n'aurait pas poursuivi la danse s'il n'avait pas eu la certitude qu'ils étaient deux à la vivre.

Comme il était étrange que ce soit avec lui qu'elle découvre cette nouvelle dimension de la sexualité.

— Nous devrions peut-être aller réparer une clôture ou faire une activité du même genre, lâcha Chance d'un ton plein d'ironie.

Jade eut un petit rire sans joie. Elle fit passer sa chemise par-dessus sa tête avant de partir en quête de ses chaussures. Chance était sorti de l'eau et, le temps qu'elle les retrouve, il s'était entièrement rhabillé.

— Ouais, j'imagine que ce serait une façon responsable d'agir. Si ta conception de la vengeance se résume à me donner des orgasmes multiples, ce n'est peut-être pas une revanche très efficace.

— Au temps pour moi.

— Qu'est-ce que cette expression ? As-tu soudain vieilli de trente ans ?

Chance lui adressa un petit sourire.

— Désolé.

Elle était désarmée quand il se montrait ainsi, de bonne humeur, enjoué et agréable.

À vrai dire il se montrait désormais différent de l'homme qui empoisonnait jadis son existence.

C'était comme s'ils étaient enfin capables de baisser la garde. Ce qui l'amenait à se demander si le regard que Chance portait sur elle avait changé, lui aussi.

Ils s'approchèrent de leurs montures.

— Je ne sais pas grand-chose te concernant, dit-il.

Jade prit alors conscience que l'inverse était également vrai.

— Que puis-je te dire ? J'ai eu une enfance plutôt normale.

— À part que les gens se comportaient parfois de manière répugnante avec toi à l'école.

— C'est vrai mais je suis forte. J'ai été élevée pour l'être. Mes parents et grands-parents sont en vie et nous sommes une famille unie.

— Mais ton existence ne se limite pas à ça, pas vrai ? J'aimerais tout savoir des hommes de ta vie, par exemple.

Jade plissa le front à ces mots.

— Il n'y a pas d'hommes qui comptent dans ma vie sentimentale.

— Très bien, dit-il en ne la quittant pas des yeux.

— En quoi cette question t'intéresse-t-elle ?

— Je ne sais pas. Mais c'est le cas.

— Et pour toi ? Qu'en est-il des femmes de ta vie ?

— Je n'ai jamais eu de relation sérieuse avec quiconque. Par choix. Je n'ai jamais rien voulu de permanent.

— Qui était la petite fille ? lança Jade soudainement.

Elle n'aurait pas dû lui poser la question. Il semblait injuste de revenir à ce sujet dévoilé durant son amnésie.

— Tu aimerais aborder cette question ? Moi, je préférerais que nous parlions du fait que je suis probablement le meilleur amant que tu aies jamais eu. N'ai-je pas raison ?

Jade leva les yeux au ciel à ces mots.

— Du calme, cow-boy. Disons que tu es… pas mal.

— Pourquoi n'as-tu jamais trouvé personne ?

— Je te l'ai déjà dit.

— Ton explication a tout l'air d'une excuse.

— Ce n'en est pas une. C'est ma vie. Mes désirs et mes rêves ne sont pas accessoires. Ils sont tout pour moi.

Chance accueillit ses mots d'un lent hochement de tête.

— Pour répondre à ta question, la petite fille était ma sœur, Sophie. Nous avions peu d'écart d'âge, elle et moi. Malheureusement elle était toujours très malade. Nous l'adorions, elle, la seule fille parmi tous ces garçons. Quand nous jouions ensemble, Boone la portait sur ses épaules. Buck et Kit avaient même fabriqué un petit chariot pour qu'elle puisse nous suivre. Elle devait constamment aller à l'hôpital. Et un jour… elle n'en est pas revenue. Je me souviens… de me tenir devant le bâtiment, devant ses portes, avec mon père tirant sur la manche de ma veste en m'incitant à aller la voir. Mais c'était impossible, je ne pouvais pas entrer. J'étais figé sur place, pris d'une terreur insurmontable. J'ai donc attendu dans la voiture, et ma sœur est morte. Elle n'est jamais sortie de cet hôpital dans lequel je n'avais pas eu le courage d'entrer.

Jade ne s'était pas attendue à pareil récit. Comment une histoire aussi sérieuse n'était-elle jamais parvenue à ses oreilles ?

— Callie est née quelque temps plus tard. Au début j'étais effrayé à l'idée de ce qui pourrait lui arriver.

Mais je me suis vite attaché à cette petite fille adorable, bruyante et chahuteuse.

— On ne peut remplacer quelqu'un qu'on a perdu. Ce n'est pas comme faire un échange dans un magasin.

— Non, bien sûr, tu as raison. Ce sont deux personnes bien différentes, c'est incontestable. C'est amusant, tu sais, sa mort remonte à longtemps maintenant, mais je pense toujours à Sophie le jour de son anniversaire, je songe à l'âge qu'elle aurait. Quant à Callie… elle est géniale. Ma mère aurait rêvé qu'elle soit une petite fille modèle mais ce n'est pas sa personnalité. Elle n'en fait qu'à sa tête.

— Je suis tellement désolée, dit Jade, sentant toutes ses certitudes bouleversées.

Elle ne le connaissait vraiment pas. Elle ne l'avait jamais considéré comme un homme riche de toute sa complexité. Elle n'avait toujours vu en lui que son ennemi juré.

— Tout va bien. De l'eau a coulé sous les ponts, tu sais.

Jade songea à Shelby et à Chuck.

— Le temps ne fait pas disparaître nos blessures, dit-elle. Il ne fait que les transformer. On ne redevient jamais qui on était auparavant. Je sais qu'il s'agit d'une situation bien différente, mais mon beau-frère était comme un frère pour moi. Il était en couple avec Shelby depuis mes quinze ans et il était très présent dans ma vie. Et puis, un jour, il a disparu. Ma sœur a été dévastée, elle ne sera plus jamais la même. Moi aussi j'ai été dévastée.

Chance inclina la tête et l'observa longuement.

— Partager son chagrin peut être positif, dit-il. Mais quand quelqu'un le ressent avec plus de force, on peut craindre de la blesser avec son propre chagrin.

— Il a dû être terrible pour toi de voir tes parents traverser cette épreuve.

— Oui, c'est vrai, et voir mes frères souffrir, également.

Jade avait le cœur brisé pour lui.

— Je suis désolée, j'ignorais tout de cette histoire.

Le regard de Chance se perdit dans le lointain. Cherchait-il des réponses ? Ou voulait-il rompre l'intensité du moment ?

— Cela s'est produit avant que nous venions nous installer sur le ranch.

Ils remontèrent en selle, gagnèrent bientôt la clôture et commencèrent à la réparer.

— Tu es le meilleur amant que j'aie jamais eu, dit-elle, répondant ainsi à la question qu'il lui avait posée un peu plus tôt.

Il lui semblait juste de livrer cette vérité après ce qu'il venait de partager avec elle.

— Dis-m'en plus.

— Je ne sais pas… Je croyais que le sexe était une activité sympa mais qu'il ne valait pas la peine de s'enthousiasmer plus que ça. Je n'ai pas toujours réussi à…

— Tu essayes de me dire que tu couchais avec des gars incapables de t'envoyer au 7e ciel ?

— Oui, mais je me disais que les femmes ne s'attendent pas vraiment à atteindre l'orgasme à chaque fois.

— Chérie, moi je m'attends à ce qu'une femme atteigne l'extase à chaque fois, et même plusieurs fois.

— Eh bien, jusqu'à présent, tu as tenu tes promesses. Donc, je te dis merci.

— Je t'en prie.

Elle leva les yeux et lui sourit. Elle ressentit à cet

instant un petit pincement au creux de son ventre. Elle ne ressentait même pas l'envie de lutter contre cette sensation, ou de se dire qu'elle ne devrait pas l'éprouver. Elle n'avait nulle envie de se répéter qu'il ne devrait pas être si facile de l'apprécier, ou de travailler sur ces satanées terres Carson.

Elle aimait être à ses côtés et elle ne fit rien contre ce qu'elle éprouvait.

Quand ils eurent fini les réparations, l'heure du dîner était venue, et son espoir de s'éclipser discrètement s'en trouvait anéanti, parce que tous les frères de Chance étaient à présent attablés devant la grange avec un copieux dîner disposé devant eux.

— Que se passe-t-il ? lança Chance en approchant.

— Nous nous sommes fait livrer notre dîner par un hôtel chic.

Jade n'en croyait pas ses yeux. Il lui arrivait parfois d'oublier que les Carson étaient riches.

— Hey, l'interpella l'un des frères. Viens donc manger avec nous.

Elle jeta un regard à Chance qui lui adressa en retour un petit haussement d'épaules.

— Tu as faim ?

— Je ne peux pas dire le contraire.

L'estomac grondant, Jade prit place à table. Chance s'assit près d'elle et sa cuisse vint se coller à la sienne.

Les frères Carson étaient remuants et ils parlaient fort. Elle réalisa qu'elle n'avait pas passé de temps avec eux depuis le temps de l'école.

Ces cow-boys étaient impressionnants. Ils avaient de fortes personnalités et, de plus, ils étaient tous dotés de carrures athlétiques et très séduisants.

Elle jeta un regard en direction de Kit, dont elle savait qu'il attirait Shelby. Elle ne pouvait pas lui en faire reproche. C'était un bel homme, incontestablement, même s'il ne rivalisait pas avec Chance à ses yeux. Objectivement, chacun d'entre eux était superbe. Il était fascinant de regarder leurs chevelures offrant chacune une teinte différente allant du châtain foncé au blond. Ils avaient des yeux noisette, des sourires charmeurs et de grandes et belles mains.

Pour ce qui était de Chance, ce n'était pas uniquement qu'elle le trouvait séduisant. Il y avait entre eux une sorte… d'alchimie qui semblait défier tout le reste.

— Je ne crois pas t'avoir jamais vue autrement qu'avec un air renfrogné sur le visage, lui dit soudain Flint.

— Eh bien, en temps normal, me trouver parmi autant de Carson me fait perdre toute envie de sourire. Mais tu me donnes à manger alors je ne vais pas me comporter comme une sale petite ingrate.

Flint rit et lui jeta l'un des petits pains qui accompagnaient leur repas de viande et de pommes de terre rôties. Elle le saisit au vol et l'ouvrit pour le tartiner de beurre.

Vers la fin du repas, Jade se surprit à constater combien elle était détendue et souriante tandis que Jace l'encourageait à prendre une deuxième part de tourte aux fruits rouges et d'y verser toute la crème fouettée qui leur restait.

C'était étrange de reconnaître qu'ils étaient une famille semblable à la sienne, qu'elle avait plus de points communs que de différences avec eux. Il avait été si facile d'en faire des ennemis. D'en dresser un portrait différent, de les voir comme des personnes moins valables que les membres de sa propre famille. Mais voilà qu'ils se retrouvaient tous ensemble, partageant un repas et des plaisanteries immatures dans une ambiance décontractée. C'était si normal qu'elle en était presque abasourdie. Quand tous quittèrent la table, Chance plaça sa main au creux de son dos, et elle se raidit aussitôt. Il retira sa main, comme s'il avait perçu sa réaction.

Ils s'approchèrent de son pick-up et il la regarda.

— As-tu envie de passer la nuit ici ?

Elle éclata de rire. C'était plus fort qu'elle.

— Cela fait bien longtemps qu'on ne m'a pas proposé une soirée pyjama.

— As-tu besoin de l'autorisation de ta maman ?

— Jamais mes parents ne me l'accorderaient.

— Alors mieux vaut ne pas demander dans ce cas.

— Tu vas m'attirer beaucoup d'ennuis, tu sais ?

— C'est toi qui es à l'origine de tout ça.

— Peut-être devrions-nous nous assurer que ta blessure à la tête n'a pas radicalement modifié ta personnalité.

— Non, c'est coucher avec toi qui a dû provoquer ces changements.

Jade sentit ses joues s'empourprer.

— Je dois rentrer chez moi et prendre quelques affaires. Je ne serai pas longue.

— Je sais. Nous sommes voisins, après tout.

Oui, ils étaient voisins, et des voisins en plein conflit pour couronner le tout.

Mieux vaudrait d'ailleurs qu'elle s'en souvienne, parce qu'au bout du compte, peu importait combien les Carson ressemblaient aux Sohappy, peu importait combien elle appréciait Chance et quel plaisir elle prenait à l'embrasser, ni combien il était exaltant de la sentir en elle, son grand-père ne se remettrait jamais de la trahison.

- 9 -

Voilà deux semaines qu'il s'éclipsait avec Jade durant leurs heures de travail sur ses terres et il était indéniable qu'il y prenait grand plaisir.

Mais Chance avait beaucoup réfléchi à propos de la fin de partie concernant ce petit jeu. Il n'était plus furieux contre elle désormais. Éprouver pareil sentiment eut été impossible. Mais il avait pris une décision : il devait parler à son grand-père.

Le plus grand problème auquel Jade et lui étaient confrontés était qu'ils ne pouvaient voir la situation que sous un seul angle. Ils considéraient chacun la situation ainsi que l'avaient fait leurs arrière-grands-pères. Ce qu'ils ressentaient leur avait donc été transmis. Chance se sentait englué dans cette problématique. Il lui fallait entendre la version de l'histoire des Sohappy.

Il préféra ne pas avertir Jade de son intention, craignant qu'elle ne s'inquiète, elle qui voulait tant protéger la relation qui l'unissait à son grand-père.

Il se montrerait prudent, par souci pour son bien-être.

Chance arriva près de la vieille ferme sur le ranch Sohappy. Deux vieilles voitures étaient stationnées dans l'allée menant à une bâtisse aux abords d'une propreté immaculée. Le porche, décoré de plantes suspendues, était aussi très accueillant.

Rien ne semblait neuf, mais tout montrait le soin extrême qu'accordaient les propriétaires à leurs diverses possessions.

Il se gara, grimpa les marches du porche et patienta un instant avant de frapper à la porte.

Il entendit des chiens aboyer puis des pas traînants approcher. La porte s'ouvrit pour laisser apparaître une minuscule femme aux cheveux gris vêtue d'une robe d'intérieur en denim et aux cheveux noués en une queue-de-cheval basse.

— Oui ?

— Mme Sohappy, dit-il. J'espérais avoir la possibilité de parler à M. Sohappy.

— Ron se repose dans son fauteuil. Qui êtes-vous ?

— Je suis Chance Carson. Je voulais lui poser quelques questions.

— Un Carson, dit simplement la femme en l'observant, paupières plissées.

Soudain la porte lui fut fermée au visage et il entendit des pas s'éloigner du battant.

Eh bien. Mince. Jade ne s'était pas moquée de lui. Ses grands-parents détestaient réellement les Carson.

Il tourna les talons et commença à descendre les marches quand il entendit la porte s'ouvrir derrière lui.

— Où partez-vous ?

— J'ai cru que je n'étais pas le bienvenu.

— Je devais vérifier si vous l'étiez. Ce n'est pas tout à fait le cas, mais il est d'accord pour vous parler.

Chance accueillit ses paroles d'un hochement de tête reconnaissant.

— Merci.

Il gravit de nouveau les marches et suivit la femme à l'intérieur de la maison.

— Je suis Anita, se présenta-t-elle.

— Heureux de faire votre connaissance Anita, dit Chance.

— Nous verrons plus tard si nous sommes aussi ravis de vous connaître, Chance Carson.

Il s'engagea dans un étroit couloir pour rejoindre un salon dans lequel un vieil homme aux cheveux gris était assis dans un fauteuil inclinable jaune moutarde.

— Que voulez-vous, Chance ? demanda l'homme d'une voix rugueuse.

— Vous poser quelques questions. Au sujet de ce que vous savez à propos de ce qui s'est passé entre mon arrière-arrière-grand-père et votre grand-père.

L'homme le fixa de son regard sombre, un air grave sur le visage.

— Vous voulez savoir ce que je crois ?

— Oui.

— Cet homme qui a épousé ma grand-mère n'était pas de notre sang, de notre famille. Il aimait trop l'alcool et les jeux d'argent. Il a perdu une partie des terres du ranch en jouant aux cartes, soûl, avec votre arrière-arrière-grand-père, qui était selon moi un escroc, un tricheur. Des témoins ont dit qu'il avait un as caché dans sa manche.

Chance hocha lentement la tête.

— Et comment se fait-il… que vous portiez le nom de Sohappy ? Si votre grand-père ne faisait pas partie de cette famille ?

Le vieil homme sourit.

— J'ai changé mon nom.

Ce simple fait fissura un mur érigé dans l'esprit de Chance.

Ce n'était pas si difficile, finalement.

Si quelque chose ne nous convenait pas, on le changeait.

— Pourquoi me questionner maintenant ? demanda le vieil homme en posant sur lui un regard perçant.

— Parce que j'ai réalisé combien il est mauvais de se cramponner à des suppositions. Alors qu'on pourrait simplement poser des questions pour savoir la vérité. C'est ce que nous faisons, n'est-ce pas ? Nous restons ancrés à nos propres points de vue sans les remettre jamais en question. Nous ne cherchons pas à savoir ce qu'ont vécu les autres. Jade m'a raconté… une histoire qui lui est arrivée à l'école. Quelqu'un l'a traité durement à cause de sa couleur de peau. Ce sont des réalités que j'ignorais parce que personne n'agissait de la sorte devant moi. Ce qui me prouve que ce n'est pas parce que l'on ne voit pas un fait que celui-ci n'existe pas. Il est facile dans ce cas de croire que ce que l'on voit du monde représente la réalité de l'ensemble, plutôt qu'une petite parcelle d'un tout. Je n'ai plus envie de vivre ainsi.

Il prit une profonde inspiration.

— Elle m'a fait remettre en cause beaucoup de certitudes.

Le regard du vieil homme était vif, impatient.

— Et maintenant qu'allez-vous faire ?

— Il nous faut redessiner la limite de nos terres. Déplacer la clôture.

— Tout simplement ? demanda-t-il.

— Oui. Tout simplement.

— Nous devrions aussi voir si nous pouvons trouver des preuves.

Chance regarda le vieil homme et vit une immense fierté émaner de lui. Il savait qu'il ne pourrait pas le dissuader.

— Très bien. Si c'est ce que vous voulez, alors c'est ce que nous ferons.

L'homme opina du chef.

— J'ai déjà accepté de voir si ma famille possède la moindre archive à propos de cet épisode, poursuivit Chance. J'en ai parlé à Jade.

— C'est une chic fille, dit le grand-père Sohappy. Elle va faire des choses magnifiques pour cet endroit.

— Il me semble qu'il est déjà extraordinaire, parce que beaucoup de gens formidables y vivent depuis longtemps.

— C'est la famille qui nous aide à devenir ce que nous sommes. Mais il me semble que votre arrière-grand-père, votre grand-père... ne vous ont pas influencé, finalement.

— La famille fait effectivement de nous ce que nous sommes, dit Chance. Parfois, si cela doit conduire à mal agir, il faut prendre la décision de changer le cours des événements. C'est ce que mon père a fait et je lui en suis reconnaissant. On doit briser les cycles néfastes, sinon ils ne cessent jamais de perdurer. Dans le cas présent, nous devons briser ce cycle. Nous sommes voisins et nous n'avons pas besoin de nous détester.

Puis le vieil homme tendit la main vers lui et Chance la serra.

- 10 -

— J'ai entendu dire que Chance avait eu une conversation avec Grand-Père, dit Shelby.

— Comment ?

La tête de Jade jaillit derrière le portant de vêtements. Sa sœur et elle se trouvaient dans une boutique de vêtements.

— Ouais. Apparemment, il est venu entendre sa version de l'histoire. Grand-Père l'a dit à Papa, et Papa a été sidéré. Il a dit qu'il n'aurait jamais cru que l'un de ces, et je le cite, *arrogants fils de p…* puisse jamais faire quelque chose d'aussi sensé.

— Je… je ne sais même pas quoi dire.

— Tu dois être sacrément bonne au lit, répliqua Shelby en lui adressant un sourire taquin.

— Ne dis pas ça tout haut et surtout assure-toi que Maman ou Papa ne t'entende pas le dire. Ou Grand-Père.

— Eh bien, Grand-Père a un respect tout neuf au moins pour Chance. Donc… peut-être que ce ne serait pas si terrible s'il le découvrait.

— Je n'ai aucune envie que cela arrive.

— Que se passe-t-il exactement entre vous ? Il doit vraiment t'apprécier pour agir de la sorte.

— Je ne le crois pas, répondit Jade, soudain mal à l'aise. Je crois qu'il est juste… bien plus gentil que je ne le pensais. Ou peut-être *gentil* n'est-il pas le terme juste. Il est plus raisonnable. Mais j'ignorais certains faits le concernant…

— Quoi, par exemple ?

— Il… Il avait une sœur qui est morte quand elle était toute petite. Il n'était qu'un gamin et … je ne sais pas. C'est juste que j'ai découvert que la vérité à son propos était plus complexe que je ne croyais. Il y a cette tristesse en lui, si sincère. L'entendre parler de sa famille, de son amour pour sa sœur, m'a donné le sentiment que…

Elle se sentait presque coupable de parler à Shelby de la douleur de Chance, mais si quelqu'un comprenait ce qu'était la perte d'un être cher, c'était bien sa sœur.

— Es-tu en train de tomber amoureuse de lui, Jade ?

La jeune femme sursauta à ces mots.

— Non. Ce serait absolument inconcevable. Comment cela pourrait-il même fonctionner ?

— Je ne sais pas. Tu sembles l'apprécier et de plus tu adores coucher avec lui…

— Ce n'est pas ça l'amour.

— Ça y ressemble. Tu peux me croire. Le mariage étant une longue aventure, il est important de trouver la personne auprès de laquelle tu aimes le plus être.

Sa sœur sourit un instant, puis son expression se fit grave.

— Bien entendu, le mariage ne dure pas toujours si longtemps que ça. Je l'oublie, parfois.

— Je suis désolée, dit Jade.

— Hey ! s'exclama Shelby. Ce n'est pas ta faute. Tu ne dois pas t'empêcher d'être heureuse à cause de moi.

Jade éclata de rire.

— Je ne suis pas si charitable.

— Tu l'es plus que nécessaire, crois-moi. Au fait, pourquoi es-tu en conflit avec Chance à vrai dire ? Pourquoi agis-tu de la sorte ?

— Que veux-tu dire ?

— Je suis juste curieuse. Que ferais-tu si tu ne te sentais pas d'obligation vis-à-vis de Grand-Père ?

— Je ne me sens pas d'obligations. Je suis d'accord avec lui à propos de ce qui est important et je veux faire ce qu'il désire parce que ces actions comptent à mes yeux.

— Très bien, je te crois. Mais je me demande… Ne t'empêches-tu pas d'être réellement heureuse ?

Jade se rembrunit à ces mots.

— Je ne comprends pas.

— C'est une question à laquelle j'ai beaucoup réfléchi, poursuivit Shelby. Au fait d'agir juste par habitude, parce qu'on ne sait pas comment faire autrement ou quoi faire d'autre.

— Je veux établir un centre pour les chevaux au ranch. C'est ce que j'ai envie de faire, c'est ce qui compte à mes yeux.

— Mais te soucies-tu réellement de ces problèmes de limite des terres et de toutes ces questions, ou est-ce juste un sujet auquel tu te cramponnes parce qu'il rendait furieux Grand-Père ?

— Ces questions ont de l'importance. Je ne vais pas laisser la question tomber dans l'oubli.

— Au point où tu en es, je me demande si tu ne t'accroches pas à cette querelle parce que tu te sens plus à l'aise avec cette barrière dressée entre Chance et toi.

— Je n'ai pas le moindre souci avec Chance. Il me semble que c'est clair.

— Tu lui as menti et tu l'as gardé caché dans ton chalet alors qu'il était blessé à la tête. J'ai l'impression que tu as réellement des problèmes. Avec lui, et peut-être avec les relations amoureuses en général.

— Je n'ai aucun problème relationnel.

— Tu es si dévouée à cette terre, Jade. Pourquoi ? Tu te concentres sur ce point au détriment de tout le reste. Tu avais d'autres projets à une certaine époque…

— J'ai compris que je ne pouvais pas les mener à bien tout en restant ici et donner le meilleur de moi-même, et c'était ce qu'il me fallait faire.

— Pourquoi ? Est-ce à cause de Grand-Père ? Est-ce parce que tu crois que Maman et Papa ne prennent pas ses préoccupations suffisamment au sérieux ? Je sais que tu l'aimes et que tu as une relation vraiment spéciale avec lui. Mais tu n'as pas à dédier ta vie entière à cet endroit. Tu peux créer ton projet équestre sans sacrifier tout le reste.

— Je ne sais pas comment réussir une telle prouesse. Quoi qu'il en soit, je ne suis pas amoureuse de Chance, donc ce n'est pas un problème.

— D'accord.

— Et toi, envisages-tu de partir d'ici ?

Shelby secoua la tête.

— Non, mais je réfléchis à reprendre mes études. Ma vie n'a pas suivi le cours que j'avais imaginé et il me faut trouver un nouveau but. Réfléchir à cette question m'a fait penser à toi. Je ne sais pas comment tu imaginais ta vie à ce stade…

— J'ai le ranch, c'est ce qui compte à mes yeux.

— Mais tu as aussi Chance.

— Cesse de le répéter. Je n'ai pas vraiment Chance. Il n'est pas… une donnée de l'équation. C'est juste un gars. Il ne vaut pas la peine que je bouleverse ma vie pour lui. Bien s'entendre au lit n'est pas une raison pour faire des folies. Je sais que toi tu rêvais d'avoir une famille et tout ce qui va avec. Mais… ça n'a jamais été mon cas.

— Pour quelle raison n'aurais-tu pas de famille, Jade ? demanda-t-elle.

— Parce qu'on ne peut pas tout avoir, n'est-ce pas ? Il faut choisir. J'ai fait mon choix, et le ranch est comme mon enfant.

— À qui le transmettras-tu ?

Elle regarda sa sœur et réalisa qu'en l'état actuel des choses leur lignée prendrait fin avec elles.

— Je ne sais pas. Aucune importance. Nous serons tous morts de toute façon.

— Ce n'est pas ainsi que cela fonctionne. Tu devrais t'en inquiéter dès maintenant, tu sais ?

— Merci pour ton commentaire. Je m'assurerai de le noter quelque part.

Shelby leva les yeux au ciel et Jade, un sourire aux lèvres, recommença à chercher des vêtements sur le portant.

Elle n'était pas sourde aux paroles de Shelby. Mais elles n'avaient pas les mêmes envies toutes les deux.

Jade ne pouvait s'imaginer libérer de la place dans son existence pour une relation qui vienne supplanter le ranch. Shelby ne pouvait pas imaginer une vie dans laquelle passer des nuits torrides avec un homme séduisant ne menait pas à l'amour et au mariage. Aucun souci. Elles étaient différentes. Voilà tout.

Jade n'avait aucun problème.

Absolument aucun.

- 11 -

Chance n'avait pas dîné avec sa famille au complet depuis bien longtemps. Callie était venue de Gold Valley pour leur rendre visite, et ils avaient décidé de tous se réunir – sans Buck, toutefois.

Le repas se déroula dans une joyeuse ambiance, comme toujours lorsque leur famille se réunissait.

— Il nous faut parler un instant, dit Chance une fois que tous les desserts furent servis.

— À quel sujet ?

— J'ai eu une discussion avec Ron Sohappy, annonça-t-il.

Son père se renfrogna à ces mots.

— Tu veux dire qu'il s'est emporté contre toi et qu'il a menacé de lâcher ses chiens pour te faire déguerpir ?

— Non. Nous avons parlé. De ce qui s'est passé à l'origine concernant le ranch et les terres.

— Tu l'imagines te dire la vérité ?

— Je crois qu'il l'a fait et je lui ai indiqué que nous essayerions de trouver une sorte de preuve.

— Comment y arriverons-nous ?

— Peu importe, car j'ai décidé que je n'avais pas envie d'en attendre une. Pourquoi ne pouvons-nous pas partager les droits d'usage de l'eau ? Pourquoi ne pas travailler ensemble ? Cette querelle a bien assez duré, et elle est absurde. Je veux vivre sans me quereller avec mon voisin.

— C'est très noble de ta part, mon fils, dit son père, mais je me demande ce qui a provoqué ce revirement.

— C'est juste que ça paraît la façon la plus juste, la plus normale, d'agir, Papa, répondit Chance. Ce sujet me tient à cœur. Je veux que nous fassions mieux que les générations précédentes et je crois que c'est déjà le cas. Tu sais que Grand-Père était un véritable salaud. Pourquoi prendre son parti ? Pourquoi écouter et croire naïvement toutes ces histoires transmises depuis des années ? C'est incompréhensible. Nous avons une occasion d'être de meilleures personnes que nos aïeux, et je crois que nous devons saisir cette chance. Parce que c'est juste, tout simplement.

— Écoute, quoi que tu en dises, Chance, je doute que tu réussisses à faire s'unir les deux familles, dit son père. Certaines choses sont tout simplement enracinées trop profondément.

Chance accueillit ses paroles d'un lent hochement de tête.

— Je comprends que tu aies ce ressenti, parce que c'est ainsi que tout s'est toujours passé. Mais je ne vois pas pourquoi nous devons continuer à suivre certaines habitudes du simple fait qu'il en a toujours été ainsi.

— Eh bien, si tu le dis…

— Oui, c'est ce que je crois. Et, à vrai dire, j'ai envie de les inviter ici pour un barbecue.

— Bon sang, s'exclama son père. Tu essayes vraiment de tout révolutionner.

Sa sœur, Callie, sourit à ces mots.

— Cette idée me plaît, Chance. Comme tu le sais, je suis toujours partante pour bousculer les traditions.

Sachant qu'elle œuvrait pour permettre l'accès des femmes à de nouvelles activités dans l'univers du rodéo, il ne doutait pas qu'elle comprenait sa volonté de faire bouger les lignes.

— Tu es géniale, Callie, lui lança-t-il affectueusement.

— Entièrement d'accord, acquiesça son époux, Jake.

— Eh bien, il ne me reste plus qu'à m'atteler à l'organisation de cette rencontre, dit Chance.

Bien entendu, il devrait s'assurer de l'accord de Jade.

Il avait envie d'arranger la situation. Il en avait profondément besoin. Cette voie sur laquelle ils avaient été entraînés…

Il eut soudain l'impression de se tenir devant les vieilles portes familières qui semblaient trop menaçantes pour être franchies.

Ils ne pouvaient pas continuer ainsi.

Il avait pris sa décision et il pouvait faire ce cadeau à Jade.

— Es-tu de bonne humeur ? lui demanda-t-il lorsque cette dernière franchit le seuil de son chalet dans la soirée.

Elle ne travaillait plus à Evergreen Ranch désormais ; il n'était plus nécessaire de continuer à faire semblant plus longtemps. Simplement, il avait envie de passer du temps avec elle, et c'est ce qu'ils faisaient dès que l'envie leur en prenait.

— Je ne sais pas comment répondre à cette question, dit-elle.

— Devrais-je te faire te déshabiller avant de te demander quoi que ce soit ou…

— Eh bien, je suis toujours partante pour me retrouver nue avec toi, répondit-elle en souriant.

Leur complicité ne cessait jamais de le surprendre, parce qu'elle était évidente, et qu'ils n'avaient pas à faire le moindre effort pour la faire vivre après toutes ces années de tension…

Ils avaient bien plus de points communs que de différences. Tous deux aimaient l'endroit où ils vivaient avec la même force, et ils étaient tous deux désireux de travailler à l'améliorer encore.

Ils étaient irrémédiablement entêtés, des casse-pieds à la tête dure. Mais c'était un trait que chacun appréciait chez l'autre.

— Tu ferais mieux de me dire ce que tu as sur le cœur maintenant, dit Jade.

— J'ai envie d'organiser un barbecue qui réunirait nos deux familles.

— Que dis-tu ?

— Je veux clarifier certains sujets. Je n'ai plus envie de me quereller avec ta famille. Je veux arranger la situation.

— Pourquoi ?

— Parce que ce qui se passe n'a aucun sens. Toutes ces absurdités. Cette façon de s'agripper au passé.

— C'est…

Elle poussa un lourd soupir.

— Enfin… j'imagine que tu as raison. Toutes ces histoires durent depuis une éternité… et je ne crois pas que cela soit bénéfique à quiconque.

— Exactement. Vous êtes nos plus proches voisins,

et nous devrions être des alliés, pas des ennemis. Il nous faut partager les droits d'usage de l'eau.

— C'est… Enfin, ce serait d'une grande aide, c'est certain.

— Changer nous aiderait tous. Je comprends que cela puisse paraître un peu stupide d'offrir cela si ta famille a été escroquée.

Il réalisa à cet instant que, quoi qu'il advienne, il n'y avait qu'une seule voie à emprunter.

— Je veux céder cette terre afin qu'elle revienne de nouveau à la famille Sohappy. Si vous nous autorisez l'accès à l'eau, ce sera formidable. Mais elle doit vous revenir. C'est votre terre. Votre sang.

Les yeux de Jade se voilèrent de larmes retenues et Chance éprouva un sentiment puissant étreindre sa poitrine.

— Je te fais confiance, dit-elle. Tu n'as pas besoin de nous céder la terre.

Il sentit que ces mots lui avaient coûté.

— Tu es vraiment incroyable, dit-il.

— Eh bien, toi aussi. C'est incontestable, que je le veuille ou non.

— Cette terre devrait être à vous.

Jade acquiesça d'un hochement de tête.

— Entendu.

— Organisons donc ce barbecue en famille et enterrons cette stupide querelle.

— Cela me plairait beaucoup.

— Par ailleurs j'aimerais aussi que tu enlèves tes vêtements, dit-il d'un ton plus bas, un sourire malicieux aux lèvres.

Il s'avança, l'embrassa et eut l'impression de prendre la première véritable inspiration de sa journée.

Parce qu'elle était merveilleuse, brillante. Extraordinaire. Parce qu'elle était tout ce qu'il avait toujours désiré.

Ces pensées surgirent de nulle part et le frappèrent comme la foudre mais il choisit de ne pas leur accorder la moindre attention.

Au lieu de cela, il se contenta de se concentrer sur elle, sur sa beauté, le goût de sa peau. Il laissa le désir qui vibrait entre eux l'emporter ailleurs.

C'était comme être de nouveau frappé d'amnésie, comme être libéré de tout ce qui lui pesait chaque jour. Quand ils étaient ensemble, c'était comme s'ils oubliaient.

C'était un don du ciel. Une vraie bénédiction.

Ce qui constituait encore des pensées inhabituelles pour lui.

Toutefois, quand elle fit courir ses mains sur sa peau, il essaya de s'empêcher de se laisser engloutir par ses sensations.

Après qu'ils eurent fait l'amour avec fougue, Jade se pelotonna contre lui.

— Alors quand aura lieu ce barbecue ?

— J'aimerais l'organiser avant que ma sœur et son mari retournent à Gold Valley. Donc, dès que possible.

— Mes parents devraient pouvoir se rendre disponibles facilement. En revanche je me demande si mon père acceptera de s'asseoir dans la même pièce que le tien. Il ne ressent pas les choses comme mon grand-père à propos du ranch, mais son avis sur les Carson est loin d'être neutre.

— Nous ferons de notre mieux pour changer ça. Je n'ai pas envie de sentiments neutres. J'aimerais qu'il nous apprécie, que nous ayons de bonnes relations de voisinage.

— Toi et moi avons sans doute passé le simple stade des bonnes relations de voisinage, tu ne crois pas ?

— Ouais, peut-être.

Il la couvrit de son corps et parsema sa peau de baisers.

— Passe la nuit avec moi.

Elle hocha la tête.

— Entendu.

Durant le reste de cette nuit, nulle autre parole ne fut nécessaire entre eux.

Il n'avait pas été aisé de convaincre les membres de sa famille de se rendre à un barbecue organisé par les Carson. Et, bien entendu, sa grand-mère n'avait pu s'empêcher d'apporter une énorme quantité de pain frit.

Jade, Shelby, leurs parents et grands-parents gagnèrent chacun le ranch à bord de son propre véhicule et, quand ils se trouvèrent tous devant l'imposante résidence principale de Evergreen Ranch, la jeune femme connut un instant d'inquiétude.

Les Carson étaient différents d'eux. Ils étaient fortunés, faisant même parfois un usage extravagant de leur richesse, et sa propre famille menait une existence bien plus humble que la leur.

Mais lorsque Chance quitta le groupe formé par ses frères et ses parents pour les accueillir, le soulagement commença à la gagner. Elle espérait simplement que sa propre famille ne voie pas le lien qui les unissait tous deux.

Parce que c'était une chose qu'elle ne voulait pas avoir à expliquer en ce moment déjà intense.

Mais Chance était si… Oh ! il était merveilleux et elle ne pouvait pas s'empêcher de sourire. La façon dont il s'adressait à ses parents, à son grand-père et à sa grand-mère. Son respect, ses bonnes manières la submergeaient d'une émotion à laquelle elle ne s'était pas préparée.

Sa famille comptait tant à ses yeux.

Il se comportait avec elle exactement comme elle l'aurait voulu.

— Merci d'être là, dit-il. Nous apprécions sincèrement votre venue.

Il serra la main de son grand-père et de sa grand-mère avant de saluer ses parents. Puis il s'approcha de sa sœur qui lui jeta un regard espiègle.

— Tu dois être Shelby. Il y a longtemps que je ne t'ai pas vue.

— Non, moi non plus. À part cette fois où je t'ai aperçu de loin il y a quelques semaines.

— Je crois que je vois ce que tu veux dire.

— Je crois aussi, dit-elle.

Jade lui donna un coup de coude.

— Mais qu'y a-t-il enfin ? fit-elle, feignant de s'étonner.

Les frères se présentèrent tour à tour avant d'aller disposer les plats sur la table.

Le grand-père de Jade, sans faire montre de la moindre timidité, engagea immédiatement la conversation avec le père de Chance.

— Votre fils est un homme bien, dit-il.

— Oui, c'est vrai, acquiesça Abe Carson.

Ils discutèrent du bétail, de l'eau et, avec passion, des rodéos.

Sur la grande table étaient disposés des plats remplis de viande et du pain frit de sa grand-mère. Jade s'assit près de Callie, la sœur de Chance.

— Salut, lança cette dernière. Je sais qui tu es, mais je ne crois pas que nous nous soyons jamais vraiment rencontrées.

Callie était radieuse et pleine de joie.

— Ouais. C'est sympa de faire ta connaissance.

— Ce que fait Chance est génial. Le fait qu'il tienne à tous nous réunir et à s'assurer que tout le monde s'entende bien, c'est extraordinaire.

— Je ne l'aurais jamais imaginé organiser une telle rencontre mais il semble très investi dans ce projet.

— Il a l'air de t'apprécier, dit Callie.

Jade se raidit à ces mots. Comment quiconque pouvait-il déduire un tel constat en se basant sur leurs interactions ?

— Vraiment ?

Callie eut un petit haussement d'épaules.

— C'est l'impression que j'ai, quand je vois comment il te regarde.

— Oh. Eh bien, c'est un bon gars. Vraiment.

— C'est aussi ce que je pense.

À un moment donné, la moitié de l'assemblée s'habilla chaudement et sortit pour s'amuser à des exercices de tir et bientôt tout le monde se retrouva dehors, assis sur des chaises de jardin pour boire des bières et tirer au fusil.

À une certaine époque, Jade se serait inquiétée de voir son grand-père muni d'une arme à proximité des Carson, mais la vie semblait simplement… différente à présent. L'explication résidait-elle dans le fait que Chance était allé parler à Grand-Père ?

Sa manière de faire avait-elle réellement suffi à changer la nature des relations entre leurs deux familles ?

Peut-être le respect était-il le premier pas à accomplir. Le pas le plus essentiel. Puis il fallait savoir écouter.

Ces réalités, ainsi que son comportement avec sa famille, forçaient Jade à modifier le regard qu'elle portait sur Chance.

Elle avait du mal à croire combien tout avait changé entre eux au cours des dernières semaines. Combien ses convictions avaient été mises à l'épreuve.

Une fois de retour au ranch Sohappy, son père fit remarquer que les Carson formaient finalement une famille très aimable.

Elle ne savait pas que faire de cette nouvelle situation...

Subitement un obstacle, ce mur qui était autrefois érigé entre Chance et elle, avait été abattu, et oui, on pouvait penser que tout avait basculé dès l'instant où ils avaient commencé à coucher ensemble, mais il y avait autre chose encore, de l'ordre de l'émotion, et le sentir la laissait désemparée.

— Merci, lui dit son grand-père. L'engagement dont tu fais preuve à propos du ranch est sincèrement admirable. Tu as dû faire quelque chose pour lui faire changer sa vision de la situation.

Oh ! comme ces paroles la faisaient se sentir mal à l'aise.

Parce qu'il avait été si crucial pour elle de se voir offrir l'occasion de gérer le ranch, et il était primordial à ses yeux d'être à la hauteur de la chance qui lui était donnée.

Que penseraient-ils tous s'ils découvraient que le changement d'avis de Chance au sujet de leurs différends tenait en grande partie au fait qu'elle avait couché avec lui ? Même s'il s'agissait d'une version simplifiée de la réalité, c'était l'impression que cela donnerait. Comme si elle avait usé de son corps pour racheter la terre. Comme si la victoire avait été acquise en couchant avec l'ennemi.

— Je tiens au ranch, voilà tout. C'est toute ma vie, Grand-Père, tu le sais.

Il opina du chef.

— Je le sais. Tu es une fille bien.

Voilà. C'était tout ce qu'elle avait toujours voulu être. Et à présent que ce fait était acquis, elle ne savait qu'en faire.

Sauf que… elle n'avait vraiment plus de raison de poursuivre sa relation avec Chance.

Il n'y avait nulle raison d'être triste. Ils arrivaient au moment de la conclusion. Elle était en fait vraiment heureuse. Tout s'était peut-être passé de façon étrange, détournée, mais le résultat était qu'elle avait accompli quelque chose, provoqué des changements bénéfiques. Elle se sentait si reconnaissante qu'il en soit ainsi.

Ils n'avaient plus besoin l'un de l'autre et ils ne se détestaient pas, ce qui représentait très certainement un progrès.

— Bonne nuit, dit-elle à son grand-père en lui adressant un petit signe depuis le porche de sa maison.

Puis elle roula jusqu'à son chalet, se coucha seule et tenta de se convaincre que tout allait pour le mieux.

- 12 -

Jade se rendit à la First Bank de Lone Rock le jour suivant. Elle était prête à tenter d'obtenir son prêt pour la construction de la grange.

Une nouvelle grange. Plus grande.

Oui, elle poursuivrait les réparations de celle dont elle s'était occupée avec Chance, mais elle avait envie de bâtir également un lieu très moderne. Elle avait économisé pour acheter ses premiers chevaux et elle obtiendrait un peu d'aide pour lancer son projet de construction.

Elle prévoyait également d'établir une pension pour chevaux, ce qui contribuerait à ce que le ranch dégage un peu plus de profits.

C'était une décision importante. Elle s'endettait et s'engageait à titre personnel.

C'était un peu comme son mariage. Son rêve.

La pensée lui arracha un rire sans joie.

Puis elle entra dans le bureau du banquier et, deux heures plus tard, elle sortit, disposant d'un prêt en bonne et due forme.

Ses plans étaient tracés, il ne lui restait plus qu'à rassembler l'équipe de construction et à s'occuper des divers détails.

Voilà qui semblait un pas de géant. La première envie qui se manifestait en elle était… d'appeler Chance.

Ce n'était pas une nécessité. Il n'était pas une pièce maîtresse du projet. Il n'en faisait même pas partie.

Elle pourrait téléphoner à Shelby car elle voulait vraiment lui en parler. Mais ce qui s'imposait à elle était son désir de partager cette victoire avec lui, et cette pensée la déconcertait.

Ils ne se téléphonaient presque jamais, ne faisant qu'échanger des textos. À part ça, ils étaient l'un avec l'autre. Pour faire l'amour, rien d'autre. Ils n'avaient jamais eu de sortie en tête à tête. Bien entendu, quand on avait retenu un homme captif alors qu'il était amnésique, il n'était pas vraiment nécessaire de lui donner des rendez-vous romantiques. Voilà qui semblait un peu stupide.

— C'est complètement idiot, marmonna-t-elle.

Elle sortit son téléphone et trouva le nom de Chance dans ses messages afin de composer son numéro.

— Salut, lança-t-il en décrochant. Tout va bien ?

— Tout va à merveille, répondit-elle. J'ai obtenu un prêt. Je construis une nouvelle installation pour accueillir des chevaux.

— C'est… C'est fabuleux. C'est ce que tu veux, n'est-ce pas ?

— Oui, je le veux vraiment. Chance, c'est vraiment… une grande étape. Je n'ai jamais rien réalisé d'aussi important.

— Nous devrions sortir et fêter cette grande nouvelle, dit-il.

Le cœur de Jade descendit en piqué dans sa poitrine.

— Vraiment ?

— Oui. Nous devrions célébrer le fait que tu es fabuleuse.

— Je… D'accord.

C'était ainsi qu'elle s'était retrouvée chez Shelby.

— Il veut qu'on sorte, lança-t-elle.

— Rien d'étonnant. Je te rappelle que tu couches avec ce gars depuis environ un mois, n'est-ce pas ?

Jade hocha la tête à ces mots et ne dit pas à Shelby qu'elle avait réfléchi au fait qu'elle devait mettre fin à leur relation et qu'elle avait besoin que tous deux retrouvent un peu de lucidité.

Parce que tout était un peu trop intense, que ça n'avait aucun sens, que les familles étaient à présent réconciliées et que le but qu'elle poursuivait, le fait qu'il la voie elle ainsi que sa famille comme des vraies personnes, était à présent atteint.

— Il te faut une robe, dit Shelby.

— C'est idiot, non ? Que j'ai envie de porter une robe pour un homme ?

— Ça n'a rien d'idiot, répondit Shelby. C'est normal. Je sais que tu n'as pas beaucoup d'expérience dans ce domaine…

— Eh bien, c'est parce que j'ai… essayé si durement d'être à la hauteur de cette opportunité, celle d'être la première fille à avoir cette chance de prendre la suite au ranch.

— Jade, ne sois pas ridicule. Que tu ne sois pas un garçon n'a pas d'importance aux yeux de Grand-Père.

— Non. Il pense vraiment que je peux faire tout ce qu'aurait pu faire un garçon. Ce n'est pas ce que je veux dire. C'est juste que je suis la première. Notre arrière-arrière-grand-père qui a perdu une partie des terres était le premier à ne pas être de notre sang et il a commis une terrible erreur. C'est pour cette raison que Grand-Père ne voulait pas que Chuck s'occupe du ranch. C'est pourquoi il voulait qu'il reste entre les mains d'une personne de la famille. Je suppose par conséquent que si j'échoue…

— Tout d'abord, répliqua Shelby, tu seras aux manettes. Donc il te reviendra de décider qui te succédera. Ensuite, Grand-Père n'aurait jamais transmis le flambeau à Chuck. En aucun cas. C'est à toi qu'il a toujours pensé pour cette tâche, notre histoire familiale n'a rien à voir.

— Mais…

— Et si tu estimes que la personne doit aimer cette terre plus que tout, à qui la légueras-tu ?

— Je comptais sur toi pour te reproduire.

Shelby éclata de rire à ces mots.

— Eh bien, ce projet a volé en éclats, pas vrai ? Il faudra peut-être songer à créer ta propre famille.

Elle adoucit son ton.

— Tu dois faire ce que tu as envie de faire, tu ne peux pas simplement incarner la réalisation des rêves de Grand-Père. Il ne vivra plus très longtemps, Jade. Il a déjà quatre-vingt-quatorze ans.

— Il pourrait vivre encore dix ans, répondit Jade, sentant la panique la gagner à l'idée de perdre cet homme auquel elle tenait tant.

— Je sais que tu l'aimes, dit Shelby. Je sais que toute la situation est liée à ton amour pour lui. Mais il veut ton bonheur. La question que tu ne sois pas un garçon n'a jamais été essentielle. Il n'a jamais été obligatoire non plus que tu aimes le ranch plus que tout.

Jade dut lutter pour empêcher les paroles de sa sœur de s'insinuer trop profondément dans son esprit.

— Quoi qu'il en soit, je ne possède toujours pas de robe et j'aimerais en porter une pour sortir avec Chance.

— Eh bien, je peux t'aider sur ce point et ce d'autant plus que mes robes n'ont plus la moindre utilité ces derniers temps.

Le sourire de Shelby se teinta de tristesse.

Jade saisit une pile de robes et, après en avoir essayé deux, elle comprit subitement pourquoi les femmes étaient parfois contrariées par leur silhouette.

Certains vêtements mettaient ses hanches trop en valeur, d'autres étaient trop décolletés, d'autres encore soulignaient excessivement les rondeurs de son ventre.

— Ce sont de vrais instruments de torture. De torture mentale, lâcha-t-elle, dépitée.

— Tout va bien, dit Shelby. Porte la rouge. Tu es superbe.

— Et si je me trompais ? s'inquiéta Jade en regardant son reflet. S'il avait juste envie que nous allions boire une bière dans un bar ? Comme deux amis ?

— Eh bien, tu seras la plus belle nana du bar.

— Oh non, je me sentirai vraiment stupide. Si je me trompais sur toute la ligne ?

— Je croyais que tu ne voulais pas que votre relation prenne une autre dimension.

— C'est vrai, concéda Jade, le cœur battant à coups sourds dans sa poitrine. Je n'ai pas envie que notre relation soit différente de ce qu'elle est. Et pour dire la vérité, j'avais en fait envie qu'elle prenne fin.

Il était fréquent qu'elle veuille taire un sujet à sa sœur et qu'elle finisse accidentellement par lui livrer toutes ses pensées.

— Tu avais envie que tout s'arrête ? demanda Shelby, scrutant sa sœur, les yeux écarquillés de stupeur.

— Oui. Je voulais juste que tout revienne à la normale.

Ou, du moins, profiter du fait que tout aille mieux. Parce que j'ai réussi, pas vrai ? Enfin, ce que je veux dire, j'ai montré à Grand-Père que les Carson pouvaient être des bonnes personnes, et j'ai prouvé à Chance que nous ne nous trompions pas au sujet de nos terres et combien ce que nous vivions n'était pas juste. J'ai réussi sur ces deux plans. Par conséquent, nous deux n'avons pas besoin d'être ensemble plus longtemps.

— As-tu cessé de le trouver attirant ?

— Non, pas du tout. Il est sublime… et j'aime être près de lui… Ne dis rien, s'il te plaît, il est vrai qu'aujourd'hui, lorsque j'ai obtenu le prêt, je n'ai eu qu'une envie : lui parler.

— Tu tiens à lui.

— Je l'aime bien mais que faire de ce que je ressens pour lui ? Le ranch doit être mon point d'intérêt principal, il faut que…

— Tu es un être humain en droit de vivre sa vie, l'interrompit Shelby. Tu réussiras à avoir une existence riche, complète.

— Je ne sais pas comment trouver pareil équilibre, comment avoir tout ce qu'offre la vie. Je ne connais que le ranch, tout ce que je sais tourne autour de cette obsession.

— Peut-être une superbe occasion s'offre-t-elle à toi d'essayer de cesser d'être obsédée.

— J'imagine… As-tu aussi du rouge à lèvres ? Mon Dieu, qui suis-je ?

— Tu es ma sœur, répondit Shelby. Nous trouverons une solution.

- 13 -

Chance s'engagea dans l'allée de la maison de Jade en fin d'après-midi. Elle lui avait dit qu'ils pourraient se retrouver en ville, mais Chance avait décidé de venir la chercher chez elle car ils avaient quelque chose à fêter, et… bon sang, il en avait envie, voilà tout. Sans doute pour la première fois de sa vie, il se sentait un devoir d'inviter une femme à sortir.

Peut-être était-ce l'occasion de mettre un point final à toute l'histoire.

Non pas qu'il entendît rompre avec elle pendant cette soirée, mais celle-ci pourrait offrir une belle occasion de tirer un trait sur certaines questions.

Les problèmes avec leurs familles étaient réglés.

Peut-être cette soirée permettrait-elle de régler les derniers points en suspens.

Peut-être as-tu juste envie d'être avec elle…

Il chassa ces pensées d'un haussement d'épaules.

Quand Jade sortit de la maison, un nœud se forma au creux du ventre de Chance. Elle était splendide dans cette robe rouge tombant juste au-dessus de ses genoux et épousant à merveille les contours de sa silhouette. Elle portait un rouge à lèvres éclatant et ses cheveux noirs tombaient en cascade sur ses épaules.

Il ne l'avait jamais vue si… sublime. Elle était toujours

belle. Peu importaient les vêtements qu'elle portait. Elle était la femme la plus sexy qu'il ait jamais vue. Mais en cet instant, elle le mettait à l'épreuve en testant les limites du contrôle qu'il avait sur lui-même.

Il sortit de son pick-up et le contourna pour venir lui ouvrir la portière. Jade leva vers lui de grands yeux surpris.

— Qu'est-ce…

Il se pencha alors vers elle et l'embrassa avec ardeur.

— Tu es magnifique.

Elle sentit son visage s'empourprer.

— Merci.

Il fallait rouler un certain temps pour rejoindre Lone Rock. Chance avait d'abord songé à l'emmener au Thirsty Mule avant d'opter pour le Horseshoe. Le bâtiment de l'ancien saloon avait été restauré de sorte à lui redonner toute sa splendeur et le lieu abritait de luxueuses salles à manger privées ainsi qu'une foule d'éléments renvoyant à la période de la ruée vers l'or.

C'était l'un des restaurants favoris de sa famille, qui prenait plaisir à y dîner à chaque réveillon de Noël.

— Tu aimes leur cuisine ? questionna Jade.

Lone Rock était une petite ville de l'est de l'Oregon et, à vrai dire, elle offrait peu de choix en matière de restauration. Mais la ville était toutefois charmante avec sa rue principale bordée de façades restaurées au charme tout droit sorti de la fin du XIXe siècle.

— Eh bien, il s'agit de la meilleure table de la ville. Mais ne le répète pas à Cara, ou elle voudra m'étrangler. Dis-moi, tu n'as jamais vraiment habité ailleurs qu'ici, n'est-ce pas ?

— Non, c'est vrai. Et toi ?

— Eh bien, nous avons vécu dans différents endroits avant de nous fixer au ranch. La plupart du temps, dans un immense camping-car, pour que mon père puisse suivre le circuit des rodéos.

Ils quittèrent le pick-up et se dirigèrent vers le restaurant.

— Puis nous avons dû adopter un rythme de vie plus lent pour Sophie, continua-t-il. Et vivre quelque temps aux environs de Portland pour qu'elle soit près de l'hôpital pédiatrique de Doernbecher. C'est l'un des meilleurs du pays. Nous étions prêts à tout pour sa santé. Et puis après... Mon grand-père est mort, et il nous a semblé naturel de venir à Lone Rock et d'habiter Evergreen Ranch. C'était ce qu'il y avait de mieux à faire. Pour nous tous.

Ils pénétrèrent dans le restaurant, et Janine, la serveuse que Chance connaissait depuis de longues années, vint les accueillir.

— Désirez-vous votre table habituelle, dans le salon privé ?

— Non, nous ne serons que deux ce soir. Nous pouvons nous installer dans la salle principale.

La moquette était d'un rouge profond et l'éclairage tamisé par les lustres originaux parés de verre carnaval, gravé et teinté, conférait à l'endroit une ambiance romantique à souhait. Les tables étaient recouvertes d'épaisses nappes blanches offrant un ravissant contraste avec les murs rouge brique.

— Je n'ai jamais mangé ici, dit Jade au moment où ils prenaient place à table.

— Jamais ?

— Ce n'est pas vraiment notre...

— Hey. Je comprends. Nous avons eu des expériences de vie différentes, voilà tout.

— Eh bien, j'apprécie que tu le comprennes.

— C'est le cas. Je comprends parfaitement.

Chance décida de commander une bouteille de champagne, en dépit des protestations de Jade, et l'encouragea à choisir ce qu'elle voulait dans le menu, quel que soit le prix.

Elle commanda un filet de bœuf et ils entamèrent leur repas.

Il adorait la regarder manger, la voir sourire et soupirer d'aise à chaque bouchée. Il l'encouragea à goûter plusieurs desserts après que leur eut été présentée la sélection des douceurs du soir. Sur son insistance, elle accepta, sachant qu'ils pourraient remporter ce qui ne serait pas consommé.

Quand ils eurent enfin terminé, Jade se retrouva ainsi avec plusieurs boîtes à emporter chez elle.

Chance aimait se montrer généreux envers elle et la voir heureuse. Avait-il jamais connu pareille sensation ? C'était comme si partager la joie d'une autre personne était aussi bon que de l'éprouver soi-même.

— Pourquoi ne viendrais-tu pas chez moi ? demanda Jade.

Il n'allait certainement pas s'opposer à cette idée.

Jade avait la sensation que quelque chose avait changé entre eux pendant cette soirée, et elle ne savait pas si c'était dû à sa robe ou au dîner. Sans savoir pourquoi elle se sentait différente. Et ce changement… l'exaltait.

Sur le trajet les ramenant au minuscule chalet, elle se

laissa gagner peu à peu par cette ivresse. Elle avait si puissamment envie de Chance que c'était difficilement supportable, presque douloureux. Peut-être ressentait-elle une poussée d'adrénaline à l'idée de profiter d'une autre nuit d'amour avec lui alors qu'elle avait été plus tôt résolue à rompre avec lui. Elle se sentait pleinement en harmonie avec sa féminité, un sujet qui lui avait posé problème jusqu'alors, même avec Chance. Même quand il lui avait donné le sentiment que ses courbes étaient magnifiques. Que son corps était unique. Merveilleux. Précieux. Sa perception de sa féminité et son aisance avec son corps n'étaient pas allées de soi jusqu'alors. Mais aujourd'hui elle se sentait connectée avec son intimité – était-ce à cause de la robe, du rouge à lèvres ? – comme jamais auparavant.

Ils sortirent du pick-up, et elle sentit ses mains trembler quand ils gravirent les marches du perron avant d'entrer chez elle. Elle se tourna vers lui, se jeta dans ses bras et l'embrassa comme si sa vie en dépendait.

— Tu sais, dit-elle entre deux baisers, je n'ai jamais eu le sentiment de faire partie des filles mignonnes. Je n'ai jamais cru que j'y avais droit…

— J'ai envie de toi, répondit Chance d'un ton rauque. De toi. Cela n'a rien à voir avec nos querelles familiales ou quoi que ce soit d'autre. Je te veux, toi, c'est tout.

— Merci, lâcha-t-elle dans un souffle, et elle l'embrassa de nouveau, insufflant à ce baiser toute la force de son désir, toute la puissance de sa passion.

Chance passa sa main dans le dos de Jade et fit glisser la fermeture de sa robe, la laissant uniquement parée de ses sous-vêtements et les pieds chaussés des talons qu'elle avait empruntés, ce qui la fit se sentir plus féminine que jamais.

Elle recula, s'adossa contre le mur et poussa de façon provocante ses hanches vers l'avant. La voir ainsi arracha un grognement à Chance qui pressa ses mains sur le tissu tendu de son jean, soulignant combien il avait désespérément besoin d'elle.

— Tu en as envie ?

Elle acquiesça d'un hochement de tête.

Puis elle s'approcha de lui et plaqua ses deux mains sur sa poitrine avant de les laisser langoureusement glisser le long de son corps tandis qu'elle s'agenouillait devant lui.

Elle n'avait jamais prodigué ce genre de caresse jusqu'alors. Parce qu'elle n'avait jamais connu de relation assez longue pour estimer qu'un homme avait le droit à cette sorte de traitement. Le geste semblait si intime qu'elle avait toujours hésité à essayer.

Mais pas avec lui. Pas en cet instant.

Elle défit la boucle de sa ceinture, fit descendre la fermeture de son jean et libéra son sexe tendu autour duquel elle referma la main. Puis, tout en levant les yeux vers lui, elle s'abaissa et le gratifia d'une longue caresse dispensée de la pointe de sa langue.

Le souffle de Chance se coinça dans sa gorge, et voir le brasier qui flambait au fond de ses yeux renforça sa propre fièvre. Elle se sentait si puissante. Si incroyablement femme.

Quand ses lèvres imitèrent le geste qu'avait imprimé sa main quelques instants plus tôt, elle découvrit avec étonnement combien elle aimait lui donner ainsi du plaisir. Elle songea alors combien il était singulièrement beau.

Jamais un homme nu ne l'avait autant impressionnée par sa perfection physique.

Elle se sentait si fière de chaque sensation qu'elle imprimait en lui. Elle voulait farouchement être unique à ses yeux.

Il était si triste que leur histoire… ne puisse durer pour toujours.

Mais pourquoi ne serait-ce pas possible ?

Parce que c'était inconcevable. Inimaginable que cela puisse être si facile.

Tout comme l'était le fait de vouloir un amour éternel alors que cette idée ne l'avait jamais effleurée auparavant. Il semblait impensable d'aimer un ancien ennemi juré et d'éprouver pour lui un amour plus puissant que celui qu'elle vouait à ses terres familiales.

Il était impossible que cela puisse être si simple.

Jade fit taire ses pensées et se concentra sur ses exquises caresses.

Elle l'emmena à l'orée de l'extase puis, les jambes presque tremblantes, Chance plongea ses mains dans sa chevelure et l'écarta de lui et l'amena à se relever afin qu'ils s'embrassent.

— Je dois te faire mienne, gronda-t-il.

— Pas d'objection de ma part, répondit-elle, le souffle court.

Il la pressa contre lui et l'embrassa. Avec fièvre. Audace. Puis il voulut la guider jusqu'à la chambre et elle l'arrêta, l'attirant vers elle tout en venant se plaquer contre le mur.

— C'est comme cela que tu veux faire ? grogna-t-il entre ses dents serrées.

— Oui, murmura-t-elle.

Il écarta son sous-vêtement, poussant ses doigts entre ses jambes, puis tomba à genoux, s'emparant d'elle avec sa bouche, relevant ses cuisses par-dessus ses épaules, et vint jouer de sa langue au point le plus sensible de son être tout en gardant son corps collé contre le mur.

Elle bascula ses hanches pour les pousser plus fermement contre sa bouche tandis qu'il poursuivait son enivrante caresse.

Dans le feu de la passion, elle se surprit à enfoncer ses doigts dans ses épaules et à agripper ses cheveux.

— Je t'en prie, supplia-t-elle. Je t'en prie, prends-moi.

— Pas avant que tu jouisses pour moi.

Ses mots, électriques, magiques, allumèrent subitement une étincelle tout au fond d'elle qui déclencha bientôt le brasier d'un orgasme, puissant, qui lui sembla ne jamais devoir finir et la laissa hors d'haleine.

Puis Chance se redressa, la gardant plaquée contre le mur, et il prit possession de son corps brûlant d'une franche poussée, la maintenant fermement en place tandis qu'il se mouvait en elle avec force et vigueur. Comme il était amusant de songer que c'était ainsi qu'elle avait toujours imaginé que leurs ébats se passeraient. Dans un déchaînement de fougue et de fièvre, debout contre un mur.

Il n'y avait plus de haine, plus de méfiance entre eux.

Étrangement, quelque chose en elle avait toujours su que cet instant surviendrait. Lorsque leurs regards se croisèrent, elle sut pourquoi.

Parce qu'elle l'aimait. La réponse, limpide, s'imposait avec force en elle.

Elle aimait Chance Carson, et peu importait si leur

amour semblait impossible. Parce qu'elle ferait tout ce qui était en son pouvoir pour qu'ils soient ensemble.

Elle n'était pas uniquement une éleveuse.

Non, elle n'aimait pas uniquement ce ranch et le nom de sa famille. Elle l'aimait, lui. S'en rendre compte déclenchait en elle une sensation puissante, qui lui coupait le souffle et l'empêchait presque de penser.

Il imprima un nouvel élan puissant à son bassin, et l'orgasme de Jade la percuta telle une puissante lame de fond, puis le plaisir terrassa à son tour Chance une seconde plus tard. C'était comme s'ils avaient été frappés par la foudre au même instant.

Il garda les mains agrippées sur sa chair tandis que les derniers soubresauts traversaient son corps et elle resta arrimée à lui avec force. Elle savait clairement ce que lui criait son cœur en cet instant.

Elle reconnaissait l'éclatante évidence. Elle n'avait pas la moindre idée de ce que Chance dirait, de ce qu'il ferait quand il l'apprendrait. Mais il s'agissait de la vérité et elle ne pouvait pas plus la taire qu'elle n'avait jadis pu masquer son animosité.

Parce qu'il n'y avait plus la moindre place pour le mensonge entre lui et elle.

Elle lui avait déjà menti une fois et elle ne le referait jamais.

— Je suis désolée, dit-elle en caressant ses cheveux.

Ses paroles avaient d'elles-mêmes franchi ses lèvres. Il était important qu'elle prononce ces mots.

— Je n'aurais jamais dû te mentir. Quand je t'ai trouvé, j'aurais dû directement te raccompagner auprès de ta famille. Je suis tellement désolée de ce choix. C'était terriblement égoïste de ma part. J'étais aveuglée par mon obsession pour le ranch, par le fait de prendre une revanche, d'obtenir ce que je voulais à tout prix. Je voulais te forcer à voir quelque chose… et c'était une erreur. Je jure que je ne te mentirai jamais. Plus jamais.

— Ce n'est pas grave, tout va bien, répondit Chance, légèrement perplexe face à l'intensité imprimée à sa déclaration.

Mais Jade savait qu'il comprendrait. Un jour, il comprendrait ce qui l'avait animée.

— Le fait est que…, dit-elle, en posant ses mains sur son visage, je t'aime, Chance Carson. Tu dois me croire et avoir confiance en moi. Je t'aime, Chance, et je serais prête à tout, absolument tout, pour que tu m'aimes aussi. Parce que je n'ai jamais rien voulu d'autre que ce ranch, et à présent que je me suis engagée et même endettée pour lui… maintenant que j'en suis là, je me rends compte que ce que je veux plus encore, c'est toi. Mais j'en suis heureuse. Je te veux dans ma vie et je m'organiserai comme il le faudra pour vivre ce que je ressens. J'ai beau avoir dit que jamais je n'agirais de la sorte. Je le ferai. Pour toi.

— Jade, dit-il d'une voix rauque.

— Tu n'as pas à dire quoi que ce soit, ajouta-t-elle. Pas pour le moment. C'est juste que… je suis comme sidérée par la force de ce que j'éprouve. Par le fait que pour la première fois… je sais ce que je veux. Pas ce que quelqu'un veut pour moi. Et pas ce que je crois avoir à faire. Juste ce que je veux. Peu importe si tu ne peux pas ressentir la même chose et si tu ne peux pas me répondre pour l'instant. Je suis heureuse d'avoir pris conscience de ce sentiment neuf en moi.

Sa bouche était terriblement sèche et son corps tout

entier avait le sentiment d'être sur le fil du rasoir. Car ce que Chance dirait, ce qu'il voulait, comptait à ses yeux. Car s'il ne voulait pas d'elle… elle serait totalement dévastée.

— Jade, je ne vais pas te laisser croire que je pourrais… changer d'avis. Ou changer qui je suis. Je ne le ferai pas. Je ne peux pas.

— Je comprends ce que c'est de vivre toute sa vie en ayant si peur de ne pas faire les bons choix et de risquer de décevoir une personne qu'on aime plus que tout. Mais je n'ai pas de prise sur les sentiments des autres, sur ce que mon grand-père pourrait ressentir à cause de mes décisions, sur ce que tu dis, fais ou veux. Je peux seulement avoir la main sur moi-même et la vérité qui s'impose à moi, c'est que je t'aime.

Elle déglutit difficilement et sentit des larmes noyer son regard. En temps normal, elle méprisait toute démonstration de faiblesse mais en cet instant elle n'en avait pas la moindre envie.

En cet instant tout ce qui importait était qu'elle savait ce qu'elle ressentait. Elle n'avait pas peur. Jamais elle ne s'était sentie plus fidèle à celle qu'elle était vraiment. Elle n'avait plus besoin de jouer le moindre rôle. Elle n'avait qu'à être elle-même. Et voilà qui elle était. Elle aimait le ranch et elle aimait Chance, et, sur ces deux points, elle n'était prête à aucun compromis.

Jamais elle ne s'était placée dans une telle position de vulnérabilité, mais jamais auparavant elle n'avait été plus certaine d'exprimer la sincérité de son désir. Elle se doutait que le prochain instant serait difficile, mais elle était décidée à l'accepter. Parce que l'enchaînement des événements l'avait amenée à ce point où elle était authentiquement elle-même. Où elle était si absolument sûre d'elle.

— Jade, ce n'est pas ce que je veux. J'ai vu la vie de mes parents être ravagée par la perte d'un enfant, et je… j'ai perdu ma sœur. Je ne peux pas m'engager avec toi… Je ne peux pas.

Jade sentit son cœur se briser à ses mots, mais nulle colère n'enfla en elle.

Parce qu'elle pouvait voir qu'il était sincère et que chacun de ses mots venait du plus profond de son âme. Elle savait ce que c'était d'avoir une conviction si intimement ancrée à propos de soi-même.

Tout n'était qu'une question de peur. La peur de perdre ce qu'on possédait, ce qu'on avait réussi à construire pour soi-même, si l'on se laissait entraîner vers une chose qui semblait si peu sûre. Si l'on avait vécu sans elle pendant tout ce temps, peut-être n'en avait-on pas réellement envie ni même besoin ?

— Je veux que tu te rappelles que je t'aime. Même si tu ne peux pas partager cet amour.

— Jade…

— Non. Je ne veux pas d'excuses ou d'un long discours. Tu sais ce que tu es capable ou non de faire. Tu sais qui tu es. Et si tu l'ignores, j'espère que tu le découvriras. Et qu'une fois que tu l'auras fait, tu viendras me retrouver. Mais si ce n'est pas le cas, je veux que tu saches… que je crois que nous deux, nous aurions vraiment pu vivre une grande histoire. Une histoire à laquelle je n'aurais jamais imaginé pouvoir croire. Mais à présent, me voici qui demande à pouvoir la vivre. De tout mon cœur. Avec toi.

— Je ne peux pas.

Chance était ce qu'elle chérissait le plus au monde. Voir leurs chemins se séparer serait affreusement douloureux. Mais elle le laisserait suivre la voie qu'il avait choisie.

Elle prit conscience que, pour sa part, elle n'avait pas besoin de transiger avec ses désirs.

Parce qu'elle n'avait pas besoin d'être au service des envies de son grand-père pour être aimée. Pas plus qu'elle n'avait besoin de quitter le ranch pour aimer Chance. Ni qu'elle ne devait garder ses sentiments secrets.

Elle avait été sincère quand elle avait dit qu'elle n'avait pas besoin d'entendre sa réponse sur-le-champ. Mais s'il insistait pour rompre, elle l'accepterait simplement, tout en se sentant… incroyablement courageuse d'avoir fait le choix d'ouvrir son cœur à celui qu'elle aimait le plus au monde au risque de le perdre.

Quelques instants plus tard, Chance partit sans un mot. Sa maison sembla brusquement affreusement vide. Tout comme son cœur.

Elle resta assise, engourdie par la douleur, pendant un long moment. Elle tenta de dormir, mais en vain, et le chagrin l'accompagna durant toute la journée du lendemain. Elle souffrait encore quand elle quitta enfin son chalet pour rejoindre la maison de son grand-père, l'âme en pièces.

Elle gravit les marches et entra, le cœur battant à coups sourds.

— Jade, dit-il dès qu'il la vit. Que viens-tu faire ici ?

— J'ai quelque chose à te dire.

— De quoi s'agit-il ?

— Je suis amoureuse d'un fils Carson. Tu sais, j'aime le ranch de tout mon cœur et je t'aime, toi. Je prendrai soin de cet endroit, quel que soit mon avenir. Que j'aille un jour vivre à Evergreen Ranch avec Chance ou que je n'ai pas le moindre avenir avec lui. Et si ce que je t'annonce te met hors de toi, je continuerai à t'aimer malgré tout. Je veux que tu saches la vérité et que tu me comprennes.

— Jade, questionna son grand-père d'une voix éraillée. Tu as cru que je ne t'aimerais plus ?

— Le fait est que je t'ai promis de mener cette tâche à bien. J'avais si peur de ne pas réussir à être celle que tu voulais que je sois. Pour prouver ma valeur, j'ai abandonné mon rêve de suivre des études de médecine, je me suis jetée à corps perdu dans ce projet, je m'y suis consacrée jour et nuit. Le problème est que Chance m'a plu dès le premier instant. J'ai voulu le détester de toutes mes forces, j'ai fait tout mon possible pour y arriver. Mais c'était impossible. J'ai toujours eu le désir qu'il fasse partie de ma vie.

— Jade, je n'ai jamais voulu que tu ne sois pas fidèle à celle que tu es, dit son grand-père. Jamais. Je t'aime et je veux ton bonheur. Je suis désolé si de vieilles rancœurs t'ont donné l'impression que tu devais agir en dépit de ce que tu ressens au fond de toi.

Jade eut un petit rire amer mais elle ne ressentit nulle colère contre la situation. C'était elle qui avait choisi de prendre ce risque, elle qui n'avait pas voulu se montrer honnête envers elle-même, envers ses véritables sentiments.

Désormais elle avait couru ce risque, elle avait dit sa vérité, ce qui lui tenait si profondément à cœur. Elle avait vaincu ses peurs d'abord avec Chance puis avec son grand-père. Elle avait peut-être perdu Chance pour l'instant, mais son grand-père la regardait avec amour, et elle savait qu'elle avait fait le bon choix. Elle savait que tout irait bien.

— Jade, demanda sa grand-mère, resteras-tu dîner ?

Elle retiendrait encore un peu ses larmes parce qu'elle voulait Chance et que, en cet instant, il ne voulait pas d'elle. Ou, du moins, il pensait ne pas être capable de vivre leur amour.

— Oui, bien sûr, répondit-elle.

Le temps des larmes viendrait plus tard, quand elle quitterait cette table.

Mais pour l'instant elle avait ses grands-parents. Elle avait sa famille. Elle savait qu'elle s'était montrée sincère et qu'elle prendrait un moment pour s'en réjouir.

- 14 -

Sa nuit était terriblement agitée. Entre deux moments d'insomnie, Chance sombrait dans le sommeil et plongeait dans des rêves. Des rêves qui le ramenaient dans le passé. Il se trouvait de nouveau devant l'hôpital, incapable d'en franchir les portes.

Parce que ce qu'abritait ce bâtiment était si terrible qu'il était incapable de l'affronter.

Il ne pouvait se résoudre à avancer. Il était paralysé sur place, prisonnier d'une force invisible qui bloquait son souffle.

Le chagrin. Son corps lui imposait cette vérité même si son cerveau refusait de la nommer. Le chagrin.

Tant de peine, et ses pieds semblaient comme pris dans un bloc de ciment, le rendant incapable d'effectuer le moindre pas.

Il respirait avec difficulté et, quand il se réveilla enfin, son corps était couvert d'un voile de sueur glacée.

Ce chagrin. Cette douleur sans fin.

Ce n'était pas à Sophie qu'il pensait, mais à Jade.

Il lui avait vraiment dit qu'il ne pouvait pas le faire, qu'il ne pouvait pas l'aimer.

Mais tu l'aimes déjà.

Peut-être était-ce vrai. Mais comment faire de cet amour une réalité ?

Il avait l'impression qu'elle était là, juste de l'autre côté de cette porte, mais que pour une maudite raison, une raison qu'il ne parvenait pas à identifier, il était incapable de la rejoindre. Comment interpréter cette sensation ? Il aurait aimé avoir quelqu'un à qui parler, mais la seule personne avec laquelle il voulait échanger était Jade.

Et il l'avait repoussée.

Or il l'aimait. C'était la raison qui l'avait poussé à parler à son grand-père. La raison pour laquelle il avait voulu réunir leurs familles autour d'un barbecue. Il savait que ses sentiments pour elle étaient sincères et que la rejeter avait été un acte lâche.

Qu'avait-il donc imaginé ? Que leur relation n'en arriverait pas à ce point ? C'était inévitable. Depuis toujours cette issue était inévitable. Pourtant il s'était enfui, effrayé par cette perspective. Il s'était comporté en enfant, certainement pas en homme.

Pourquoi ne peux-tu pas franchir ces maudites portes d'hôpital ?

Un long moment fut nécessaire à Chance pour qu'il réalise qu'il avait prononcé ces paroles à voix haute. Pourquoi ne pouvait-il pas franchir le pas ?

Il avait immensément regretté de ne pas être entré dans l'hôpital et voilà qu'il se comportait de la même façon, gâchant tout une nouvelle fois.

Tu le regretteras toujours si tu ne le fais pas. C'est ton unique option. Aie juste le courage de faire ce pas.

C'était si difficile. Il s'agissait d'un saut dans l'inconnu. Peut-être que, de l'autre côté, il y aurait de la joie. Peut-être y aurait-il des difficultés, de la douleur. Mais cela en vaudrait la peine. Il en était certain.

Pour elle. Soudain c'est ce qui fit toute la différence. Le fait d'imaginer Jade avancer avec lui. La voir prendre sa main et le guider pour passer ces portes.

Tous les problèmes auxquels il avait dû faire face se trouvaient toujours là, derrière ces portes.

Mais il y avait également une ouverture vers tout le reste. La joie, l'amour, le bonheur. Ce bonheur dont il s'était forcé à croire qu'il ne désirait pas le connaître, et qu'il n'en avait pas besoin.

C'était faux.

Plus que tout, il avait besoin d'elle, marchant à ses côtés.

Il devait effectuer ce premier mouvement.

Chance Carson se leva et fit un premier pas. Un pas vers ce nouvel avenir.

Jade travaillait à l'extérieur quand Chance apparut.

Elle reconnaissait le bruit du moteur de son pick-up à présent et sentait sa présence, comme instinctivement.

C'était parce qu'elle était différente désormais.

Elle lâcha le tas de bois qu'elle serrait entre ses bras et le regarda marcher vers elle.

— Que fais-tu ici ? lança-t-elle.

— J'ai franchi la porte, dit-il. Je suis prêt. Pour ce qui se trouve de l'autre côté, quoi que ce puisse être. J'admets que c'est ce qui me retenait. Je me punissais pour ne pas avoir été capable d'aller voir ma sœur une dernière fois. J'avais l'impression de mériter cette solitude qu'elle a peut-être ressentie en raison de mon absence à ses côtés. Tu sais, ce n'étaient que des absurdités, un moyen stupide de me protéger. Jamais je ne me remettais en question. Mon amour pour elle m'a figé sur place et réaliser que je t'aimais a eu le même résultat. Mais je me suis souvenu de ce qu'était de ne plus me rappeler de rien. De ce qu'était de te regarder sans sentir le poids de ce fardeau sur mes épaules. Et tout cela a fait naître en moi le désir de changer.

Le souffle de Chance était haletant mais il ne pouvait cesser de parler. Jade sentait son propre cœur suspendre presque ses battements dans sa poitrine à ses mots.

— J'ai envie de te rejoindre, de franchir cette porte. Quand tu m'as laissé, je me suis retrouvé seul, à l'extérieur, comme ce jour-là, à l'hôpital. Je n'ai pas envie qu'il en soit ainsi. Non, plus maintenant. Je veux être à l'intérieur, avec toi. Même si je cours le risque de souffrir. Je veux être avec toi, peu importe ce que l'avenir nous réserve. Pendant un moment j'ai oublié mon passé et ce que j'ai vécu alors a été formidablement puissant. Mais c'est tellement plus puissant de me tenir là, devant toi, en me souvenant de toutes nos disputes, de tous les affreux moments que j'ai traversés et de vouloir être avec toi quoi qu'il en soit. Parce que c'est le cas. Je t'en prie, tu dois le croire. Il m'a juste fallu longtemps pour le comprendre.

Il la regarda longuement avant de reprendre.

— Jade, je sais combien il est douloureux de perdre quelqu'un. Cette peine ne m'a pas quitté durant toutes ces années. Mais j'ai presque fait le choix de te perdre et je ne peux accepter d'en être arrivé à cette extrémité. Parce que ce n'est pas cela, vivre. Quand tout ceci m'est offert, quand je t'ai, toi, près de moi, désireuse de m'avoir dans ta vie, comment puis-je prendre une autre décision ? Comment puis-je faire le choix de ne pas t'aimer alors que ce sentiment vit déjà au plus profond de moi ? Comment puis-je faire le choix de partir loin de toi comme s'il s'agissait de la meilleure des voies à emprunter ? Ce ne serait pas vivre que d'agir de la sorte. Oui, je vis avec le chagrin, mais je suis toujours vivant. Tant de gens sont dans mon cas et, malgré tout, ils choisissent d'aller vers l'amour. Mes parents ont fait le choix de continuer d'aimer. Ils ont eu un autre enfant, même après ce drame. C'est la leçon que je n'ai pas su voir. L'amour en vaut la peine. Toujours.

— Je t'aime, dit-elle en jetant ses bras autour de son cou, son cœur battant à coups sourds dans sa poitrine.

— Je t'aime aussi, murmura-t-il, balayant sa peau de son souffle brûlant.

Jade ne put retenir quelques larmes et elle se demanda si ce n'était pas aussi le cas de Chance.

— Nous pourrons vivre dans ton ranch, dit-il d'une voix rauque. C'est comme tu voudras.

— Vraiment ?

— Oui. Si tu préfères, nous pourrons vivre à Evergreen Ranch. Bon sang, nous pourrons vivre dans les deux endroits. Ou même ailleurs. Tu pourrais suivre tes études de médecine, devenir docteur ainsi que tu le voulais. Ou bien rester ici, mener à bien ton projet avec les chevaux. Ou faire les deux. Fais tout ou ne fais rien. Sois simplement auprès de moi et je serai à tes côtés.

Il était si sincère, si… véritablement lui. L'homme qu'elle avait sauvé, qui avait perdu la mémoire. L'homme qui avait récupéré tous ses souvenirs. Il était les deux à la fois.

Il était disposé à abandonner ce qui s'interposait entre eux : la terre contestée.

Elle réalisa à cet instant que c'était aussi son cas.

— Tu serais prêt à habiter ici, dans mon minuscule chalet ? demanda-t-elle.

— Ma maison sera l'endroit où tu te trouves, toi. L'amour sera là où tu seras. Je viens tout juste de le réaliser. Je n'avais pas besoin d'être à l'intérieur de l'hôpital. Parce que mon amour y était déjà. L'amour nous précède, il nous accompagne. Ce n'est pas une question d'endroit mais de relations entre des personnes. Et pour moi, l'amour c'est toi.

— Pour moi, c'est toi.

— Tu avais dit ne pas pouvoir transiger.

— Eh bien, voilà qui remonte à une époque à laquelle j'aurais également prétendu que je ne pourrais jamais aimer un Carson.

— Quand était-ce, déjà ?

Jade sourit.

— Veux-tu la vérité ? Je n'arrive pas à m'en souvenir. Peut-être que je souffre d'amnésie.

— Tant que tu n'oublies jamais combien tu m'aimes.

— Oh ! Chance, jamais je ne pourrai l'oublier.

— As-tu toujours envie que je sois ton garçon de ranch ?

— Je ne dirais pas non.

— Et si je me contentais d'être ton mari ?

— Je ne peux pas imaginer ce que diraient nos grands-pères en apprenant qu'un Carson et une Sohappy deviennent mari et femme.

— Leur opinion n'a pas la moindre importance, dit Chance en lui adressant un petit sourire.

Elle sourit à son tour, parce qu'il disait vrai.

— Tu sais, tout ce qui compte vraiment c'est que nous le voulions.

— Et je le veux.

— Moi aussi.

Elle l'embrassa, s'émerveillant de constater qu'elle l'aimait à présent bien plus qu'elle ne l'avait jamais détesté. Une vérité s'imposait clairement dans son esprit : ce n'était pas son ranch ou le sien qui serait l'héritage le plus important qu'ils laisseraient.

C'était l'amour.

C'était l'unique chose qui ait jamais donné la moindre valeur à leurs terres. L'amour.

C'était ce qui faisait que la vie valait d'être vécue.

Toujours et à jamais.

Vous avez aimé *Un ennemi si charmant* ?
Retrouvez la suite de la série
« Irrésistibles ranchers »
dès le mois prochain dans votre collection Passions !

ROCHELLE ALERS

Nouveau départ pour Taryn

Traduction française de
AGNÈS JAUBERT

PASSIONS

HARLEQUIN

Titre original :
HER WICKHAM FALLS SEAL

- 1 -

Taryn Robinson étudia son reflet dans le miroir fixé à la porte du placard. Pour rencontrer l'employeur éventuel qui avait retenu sa candidature, elle avait choisi un tailleur-pantalon en gabardine de laine, un chemisier de soie blanche et des boots en daim noir.

Elle n'avait pas passé d'entretien professionnel depuis le jour où, des années auparavant, elle s'était présentée dans une école de Brooklyn. Elle avait alors vingt-deux ans, un master de professorat des écoles et un diplôme universitaire de lettres. Et, loin de se limiter à l'enseignement, elle voulait aider les plus défavorisés.

Elle tenait son idéalisme de sa mère, assistante sociale, qui se surpassait pour ses protégés. Et avait suivi son exemple avec les enfants désavantagés quand elle était enseignante suppléante dans un quartier pauvre de Washington DC. Néanmoins, elle était assez réaliste pour savoir qu'elle ne pouvait pas changer le monde d'un seul coup mais commencer par un enfant à la fois.

Dix ans avaient passé. Elle venait de démissionner de ce poste et avait quitté tout ce qui lui était familier pour venir s'installer en Virginie-Occidentale.

C'était son troisième voyage à Wickham Falls, une petite ville qui comptait environ quatre mille habitants. La première fois, elle était venue rendre visite à Jessica

Calhoun, son ancienne colocataire d'université. La deuxième, pour être sa demoiselle d'honneur lors de son mariage avec Sawyer Middleton, originaire de Wickham Falls.

Elle était revenue, cette fois, pour garder le chien des jeunes mariés en voyage de noces aux Caraïbes. Et devait par la même occasion passer un entretien pour un poste de professeur particulier. Aiden Gibson, père célibataire, cherchait une personne pour faire l'école à ses deux filles, âgées respectivement de cinq et quatre ans. Si elle ne faisait pas l'affaire, elle voulait essayer de se faire engager pour un poste de spécialiste de la lecture ou enseignante suppléante permanente à l'école primaire de Johnson County, là où Jessica enseignait. Elle avait encore du mal à croire qu'elle était prête à quitter New York et son rythme trépidant pour celui, paisible et décontracté, d'une petite ville de Virginie de l'Ouest.

Il lui avait fallu un moment pour bien réfléchir à cette décision. À trente-deux ans, bientôt trente-trois, elle était à un carrefour de sa vie.

Pendant un temps, tout allait bien. Elle adorait son travail, passait moins de vingt minutes quotidiennes dans les transports pour s'y rendre. Puis elle avait vendu son appartement pour emménager avec James, son petit ami. Lequel avait fini par la tromper avec sa meilleure amie et collègue de travail.

La nouvelle de cette trahison avait anéanti sa mère. Son frère Langdon, pour sa part, était entré dans une rage terrible, menaçant d'aller casser la figure à James. Elle l'avait calmé et s'était assurée que James ne soit pas présent quand elle était allée avec son frère récupérer ses vêtements et ses effets personnels dans l'appartement.

Puis elle était retournée habiter avec ses parents et sa grand-mère, mais le trajet de quatre-vingt-dix minutes aller-retour entre Long Island et Brooklyn était devenu épuisant.

L'autre raison qui la poussait à vouloir couper net avec l'école dans laquelle elle enseignait, c'était que chaque jour, elle devait croiser Aisha, sa collègue et pseudo-amie qui l'avait trahie. Même si elle l'ignorait comme si rien n'était arrivé, elle n'éprouvait plus le même plaisir à aller travailler.

Quitter New York et changer de vie lui étaient alors apparus comme la meilleure solution.

Certes, ses parents, sa grand-mère, son frère, sa belle-sœur et leurs enfants allaient lui manquer. Mais les embouteillages qui avaient rendu de plus en plus difficile ses trajets domicile-travail certainement pas ! Bientôt, les heures interminables passées dans sa voiture sur la voie express de Long Island – surnommée le plus grand parking du monde – ne seraient plus qu'un mauvais souvenir.

La veille, au téléphone, Aiden lui avait indiqué l'itinéraire pour arriver chez lui. Elle ne savait pas encore très bien pourquoi il voulait que ses filles soient scolarisées à domicile, mais elle n'allait pas tarder à le découvrir.

Aiden avait fixé le rendez-vous à 8 heures du matin. Il devait être à son restaurant familial à 9 heures.

Une dernière fois, elle vérifia ses cheveux et son maquillage, puis prépara ses affaires.

Le croisé bichon-caniche noir et blanc de Jessica renifla ses chaussures.

— Je ne peux pas jouer avec toi maintenant, Bootsy, mais je te promets une longue promenade à mon retour.

Promener Bootsy était devenu une sorte de thérapie pour elle. Cela lui laissait le temps de réfléchir, de se demander si elle avait pris la bonne décision en renonçant à tout ce qu'elle avait à New York pour venir dans cet endroit dont elle n'avait jamais entendu parler avant que Jessica s'y installe.

En voyant Wickham Falls pour la première fois, elle avait trouvé l'endroit trop tranquille, trop petit et, surtout, bien trop loin de tout. Il n'y avait ni centres commerciaux, ni fast-foods, ni grandes enseignes, ni supermarchés. Sans parler de la voie de chemin de fer qui traversait la ville. Pour elle, venir s'installer dans cette bourgade que ses habitants appelaient les « Falls » était semblable à un choc culturel. Mais elle était prête à prendre le risque. Elle avait besoin d'un nouveau départ.

Elle prit son cabas qui contenait la grande enveloppe remplie des documents qu'elle avait promis de remettre à Aiden, quitta la maison qu'elle ferma à clé, puis monta dans sa Nissan Pathfinder noire, le dernier modèle, une acquisition récente. Elle avait parcouru tant de kilomètres dans sa vieille voiture entre Suffolk County, Long Island et Brooklyn, qu'elle avait eu peur de tomber en panne au moment où elle s'y attendrait le moins. Elle mit le contact, programma l'adresse d'Aiden dans son GPS et fit marche arrière pour sortir dans Porter Field Lane. Tout le long de la rue, de nombreuses maisons étaient ornées de guirlandes lumineuses, de couronnes et de décorations de Noël. La plupart avec goût, contrairement à certaines de son quartier à Long

Island, où les propriétaires rivalisaient de vulgarité dans leur choix de lumières, musique et gonflables.

Moins de quatre minutes plus tard, arrivée à destination, elle se gara devant une grande maison blanche à trois étages, aux volets et à la porte d'entrée noirs. Les colonnes du porche arboraient un drapeau américain et un autre de l'US Navy. Elle sourit. Aiden et son frère avaient quelque chose en commun. Son frère était lieutenant dans les marines.

Au moment où elle descendait de voiture, la porte d'entrée s'ouvrit et un grand homme blond à la coupe militaire sortit et lui fit signe. Elle pouvait désormais mettre un visage sur la voix rauque et un peu traînante, aux intonations du Vieux Sud.

Se composant un visage impassible, Aiden dissimula sa surprise en s'avançant vers la femme avec qui il avait eu plusieurs conversations concernant la scolarité à domicile de ses filles. Elle le dévisageait d'un regard franc, ses grands yeux un peu bridés, noisette, pailletés d'or. Si son intention avait été de faire une première bonne impression, elle avait réussi. Tout dans son attitude indiquait la confiance en elle. En outre, elle était ravissante. Il était fasciné par son visage rond et ses traits fins, son teint caramel.

— Aiden Gibson, dit-il en lui tendant la main.

Elle la regarda quelques secondes avant de la prendre.

— Taryn Robinson.

Lui qui avait reçu tant d'employés potentiels pour le restaurant familial se sentait soudain aussi gauche qu'un adolescent qui rencontrait la fille qui lui plaisait. Il dut alors se rappeler que Taryn ne cherchait ni un poste de serveuse, ni de plongeuse, ni de cuisinière. Elle était venue passer un entretien pour un travail qui l'amènerait à vivre sous le même toit que ses filles et lui.

Il lui lâcha la main.

— Je vous en prie, entrez vous mettre au chaud.

Il la précéda à l'intérieur.

— Avez-vous pris votre petit déjeuner ?

— Non. Pourquoi ? s'enquit-elle, visiblement surprise.

— J'ai pensé que nous pourrions discuter pendant le petit déjeuner. Je sais que je vous ai demandé de venir à 8 heures parce que je dois ouvrir le restaurant à 9 heures. Mais mon frère, Lucas, vient de m'appeler pour me proposer de prendre le service du déjeuner au Wolf Den. C'est le nom de notre restaurant familial.

— Qui garde vos filles pendant que vous travaillez ?

— Ma mère, ma sœur Esther, et, à l'occasion, ma belle-sœur. Ma mère est montée de Floride pour passer presque six mois avec moi. Elle a dû rentrer parce que mon beau-père se plaignait qu'elle lui manquait. En ce moment, quand je suis de service le soir, c'est ma sœur qui garde mes filles.

Taryn suivit Aiden dans l'entrée, le salon et la salle à manger. Les pièces étaient aménagées dans un style rustique classique. Des tables en pin. Des planchers cirés recouverts de tapis aux motifs géométriques. Des canapés écrus, des causeuses et fauteuils moelleux, couverts d'imprimés et de jetés fleuris dans des tons rose et rouge qui attirèrent immédiatement son œil expert. Diplômée des beaux-arts, elle avait toujours été sensible aux couleurs et à l'harmonie.

Une fois dans la cuisine, Aiden montra les trois chaises devant le bar à petit déjeuner.

— Je vous en prie, asseyez-vous et mettez-vous à l'aise.

Elle s'exécuta, posa son sac sur le sol et survola les lieux du regard. La cuisine était un rêve de chef. Appareils en chrome, placards en pin blanc, un réfrigérateur congélateur encastré, un four en hauteur, un micro-ondes, deux lave-vaisselle, un bar et un coin petit déjeuner avec des bancs, une cuisinière et un gril industriels.

— À quelle fréquence travaillez-vous le soir ? demanda-t-elle.

— Deux semaines sur quatre.

— Vos filles sont-elles ici en ce moment ?

— Non. Elles sont à Orlando chez leurs grands-parents.

Il se lava les mains dans le plus petit des deux éviers puis enfila une paire de gants jetables.

— Qu'est-ce qui vous ferait plaisir pour le petit déjeuner ? s'enquit-il.

— Oh ! je peux choisir ?

— Bien sûr, répondit-il en souriant.

Aiden n'avait pas eu beaucoup d'occasions de sourire, ces derniers temps. Tout était tellement incertain. Le restaurant ne comptant plus qu'un cuisinier, il avait dû y passer plus d'heures et par conséquent avait eu moins de temps à consacrer à Allison et Livia. Et puis, il se sentait coupable de devoir solliciter sa mère qui aurait dû profiter de sa retraite. Néanmoins, il ne regrettait pas un instant d'avoir divorcé de Denise et d'avoir obtenu la garde totale de leurs filles. Et même s'il n'était pas facile d'être père célibataire, il était prêt à faire des sacrifices pour assurer à ses filles un environnement stable.

Taryn s'accouda au comptoir en granit et posa son menton au creux de sa paume.

— Vous avez une carte ? demanda-t-elle.

Il sentit son sourire s'accentuer. Ainsi, la jolie professeure avait de l'humour.

— Pas à disposition. Mais je suis sûr de pouvoir vous préparer ce que vous voudrez.

— Si c'est le cas, j'aimerais un bagel au saumon fumé.

— Désolé, mais je n'ai plus de bagels.

Elle fronça son nez retroussé.

— Alors, j'aimerais un petit déjeuner du Vieux Sud. Du porridge, des œufs brouillés, du bacon, des toasts beurrés et du café.

Elle me plaît ! songea Aiden en allumant son four. Elle semblait avoir le sens de l'humour, ce qui faisait défaut à son ex-femme. Denise affirmait qu'elle n'avait aucune raison de rire ou de sourire étant donné que les gens de la ville les détestaient, elle et sa famille.

— C'est une commande que je peux honorer, répondit-il. Voulez-vous du fromage dans votre porridge ?

— Oui, s'il vous plaît.

Il se dirigea vers son réfrigérateur encastré pour sélectionner les ingrédients.

De toutes les pièces de la maison, c'était dans la cuisine qu'il se sentait le mieux. Il avait grandi en regardant son père cuisiner pour sa famille. Dès l'adolescence, il avait été invité à le rejoindre, avec ses oncles, dans la cuisine du Wolf Den.

Il revint vers l'îlot central avec des œufs, du bacon, une miche de pain et un sachet de cheddar râpé. Il disposa des tranches de bacon sur une feuille de cuisson, les saupoudra de sucre roux puis mit le plat au four.

— Vous cuisinez, Taryn ?

— Oui. Mais je préfère faire des gâteaux.

— C'est là que nous sommes différents. J'adore cuisiner mais je ne fais pas de gâteaux.

Elle descendit de sa chaise, retira sa veste et la posa sur le dossier.

— Vous travaillez le week-end ? s'enquit-elle.

— Pour le moment, oui, parce que nous n'avons plus qu'un cuisinier. J'aimerais que vous éclaircissiez un point pour moi.

— Oui ?

— Pourquoi voulez-vous vous occuper de mes filles ?

— Pourquoi avez-vous besoin de quelqu'un pour vous occuper de vos filles ?

Il s'immobilisa et la regarda droit dans les yeux.

— Je vous ai demandé le premier.

— Je ne peux pas répondre à votre question tant que vous ne répondez pas à la mienne. Après tout, Aiden, c'est vous qui avez passé l'annonce que vous recherchiez quelqu'un pour les scolariser à domicile.

Un moment, ils s'affrontèrent du regard. Il finit par hocher la tête.

— Vous avez raison, dit-il. Je ne sais pas si Sawyer vous a parlé de la réputation de mon ex-belle-famille ici.

— Non.

— Les Wilkinson sont considérés comme les brebis galeuses de la ville. Et parce que mes filles sont de leur sang, elles sont méprisées. Beaucoup de parents de ce quartier interdisent à leurs enfants de jouer avec elles, sous prétexte qu'elles sont de la mauvaise graine. Au lieu d'affronter l'un de ces adultes à l'esprit étriqué, j'ai opté pour l'école à la maison, jusqu'à ce qu'elles arrivent en primaire. À ce moment-là, elles auront besoin d'interagir avec les enfants de leur âge et, avec un peu d'espoir, auront suffisamment confiance en elles pour se défendre face à ceux qui voudront les intimider.

Taryn le regarda, ébahie. Avait-il perdu la raison ? Elle ne voulait pas croire qu'il puisse encore exister des conflits comme celui qui opposait les Hatfield aux McCoy[1].

— Les parents ont-ils ouvertement intimidé vos filles ?

— Pas à ma connaissance. Ce sont les enfants qui répètent ce que disent leurs parents.

— Donc, elles n'ont aucun ami ?

— Elles jouent avec leurs cousins.

Essayant toujours d'assimiler que les deux fillettes étaient des parias à cause de leur mère, elle hocha la tête.

— Je crois que vous avez pris la bonne décision en voulant les garder à la maison pour le moment. De toute façon, je vais sociabiliser vos filles et leur apprendre ce qu'elles doivent savoir.

Les traits d'Aiden s'adoucirent en un sourire.

— Maintenant que nous sommes sur la même longueur d'onde, j'aimerais savoir pourquoi vous préférez faire l'école à la maison plutôt que dans une vraie classe, dit-il.

Elle repoussa ses cheveux derrière ses oreilles. Raidis artificiellement, elle les portait à longueur d'épaules.

— Même si j'aime enseigner dans un vrai cadre scolaire, les trajets m'ont épuisée. Je conduisais en

1. Les Hatfield, de Virginie-Occidentale, et les McCoy, du Kentucky, sont deux célèbres familles américaines qui s'opposèrent entre 1863 et 1891. (NdE)

moyenne entre trois et quatre heures par jour. Cinq jours par semaine. Et la plupart du temps, quand je rentrais à la maison, je n'avais qu'une envie, dîner et me coucher ! Le lendemain, j'étais sur la route à l'aube pour arriver à l'école avant 8 heures. Je ne sortais quasiment plus le soir avec des collègues ou des amis parce que j'avais quatre-vingts kilomètres à parcourir pour rentrer à Long Island.

— Et les week-ends ?

Elle eut envie de lui dire qu'elle avait une vie sociale très active quand elle habitait Brooklyn. Et ce, même avant d'emménager avec son ex. Il y avait toujours un endroit où aller, un nouveau restaurant à découvrir, et Manhattan n'était qu'à un arrêt de métro de distance. Mais elle se contenta d'une réponse simple.

— Si je sortais, c'était en général à Long Island parce que je ne voulais pas conduire ou prendre le train pour New York.

Il remplit une casserole d'eau et la posa sur la cuisinière.

— Vous êtes en train de dire que vous en avez assez de la ville ?

— Exactement.

Elle sortit l'enveloppe de son sac.

— Voilà les photocopies de tous mes diplômes d'enseignante et attestations de secourisme, et les diverses lettres de recommandation dont je vous ai envoyé les copies par mail. J'ai déjà donné ma démission dans mon ancienne école. Donc, si vous décidiez de ne pas m'engager, j'ai l'intention de postuler dans l'école de Jessica.

— Est-ce que j'ai parlé de ne pas vous engager ?

— Vous n'avez pas dit que vous alliez le faire, répliqua-t-elle.

— Je dois admettre que je vous aurais engagée sans vous voir après avoir vérifié vos références. En outre, Jessica m'a dit que vous étiez une enseignante dynamique. Et comme c'est l'une des plus populaires de Johnson County, je ne peux que la croire.

— Vous ne croyez pas qu'elle fait ma promotion parce que nous sommes amies ?

— Non. Je sais qu'elle n'est pas comme ça. Je l'ai rencontrée pour la première fois l'été dernier, quand elle est venue au Wolf Den avec Sawyer. C'est là que je lui ai demandé si elle connaissait quelqu'un qui chercherait un poste de préceptrice.

Sa conversation avec Jessica lors de sa première visite en Virginie lui revenant en mémoire, elle répondit :

— Quand Jessica a évoqué le fait que vous cherchiez quelqu'un pour faire la classe à vos filles, je n'étais pas prête à déménager ici. Je trouvais Wickham Falls bien trop… tranquille.

Aiden ouvrit la porte du four pour surveiller le bacon.

— Qu'est-ce qui vous a fait changer d'avis ? demanda-t-il.

— J'étais toujours indécise, puis j'ai passé presque tout mon second séjour ici, à me détendre dans le patio de Jessica, à m'éclaircir les idées, à envisager mes options. Elle m'a alors rappelé que si j'étais fatiguée de mes trajets, je pouvais toujours prendre un poste d'enseignante ici car il y en avait plusieurs vacants dans son école. J'ai repensé à quel point travailler avec des enfants d'une même famille m'avait plu. Quand j'étais étudiante à Howard University, je gardais et donnais des cours dans une famille. Les voir faire des progrès était très gratifiant. C'est là que je lui ai demandé votre numéro de téléphone.

Après un court silence, elle ajouta :

— C'est la première de mes raisons pour déménager.

Même si ce n'était pas tout à fait vrai, c'était l'une des raisons principales.

Elle n'était pas disposée à lui raconter qu'elle ne voulait plus travailler à Brooklyn avec Aisha, qu'elle pensait être sa meilleure amie et qui l'avait trahie. Ni qu'à trente-deux ans, elle était revenue habiter chez ses parents. C'était trop gênant. Après avoir vendu son appartement, elle avait investi le capital dans le but de l'utiliser plus tard comme apport pour acheter une maison si et quand James et elle décideraient de se marier. Elle était certaine que sans son infidélité, ils auraient fini par se dire oui.

Aiden se dirigea vers la partie opposée du plan de travail et ouvrit un tiroir dont il sortit une grande enveloppe et un stylo qu'il lui tendit.

— Eh bien, comme je ne veux pas que vous vous portiez candidate pour un poste à l'école locale, je vous engage officiellement pour faire la classe à la maison à mes filles. Vous avez dit vouloir un contrat. J'ai donc demandé à mon avocat de vous en établir un. Nous n'avons pas discuté salaire mais voilà ce que je suis prêt à vous proposer. Si vous êtes d'accord avec les termes, j'aimerais que vous signiez ces trois exemplaires. Je les signerai à mon tour et les remettrai à l'avocat pour exécution.

Elle prit le contrat et le parcourut.

Quand elle leva les yeux, elle remarqua que Aiden

la regardait, un sourire en coin. Il n'était pas vraiment beau mais plutôt séduisant. Son visage buriné était comme taillé à la serpe, et la bosse sur l'arête de son nez indiquait qu'il avait dû être cassé. Néanmoins, c'était la couleur de ses yeux, d'un turquoise soutenu, qui lui rappelait les eaux chaudes des Caraïbes, qu'elle trouvait fascinant. Comme si un feu brûlait au fond de ses prunelles.

— Comment saviez-vous ? demanda-t-elle, une fois qu'elle eut retrouvé son souffle.

Il lui proposait le même salaire que celui qu'elle gagnait à l'Académie de la ville de New York.

— L'enquêteur qui a vérifié vos antécédents me l'a dit. J'avais peur qu'en vous proposant moins, vous refusiez le poste.

Quand Aiden l'avait informée qu'il allait faire faire une enquête sur elle, elle lui avait donné les informations nécessaires pour la mener à bien. Elle n'avait pas la moindre inquiétude concernant son métier mais elle était loin d'être sûre d'elle au sujet de sa vie privée. Elle avait encore du mal à croire qu'elle ait pu être aussi confiante, aussi naïve, alors que les signes que sa relation avec James battait de l'aile étaient flagrants.

Après avoir découvert qu'il la trompait, elle n'avait pas expliqué à ses collègues pourquoi elle repartait habiter chez ses parents. Néanmoins, la vérité avait éclaté au grand jour quand Aisha était arrivée à la soirée de Noël de la faculté avec James. Quand tout le monde avait compris que le couple Taryn-James n'existait plus, les chuchotements étaient allés bon train. Pendant des semaines, elle avait été au centre des commérages dans l'école, mais ceux qui avaient assez d'audace pour venir lui demander des explications repartaient bredouilles car elle ignorait leurs questions.

Le cœur gros, elle se rappela encore une fois sa honte et son embarras lors de la réception dans la salle à manger privée du restaurant qui surplombait la East River. Quand elle s'était retrouvée nez à nez avec son ex et sa collègue qui avait été sa meilleure amie, il lui avait fallu se faire violence pour ne pas prendre son manteau et partir. Elle avait réussi à rester jusqu'à la fin. Mais à peine rentrée chez elle, elle avait consulté les sites de voyages sur Internet. Se fichant bien que, deux semaines avant Noël, de nombreuses lignes aériennes soient surbookées. Oubliant toute prudence concernant le prix, elle avait décidé de louer une villa à Fidji où elle avait passé six merveilleuses journées à se désintoxiquer de son mauvais karma. Elle était rentrée aux États-Unis, bronzée, reposée, et prête à prendre un nouveau départ.

Sans rien trahir des pensées qui la tourmentaient, elle déclara d'une voix égale :

— J'ai l'impression que votre détective s'est montré plutôt rigoureux.

— Vous comprendrez que je dois pouvoir vous faire confiance si vous vous occupez de mes filles. Le contrat est établi pour un an, à compter du 1er janvier, avec option de le renouveler ou de donner un préavis trente jours avant le 31 décembre. J'ai inclus une clause dans laquelle je suis prêt à payer votre mutuelle. Une fois que vous m'aurez donné vos coordonnées fiscales, je demanderai à mon comptable de vous ajouter à mon registre de paie. Tous les employés sont payés le 15 et le dernier jour du mois.

Elle jeta un nouveau coup d'œil au contrat. Il était

rempli de termes juridiques que, normalement, elle aurait dû se faire expliquer. Pourtant, elle le signa à l'endroit indiqué sur les trois exemplaires, les data, puis les rendit à Aiden.

— Cela me semble très clair, dit-elle.

— C'est parce qu'ici, la plupart d'entre nous avons notre franc-parler. Après le petit déjeuner, je vous ferai visiter la maison et vous montrerai vos quartiers privés.

— Aurai-je de l'espace pour installer une salle de classe ?

— Oui. Le jardin d'hiver devrait être amplement suffisant. Un service de nettoyage vient le vendredi matin. Je ne veux donc pas que vous fassiez de travail ménager. Et vous n'aurez pas à vous occuper de la cuisine, parce que je préparerai les petits déjeuners, déjeuners et dîners à l'avance.

— Quand doivent rentrer vos filles ?

— Le 25 janvier. Pourquoi ?

— Je vais avoir besoin de passer une commande de meubles et de fournitures scolaires avant de commencer les cours. Une fois rentrée à New York, je commanderai ce dont j'ai besoin et je ferai tout livrer ici.

— Il y a un magasin à Beckley où vous devriez trouver votre bonheur. Tout au moins pour les meubles.

— Ils ont des bureaux ?

— Oui. Quand j'ai pris la décision de scolariser mes filles à domicile, j'ai consulté leur site Internet.

Il versa le porridge dans la casserole d'eau chaude et le remua avec une cuillère en bois.

— Je vais acheter toutes les fournitures scolaires à New York et les faire envoyer chez Jessica, dit-elle.

À mon retour, vous pourrez m'emmener à Beckley pour les meubles.

Aiden lui sourit.

— C'est parfait. Mais je suis en congé demain. Si vous n'avez rien de prévu, nous pourrions déjà aller choisir les meubles à Beckley.

— D'accord, répondit-elle.

De toute façon, maintenant qu'elle avait signé le contrat, elle était engagée vis-à-vis d'Aiden pour l'année à venir.

Il baissa le feu sous le porridge.

— Quand avez-vous l'intention de rentrer à New York ? s'enquit-il.

— Le 30 décembre. Je dois emballer mes vêtements et mes affaires personnelles et m'occuper des achats pour les cours. Si j'arrive à tout boucler en quinze jours, je vous appellerai pour vous donner ma date d'arrivée.

Une fois qu'elle aurait tout réglé à New York, elle avait l'intention de retrouver quelques anciens collègues pour un dîner d'adieu dans l'un de leurs restaurants préférés de Brooklyn.

— Vous ne voulez pas acheter les fournitures dans un magasin local ? demanda-t-il.

— Non. Je préfère aller dans celui où je sais trouver ce dont j'aurai besoin.

— Je compte sur vous pour me donner les tickets de caisse afin que je puisse vous rembourser.

— Ce ne sera pas nécessaire. Nous sommes au milieu de l'année scolaire, certains articles seront peut-être en solde, et associés à mon compte de professeur. Je n'aurais sans doute pas une grosse dépense.

— Si. J'y tiens.

Elle n'insista pas. Inutile de lui préciser que pour elle,

ne plus avoir de frais de loyer, de pleins d'essence deux fois par semaine, c'était comme avoir gagné le gros lot. Sans parler de passer d'une classe de vingt-deux élèves à deux !

— Et maintenant, si vous me parliez de vos filles ?

- 2 -

Aiden prit un œuf et le cassa dans un saladier en verre.

— Que voulez-vous savoir sur elles ?

Taryn admira l'adresse avec laquelle il brisait la coquille d'une main.

— Vous m'avez dit qu'elles avaient quatre et cinq ans. Elles sont donc très proches en âge.

— Elles ont onze mois d'écart. Allison vient d'avoir cinq ans et Livia en aura quatre en février.

— Je vais leur faire passer un test avant de décider si je leur donne le même enseignement.

— Je ne suis pas enseignant mais je suis prêt à témoigner que, du haut de ses quatre ans, Livia est aussi intelligente que son aînée. Et puis, c'est un électron libre. En ce moment, elle est dans une phase fées. L'année dernière, c'étaient les grenouilles.

— Elles me plaisent déjà. Je dois avouer que j'avais un penchant pour les fées et les licornes, quand j'étais enfant. À quoi dois-je m'attendre avec Allison ?

Aiden retira le bacon du four et disposa les fines lamelles sur une assiette couverte de serviettes en papier avant de répondre :

— Allie est une vraie Gibson parce qu'elle adore cuisiner. Comme elle est trop jeune pour s'approcher de la cuisinière, je lui permets de s'asseoir sur un tabouret et de me regarder.

Aiden lui parla de ses filles tout en préparant du café, battant des œufs et glissant des tranches de pain dans le grille-pain. Tout cela avec une dextérité étonnante pour un homme d'une stature aussi imposante. Il l'informa qu'il avait activé les contrôles parentaux sur la télévision, leurs tablettes et son ordinateur de bureau. L'heure du coucher était strictement établie mais il n'arrivait toujours pas à leur faire ranger leurs affaires.

— J'ai l'intention de suivre avec elles le même programme que celui donné aux élèves d'une école traditionnelle, lui expliqua-t-elle. De l'enseignement, des pauses et des sorties éducatives. Et, étant donné leur âge, je prévoirai aussi une courte sieste.

— C'est une bonne nouvelle parce que ma mère se plaint toujours qu'elles refusent de faire la sieste. La plupart du temps, elles restent au lit en chantant ou en bavardant.

Taryn prit note mentalement de mettre en place un rituel pour que les filles soient assez calmes pour dormir pendant au moins une heure.

Elle hésita à demander à Aiden de lui parler de leur relation avec leur mère. Même si elles avaient été confiées à la garde exclusive de leur père, avaient-elles l'occasion de voir leur mère ? Aiden avait laissé entendre que sa belle-famille n'était pas bien vue à Wickham Falls, et elle se demandait ce que son ex-femme avait fait pour monter les gens de la ville contre ses enfants.

Mais il était un peu trop tôt pour poser ce genre de questions.

L'arôme du café qui se mêlait à l'odeur du bacon lui avait ouvert l'appétit.

— Je peux vous aider à faire quelque chose ? demanda-t-elle.

— Non merci. J'ai la situation en main.

Il disposa deux sets de table sur le bar, des serviettes, des assiettes et des mugs qu'il remplit de café brûlant. Puis il apporta le plat d'œufs brouillés, les tranches de bacon, les toasts dorés beurrés, le saladier de porridge et les couverts pour servir.

Elle regarda les plats qu'il avait préparés en un tournemain.

— C'est trop beau pour être mangé, fit-elle remarquer.

— Prenez-vous du lait et du sucre avec votre café ?

— Oui, s'il vous plaît.

Après avoir posé le pichet de lait et le sucrier sur le bar, il vint s'asseoir à côté d'elle, leurs épaules se frôlant presque.

— Vous pouvez rester à admirer ce petit déjeuner autant que vous le voudrez, Taryn, mais ne m'en voulez pas si je commence.

Elle lui sourit et se servit une portion de porridge tandis qu'il prenait des tranches de bacon.

— J'adore le petit déjeuner, dit-il.

— Dans ce cas, nous avons quelque chose en commun. Parce que c'est mon repas préféré de la journée. Hélas, je ne peux pas prendre de vrai petit déjeuner en dehors des week-ends. Là, j'invite généralement ma famille dans un bon restaurant.

— Ça va changer quand vous aurez déménagé.

Elle prit une bouchée de porridge et d'œufs en réprimant un gémissement de plaisir.

— J'ai hâte que vous cuisiniez pour moi ! s'exclama-t-elle. Ce porridge est un délice !

— Merci. Vous aimez la polenta aux crevettes ?

— Vous êtes sérieux ? Chaque fois que je vais à Charleston, en Caroline du Sud, voir une cousine, j'en commande au petit déjeuner, au déjeuner et au dîner ! Si je devais demander un dernier repas, ce serait de la polenta aux crevettes.

— J'en ai mangé pour la première fois il y a quelques années et j'ai essayé recette après recette jusqu'à, finalement, décider d'utiliser du *tasso* plutôt que du jambon cru pour lui donner un goût fumé.

— Qu'est-ce que le *tasso* ?

— C'est un jambon fumé avec une énorme quantité de condiments. Une spécialité de Louisiane. Il est particulièrement sec, salé et poivré. Je ne l'utilise donc qu'en petites quantités.

— Fumez-vous vous-même vos jambons pour le restaurant ?

Il hocha la tête et but une gorgée de café.

— Oui. Demain, quand nous rentrerons de Beckley, je vous emmènerai au Wolf Den pour vous présenter à mon oncle, Jonah, et à mon frère, Lucas.

— Avec plaisir.

Sa vie allait tellement changer en l'espace de quelques semaines… Elle allait quitter New York et passer de vingt-deux élèves de CE2 à deux fillettes à qui elle ferait la classe à la maison. Au lieu de prendre sa voiture pour parcourir les quatre-vingts kilomètres qui la séparaient de l'école, elle se lèverait et n'aurait que quelques pas à faire pour se rendre jusqu'à sa salle de classe !

Cela dit, habiter chez Aiden allait vraiment lui

demander de s'adapter. Le dernier et seul homme avec lequel elle avait vécu était James. Mais quand elle avait emménagé avec lui, c'était en qualité de petite amie. La situation ne serait pas du tout la même avec Aiden ; elle emménagerait avec lui en tant que préceptrice.

Après avoir terminé son petit déjeuner, elle voulut débarrasser leurs assiettes, mais Aiden l'arrêta en posant une main sur son épaule.

— Laissez tout cela, Taryn. Je rangerai plus tard. Je veux vous montrer où installer votre salle de classe.

Sa main glissa sur son bras et il l'aida à descendre de sa chaise.

— Pour le moment, les filles utilisent la pièce comme salle de jeux. Si vous le souhaitez, je peux entreposer leurs jouets, leurs poupées, leurs bicyclettes et leur maison de poupée dans la remise.

Elle le suivit dans le couloir et, stupéfaite, se retrouva dans un espace dont la superficie était de cent cinquante mètres carrés au moins, comparable à celle d'un studio à Manhattan. Elle s'avança vers les grandes baies vitrées aux stores gris pâle relevés qui laissaient entrevoir un spacieux jardin au-delà du patio et de la cuisine extérieure. Un endroit idéal pour les récréations et où les filles pourraient courir.

— Qu'en pensez-vous ? s'enquit Aiden.

C'était… fantastique ! Elle voyait déjà où elle allait installer le bureau, les étagères, les tables de travail, les coins dessin, sciences et musique.

Le souffle d'Aiden sur son oreille la fit frissonner et elle sentit des picotements lui parcourir la peau. Il était arrivé à côté d'elle sans faire un bruit.

Elle se tourna vers lui.

— C'est parfait, dit-elle. Je ne sais pas si vous avez un budget pour meubler la classe mais je voudrais commander un tapis pour mon coin bibliothèque et lecture. Quand nous lisons à voix haute, les enfants aiment s'asseoir par terre.

Aiden regarda le sol en terracotta. Il s'était posé la question de savoir s'il devait le couvrir d'un revêtement, une fois le jardin d'hiver installé, puis avait renoncé à l'idée quand l'entrepreneur lui avait suggéré un carrelage qui ne nécessitait aucun entretien.

— Vous pouvez acheter tout ce dont vous aurez besoin, Taryn. Et maintenant, venez avec moi, je vais vous montrer votre chambre.

— Combien de chambres compte la maison ?

— Cinq. Enfin six, avec la mansardée qui me sert aussi de bureau. Quand j'ai acheté cette maison, elle ne faisait que soixante mètres carrés. Avant la naissance de Livia, je l'ai fait agrandir des deux côtés. J'ai fait ajouter le jardin d'hiver, la suite pour les amis, rehausser le plafond du grenier, et installer la climatisation et le chauffage central. Quand il fait trop chaud ou trop froid pour sortir, Allie et Livia jouent dans le jardin d'hiver, devenu leur salle de jeux.

— Combien avez-vous de salles de bains ?

— Cinq. Ah, j'oubliais, j'ai aussi fait aménager le sous-sol.

— Dois-je en conclure que vous y passez presque tout votre temps libre ? lui demanda-t-elle avec un clin d'œil.

Il sourit.

— Comment l'avez-vous deviné ?

— Si vous l'avez fait aménager, il est évident que vous l'utilisez comme tanière.

— Les hommes ont besoin d'un endroit pour boire des bières, regarder le sport et parler cru sans être censurés.

— Vous pouvez faire tout cela à une rencontre sportive.

— C'est vrai, dans les grandes villes comme New York et Philadelphie. Seulement, notre région n'a pas d'équipe professionnelle.

— Vous n'allez jamais voir des matchs de football dans des lycées ou des universités ?

— Je n'ai jamais eu vraiment le temps. Je me suis enrôlé dans la marine tout de suite après le lycée.

— Pendant combien d'années avez-vous servi ?

— Quatorze ans.

À dix-huit ans, il avait fait le serment de protéger son pays et avait rempli son engagement de SEAL, la force spéciale de la marine de guerre des États-Unis. Il avait ensuite été recruté par une entreprise de services de sécurité et de défense où son énorme salaire lui avait permis de rembourser son prêt immobilier et de mettre de l'argent de côté pour les études universitaires de ses filles. Il ne se considérait pas comme riche mais il était à l'aise, d'un point de vue financier.

Hélas, ses longues absences avaient pesé sur son mariage. À chaque fois qu'il rentrait chez lui, il devait affronter des crises. Quoi qu'il fasse pour Denise, ce n'était jamais assez. Vivre en appartement ne lui plaisait pas ? Il avait acheté une maison. Quand elle s'était plainte avec amertume de la taille de la maison, trop petite pour trois, il avait puisé dans ses économies pour la faire agrandir et rénover. Mais au bout d'un moment, il avait cessé d'essayer de lui faire plaisir. Quand, après lui avoir donné la maison de ses rêves, elle avait voulu quitter Wickham Falls, il avait refusé net. Lorsque leurs disputes s'étaient aggravées, comprenant que leur mariage était en danger, il avait suggéré de consulter un conseiller conjugal. Elle n'avait pas voulu l'accompagner.

Chassant ces tristes souvenirs, il revint au présent et s'arrêta au bout du couloir.

— Et voilà votre chambre, qui est aussi connue sous le nom de « suite des amis », annonça-t-il.

Taryn entra dans la suite baignée de soleil. Devant le grand lit bateau peint à la main dans des tons miel, recouvert d'une couette blanche à volants de dentelle transparents et les montagnes d'oreillers assortis, elle eut l'impression de faire un saut dans le passé.

Elle ouvrit la porte d'une armoire massive qui dévoila une grande télévision à écran plat et des composants audio. Des piles de linge, de couettes et de couvertures étaient rangées dans les tiroirs d'une deuxième armoire richement sculptée.

Une coiffeuse en acajou surmontée d'un miroir doré contrastait avec les autres meubles plus pâles. Un canapé capitonné de coton jaune voisinait avec deux fauteuils aux coussins en daim vert, et un tapis en jonc de mer décorait le sol. Des photos encadrées étaient posées sur un bureau d'acajou et les tables de nuit.

Cette suite était un endroit paisible où elle pourrait se détendre, dormir, ou juste s'échapper du monde.

Elle s'avança vers la porte-fenêtre encadrée de rideaux de soie jaune pâle ouvrant sur un porche, et admira la vue sur les montagnes à l'horizon. C'était l'endroit idéal où commencer la journée avec une tasse de café ou la finir devant le soleil couchant.

— J'espère que c'est à votre goût, lui demanda Aiden.

Elle se retourna vers lui.

— Cela comble mes plus beaux rêves.

— Ça vous plaît ?

— J'adore !

Elle n'ajouta pas qu'elle aimerait encore plus une fois qu'elle aurait ajouté des touches personnelles. Elle traversa la pièce et ouvrit une porte sur un dressing avec des étagères en hauteur. Il n'était pas aussi grand que celui de sa chambre de Long Island mais il serait parfait, si elle réduisait sa garde-robe.

Une autre porte ouvrait sur une salle de bains qui lui rappela celle d'un spa ! Elle s'imagina aussitôt se prélasser dans la baignoire jacuzzi en marbre noir. Une table de toilette et une chaise étaient nichées dans une alcôve avec un lavabo. Il y avait aussi une douche à l'italienne, une commode. Et les miroirs tapissant les murs agrandissaient la pièce.

— C'est vraiment le grand luxe, déclara-t-elle en ressortant.

— Je suis content que ça vous plaise. Est-ce que je vous fais visiter le reste de la maison ?

— Avec plaisir. Je vous suis.

Quelque chose dans le langage corporel d'Aiden lui rappela celui de Langdon. Pour son frère, tous les membres des forces spéciales avaient cette démarche particulière qui les singularisait en tant qu'élite militaire. Mais elle ne voulait pas poser de questions à Aiden sur son passé. Et s'il en faisait autant avec elle ? Il fallait que leur relation reste strictement professionnelle.

Son unique objectif était l'éducation de ses filles. Elle n'avait nulle intention de devenir son amie ou de remplacer sa femme comme mère de ses filles. Elle avait renoncé à son appartement pour emménager avec un homme qui l'avait trahie, et maintenant, elle renonçait à sa maison de Long Island pour emménager avec un homme qui allait devenir son employeur. Elle avait pour règle absolue de ne jamais vivre d'idylle avec un employeur ou un collègue de travail. Elle avait été trop souvent témoin des conséquences et de l'embarras que ce genre de situation pouvait provoquer.

Aiden la conduisit au troisième étage, où se trouvaient son bureau et sa chambre. Un grand lit double surélevé et un canapé en cuir naturel étaient installés sous un auvent. Dans le coin bureau, un PC et une imprimante faisaient face à une fenêtre qui surplombait l'avant de la maison. Dans un autre coin se trouvaient une télévision et des piles de DVD. Remarquant plusieurs photos en noir et blanc, elle s'avança. Un couple d'un certain âge assis sur un banc attira son attention. L'homme était grand et mince, habillé élégamment. La femme, petite, à la peau mate, portait une robe perlée et des mocassins d'Amérindienne.

— C'est ma grand-mère maternelle, expliqua Aiden en la rejoignant. Esther. Elle était de la tribu des Cherokees de Caroline du Nord. Ma sœur porte le même prénom qu'elle.

Taryn le regarda. Il avait hérité des pommettes hautes de sa grand-mère.

— Est-elle toujours vivante ?

— Non. Elle est morte il y a huit ans. Un mois

exactement après mon grand-père. Ma mère a affirmé qu'elle était morte de chagrin.

— Comment vos grands-parents s'étaient-ils rencontrés ?

— C'est une longue histoire. Je vous la raconterai une autre fois.

Elle se demanda s'il avait raconté à ses filles que la tribu de sa grand-mère avait occupé une partie de la Caroline du Nord pendant des siècles.

— Combien de temps passez-vous ici ? s'enquit-elle.

— Beaucoup. Mais uniquement quand les filles sont absentes. Quand elles sont ici, je dors dans la chambre en face de la leur par précaution.

Elle préférait ne pas imaginer l'intrusion d'un cambrioleur chez Aiden. Étant donné sa stature et son entraînement militaire, il était indubitable qu'il serait un adversaire de taille.

— Vous avez beaucoup de délinquance aux Falls ?

— Nous avons des cambriolages, du vandalisme. Mais cela fait des années que nous n'avons pas eu de crime. La plupart des cambrioleurs sont des gamins toxicomanes qui cherchent quelque chose à vendre facilement pour se procurer leur prochaine dose. À l'époque de mon grand-père, c'était le fisc qui chassait les bouilleurs de cru illégaux. Aujourd'hui, c'est le shérif et ses adjoints qui traquent les dealers.

— Quel est l'effectif de la police locale ?

— Nous avons un shérif et trois adjoints. L'un d'entre eux est un ancien commando marine.

— Quel est le pourcentage de gens qui s'engagent dans l'armée ?

— Au moins 40 ou 50 %. Maintenant que la plupart des mines sont fermées, les garçons, après le bac, doivent trouver du travail ailleurs. Et puis ils n'ont qu'une envie, quitter les Falls. Certains font carrière dans l'armée, d'autres l'utilisent comme tremplin pour acquérir une éducation universitaire.

— Comme Sawyer ?

Le mari de Jessica, ingénieur informatique, était devenu multimillionnaire avant trente ans.

Aiden hocha la tête.

— Je suis un peu plus âgé que lui, mais c'était l'un des élèves les plus brillants du lycée local. Tout le monde a été surpris quand il s'est engagé dans l'armée au lieu d'aller directement à l'université.

Taryn sourit.

— Visiblement, il a tiré son épingle du jeu, fit-elle remarquer.

— Il a remarquablement réussi, en effet. Nous nous félicitons qu'il soit revenu pour investir des fonds dans la création d'un département technologie au lycée.

— Vous aimez travailler au Wolf Den ? demanda-t-elle.

L'espace d'un instant, il la regarda, visiblement étonné par sa question. Avant de répondre :

— Oui, parce que j'aime cuisiner.

— Vous êtes allé à l'école hôtelière ?

Il esquissa un sourire.

— Pourquoi aller dans une école apprendre à préparer des plats sophistiqués pour des clients qui ne savent pas ce qu'est le foie gras ? Un cuisinier est chef dans son propre royaume. Le Wolf Den est géré par les Gibson depuis les années 1920 et nous sommes toujours actifs parce que nous avons forgé notre réputation sur nos steaks et côtelettes grillées qui sont les meilleurs du comté.

Elle éclata de rire.

— Très bien, chef Gibson ! Continuons la visite de la maison.

Jessica lui avait raconté que Sawyer et elle allaient au Wolf Den au moins deux fois par mois parce que la nourriture y était exceptionnelle et que Wickham Falls ne comptait qu'un autre restaurant, le Ruthie, un restaurant familial qui offrait un buffet à volonté.

Ils redescendirent jusqu'au deuxième étage où se trouvaient les deux chambres communicantes d'Allison et de Livia. Avec leur mobilier blanc, lits à baldaquin, placards et commodes, les banquettes sous les fenêtres couvertes de coussins de couleurs vives imprimés de personnages de Disney, les deux chambres étaient typiquement des chambres de fillette. Celle de Livia était décorée de posters et de figurines de fées. Celle d'Allison, moins fantaisiste, de photos encadrées d'oiseaux et de fleurs. Chacune dégageant une personnalité différente.

La chambre où dormait Aiden quand ses filles étaient là se trouvait en face. Au bout du couloir il y avait une chambre d'amis, avec une salle de bains.

— Et maintenant, le sous-sol, annonça Aiden en l'entraînant dans l'escalier arrière.

— J'ai remarqué que les filles n'avaient pas de télévision dans leur chambre.

— Elles en avaient une à une époque. Mais j'ai dû la retirer car elles l'allumaient tard le soir quand elles auraient dû dormir. Elles n'ont pas le droit de monter au grenier. Pas plus qu'elles n'ont le droit d'entrer dans votre chambre, donc, pas de télévision. J'en ai une au sous-sol avec contrôle parental, et elles n'ont le droit qu'à deux heures par jour car je ne veux pas qu'elles deviennent accros comme certains enfants.

— Vous vous êtes débarrassé de leur télévision ?

— Non, elle est au sous-sol. Pourquoi ?

— J'en aurai besoin pour la salle de classe. Je veux réserver les vendredis après-midi aux loisirs et leur montrer des films adaptés à leur âge, qu'elles regarderont en mangeant du pop-corn. Si vous ne travaillez pas, vous serez le bienvenu.

Une lueur amusée passa dans les yeux d'Aiden.

— L'idée me plaît, tant que je n'ai pas à m'asseoir sur une petite chaise, répondit-il.

— Et si je vous commandais un pouf ?

— Je préférerais un fauteuil inclinable.

Elle leva les yeux au ciel.

— Les fauteuils inclinables ne sont pas autorisés dans une salle de classe, décréta-t-elle.

— Et les hamacs ?

— Aiden, si vos vieilles articulations craquent quand vous vous asseyez, je ne vous inviterai pas à vous joindre à nous.

— Je ne suis pas si vieux !

— Vous devez avoir au moins quarante ans.

— Donc la jolie dame plaisante sur l'âge. Je croyais que c'étaient les femmes qui étaient susceptibles sur leur âge.

— Pas moi. Je fête mon anniversaire pendant un mois et parfois plus longtemps.

— C'est parce que vous êtes née pendant le mois le plus court de l'année !

— Février est un mois festif, quoi que vous en pensiez. Je mange de la glace au petit déjeuner, il y a le dimanche du Super Bowl, la Saint-Valentin, la journée de la Cherry Pie, la journée de la Margarita et bien sûr, les anniversaires de Lincoln et de Washington. Sans parler de tout le reste.

— Vous parlez de margarita avec les enfants ?

— Pas du cocktail, de la fleur, la marguerite. Je leur montre des photos de l'agave aussi, et je leur explique comment on en tire le sucre.

— Donc vous en faites un minicours de sciences.

— Tout ce qui se passe dans ma classe est destiné à apprendre, Aiden. Le cursus scolaire est important mais je crois à la formation complète de l'enfant. Ce qui veut dire, le rendre conscient de son environnement. Aussi, quand un enfant fait des courses avec ses parents, qu'il voit une bouteille d'agave en rayon, il saura que c'est un sucre, pas un cocktail.

— Pardon de vous avoir jugée si vite.

— Vous n'avez pas besoin de vous excuser. Vous avez tout à fait le droit de m'interroger sur ce que j'ai l'intention d'apprendre à vos filles.

— Je sais, je suis un peu trop protecteur quand il s'agit de mes enfants.

— Inutile de vous justifier, Aiden. Ce n'est pas un défaut. Vous savez, j'ai eu des élèves dont les parents avaient tellement de problèmes personnels qu'ils étaient incapables de protéger leurs enfants. Et maintenant, allez-vous me montrer votre tanière ?

— Bien sûr !

Quand ils arrivèrent en bas du dernier escalier, Aiden actionna un interrupteur et l'endroit s'illumina d'une lumière douce.

— Que c'est beau ! s'exclama-t-elle.

La moquette moelleuse gris pâle était assortie au tissu dont les murs étaient tendus.

Le sous-sol avait été converti en une salle de télévision et de jeux, meublée de fauteuils inclinables noirs, de canapés et de fauteuils. Un immense écran plat était installé sur le mur.

Derrière un bar à quatre tabourets, équipé d'un réfrigérateur portable et d'une cave à vin, une armoire vitrée était remplie de verres à cocktails et de spiritueux. Dans la partie jeux, il y avait un billard, et des tables avec divers jeux attendaient les joueurs.

— À quelle fréquence recevez-vous, ici ? s'enquit-elle.

— Cela dépend. En général, pour le dimanche du Super Bowl. Et un Thanksgiving sur deux en alternance avec ma sœur. Mon frère et sa femme célèbrent toujours Noël et Pâques chez eux. Et votre famille, Taryn ? Comment fêtez-vous les fêtes ?

Elle prit appui contre le bar en acajou.

— Mon père est un fan inconditionnel de football américain. Son plaisir est d'assister au Super Bowl.

Aiden haussa les sourcils, étonné.

— Il y va tous les ans ?

— Oui.

— Que fait-il, dans la vie ?

— Il est juge aux affaires familiales.

— Ah. Je les connais bien, marmonna-t-il.

Elle devina que s'il avait la garde exclusive de ses enfants, il était forcément passé par le système juridique familial.

— Et votre mère ? demanda-t-il.

— Elle est assistante sociale.

— Vous avez des frères et des sœurs ?

— J'ai un frère qui est dans les marines.

Le visage d'Aiden s'éclaira.

— Où est-il basé ?

— Base Little Creek.

— Votre frère est dans les forces spéciales ?

Elle laisse échapper un cri de surprise.

— Comment le savez-vous ?

— Parce que j'étais membre des forces spéciales, basées à Coronado, Californie.

— Je le savais ! s'exclama-t-elle.

— Vous saviez quoi ?

— Que vous étiez commando marine. Vous avez le même langage corporel que mon frère. Les gens d'ici savent-ils que vous étiez SEAL ?

— Non. Seule ma famille était au courant. C'était une chose dont mon ex se plaignait parce qu'à chaque fois que l'on m'envoyait en mission, je ne pouvais pas lui dévoiler ma destination.

Taryn pensa à Julie, sa belle-sœur. Jamais elle ne se plaignait quand Langdon recevait ses ordres. Elle savait quand elle l'avait épousé qu'elle n'aurait pas de nouvelles de lui pendant des semaines entières.

— Le savait-elle quand vous vous êtes mariés ?

— Oui.

— Je ne comprends pas.

— Il n'y a rien à comprendre. La seule chose que je vais dire, et ensuite le sujet sera clos, c'est que l'unique conséquence positive de mon mariage, ce sont mes filles.

Il n'avait pas haussé la voix et pourtant elle avait l'impression du contraire. Elle serra les dents pour s'empêcher de lui rappeler que c'était lui qui avait fait référence à son ex-femme. Et elle était vexée qu'il lui ait parlé comme s'il réprimandait ses enfants.

— Je pense que je vais vous laisser, maintenant, dit-elle.

Après avoir passé deux heures avec lui, plus longtemps que pour un entretien normal, elle avait soudain l'impression d'avoir abusé de son hospitalité.

— Vous ne voulez pas voir le reste du sous-sol ? demanda-t-il.

— Une autre fois. Il faut que je rentre pour promener Bootsy, le chien de Jessica.

Ce qui n'était pas un mensonge.

Elle se dirigea vers l'escalier, Aiden sur ses talons.

Dès qu'elle fut de retour dans la cuisine, elle récupéra sa veste et son sac.

— À quelle heure avons-nous rendez-vous demain pour aller à Beckley ? s'enquit-elle.

— 10 heures, cela vous convient ?

— Oui. Et merci pour le petit déjeuner.

— Je vous en prie. Je vais vous raccompagner à votre voiture.

Se retenant de lui dire que c'était inutile car elle était une grande fille, elle décida de se montrer aimable.

— Merci.

Ils se dirigèrent vers l'endroit où elle s'était garée.

— Soyez prudente, lui recommanda-t-il en lui ouvrant la portière.

Elle hocha la tête et s'installa au volant.

En démarrant, elle eut le sentiment d'avoir fermé la porte sur une phase de sa vie. Et ouvert une autre quand elle avait signé le contrat pour faire l'école à la maison à deux enfants de maternelle. L'entretien avec Aiden avait été agréable, décontracté. Jusqu'à ce qu'il fasse référence à son ex-femme. Et encore une fois, elle se demanda ce qu'avait fait cette femme pour perdre la garde de ses enfants. Les gens de la ville avaient-ils raison quand ils disaient que sa famille n'était pas fréquentable ? Et pourquoi, dans ce cas, Aiden l'avait-il épousée ?

Les questions se bousculèrent dans son esprit jusqu'à ce qu'elle se force à les repousser. Elle se rappela que même si elle devait partager une maison avec le père de ses élèves, leur relation devrait rester strictement professionnelle. Aiden était son employeur et elle son employée. Ce qu'elle ne pouvait se permettre d'oublier.

- 3 -

Chez Jessica, devant la porte-fenêtre de la cuisine, Taryn savourait sa deuxième tasse de café tout en regardant tomber la neige qui recouvrait le jardin. Les légers flocons de la veille au soir s'étaient transformés en une véritable tempête. La sonnerie de son téléphone l'interrompit dans sa rêverie. Le nom et le numéro d'Aiden s'affichaient à l'écran.

— Bonjour, Aiden.

— Parce qu'il fait jour ? répliqua-t-il avec un petit rire.

Elle sourit.

— C'est un jour pour les ours polaires, fit-elle remarquer. Je crois bien que nous allons devoir annuler notre voyage à Beckley.

— C'est la raison de mon appel. Le maire a déclaré une alerte neige. Autrement dit, aucun véhicule non essentiel n'est autorisé sur les routes. C'est mon seul jour de repos jusqu'à début janvier. Nous ne pourrons donc pas aller acheter les meubles avant votre départ pour New York.

— Ne vous inquiétez pas. Je vais commander tout ce dont j'ai besoin une fois que j'arriverai à New York et le ferai expédier à votre adresse. Vous préférez votre adresse personnelle ou le Wolf Den ?

— Chez moi. Mais pouvez-vous tout faire livrer

quand vous serez revenue ? Je ne tiens pas à attirer l'attention de cambrioleurs potentiels.

— Cela ne devrait pas poser de problème.

En dépit des caméras de surveillance installées par les propriétaires, le pays entier avait connu une escalade de cambriolages. Elle savait que Sawyer s'était équipé d'un système de surveillance à toute épreuve chez lui.

— Avez-vous pensé à installer des caméras autour de chez vous, Aiden ?

— Oui et non.

— C'est soit oui, soit non.

— Oui, parce que cela sécuriserait encore la maison. Non parce que j'ai beaucoup de voisins retraités qui sont toujours à l'affût des activités suspectes, donc ils remplacent les caméras.

Après un silence, il reprit :

— Quels sont vos projets pour la journée ?

— Je vais faire plusieurs lessives, du ménage, passer l'aspirateur, et traîner devant la télévision. Et vous, comment allez-vous occuper votre jour de congé ?

— Je vais attendre que la neige s'arrête de tomber, puis je sortirai la déneigeuse pour déblayer l'allée et les trottoirs pour mes voisins âgés.

— C'est très gentil de votre part.

— Qui va déneiger votre allée ?

— Jessica et Sawyer ont un accord avec des adolescents qui habitent Porterfield Lane pour ramasser les feuilles mortes et déneiger.

— Avant de commencer à travailler au restaurant, je me faisais payer pour déblayer la neige.

— Tout travail mérite salaire. Puis-je vous poser une question ?

— Allez-y.

— Pourquoi le restaurant s'appelle-t-il le Wolf Den ?

Elle n'avait pas envie de voir la conversation se terminer. Elle aimait l'écouter parler avec son accent traînant du Vieux Sud.

En entendant son rire rauque, un frisson la parcourut.

— Une famille du nom de Wolf possédait presque toutes les mines des Falls et de plusieurs autres villes en descendant vers le sud, expliqua-t-il. Ma famille a travaillé dans les mines pendant des générations. Un jour, après être resté enterré pendant des heures à cause d'un éboulement, mon grand-père a décidé qu'il en avait assez. Il a demandé à ses frères de s'associer avec lui pour fabriquer de l'alcool de contrebande. Ils ont mis leurs économies en commun, ont acheté un lopin de terre et ont construit le restaurant pour servir des repas copieux et bon marché.

— L'étaient-ils ?

— Oui. Ils cuisinaient des cochons qu'ils achetaient à des fermiers. Puis ils servaient les plats avec du riz, des légumes verts, du maïs. Mais ils vendaient surtout de l'alcool. Ils faisaient payer cinquante cents pour une assiette et un dollar pour un pichet d'un litre et demi de gnole. Il fallait bien sûr qu'ils tiennent à l'œil les autorités pour ne pas finir en prison.

— Comment s'y prenaient-ils ?

— Ils payaient des guetteurs et, à l'occasion, graissaient la patte aux autorités. Quand vous viendrez au restaurant, vous verrez qu'il est situé à l'écart de la route, dans une vallée. L'alambic était caché dans les montagnes, derrière un bosquet d'arbres.

— Honte à vous, Aiden ! Vous descendez d'une famille de contrebandiers ! s'exclama-t-elle en riant.

— J'aime les voir comme des entrepreneurs. C'était une question d'offre et de demande. Une fois la prohibition abolie, ils ont épuisé leur stock d'alcool et sont devenus des restaurateurs parfaitement honnêtes, proposant la meilleure cuisine du comté de Johnson.

— Quand je reviendrai, je veux absolument goûter quelques-unes de vos fameuses spécialités.

— Je prends note. Je sais que vous partez dans deux jours. Alors si je ne vous reparle pas, je vous souhaite une bonne nouvelle année. Santé et bonheur.

— Je vous souhaite la même chose.

Taryn raccrocha et vida sa tasse de café.

Sawyer et Jessica devaient revenir le 28 de leur semaine de lune de miel aux Caraïbes. Pour la remercier d'avoir gardé la maison, Sawyer avait prévu de lui offrir un aller-retour pour New York dans son jet privé. La date du retour n'était pas fixée car elle n'avait pas encore décidé quand elle quitterait New York. Mais elle y serait le 31 pour fêter le nouvel an avec ses parents et sa grand-mère. Elle n'était pas sûre que son frère soit aux États-Unis, mais sa belle-sœur et les enfants étaient venus de Virginie pour fêter Noël avec eux.

Bootsy entra dans la cuisine et se hissa sur ses pattes arrière pour qu'elle le prenne sur ses genoux.

— Bonjour mon chou, dit-elle en le soulevant. Tu as bien dormi ?

Après qu'elle l'avait fait sortir ce matin, il s'était précipité dans la maison et s'était pelotonné dans son panier. Si la plupart des chiens adoraient gambader dans la neige, Bootsy était l'exception.

Il se tourna sur elle puis s'affala, sa truffe sur l'une de ses cuisses. Elle caressa ses poils bouclés noir et blanc. Sa maîtresse lui manquait-elle toujours ? Pendant deux jours, il avait boudé, jusqu'à ce qu'elle le prenne sur ses genoux. Elle savait que Jessica allait faire une petite crise parce qu'elle avait gâté son chien. Mais elle était prête à expliquer qu'elle avait dû le réconforter.

Son téléphone sonna de nouveau. Cette fois, ce fut le nom de Jessica qui s'afficha à l'écran.

— Comment allez-vous, madame Middleton ?

— C'est ce que je devrais vous demander, mademoiselle Robinson. Je viens de recevoir une alerte sur mon téléphone concernant la tempête de neige sur les Appalaches. Tu es en sûreté ?

— Absolument. Je suis avec M. Bootsy et nous allons rester à l'intérieur jusqu'à ce que les routes soient dégagées.

— Je te défends d'essayer de déblayer toi-même. Nous payons les gamins du bout de la rue pour déneiger notre allée et le trottoir.

— Ne t'inquiète pas. La seule chose que je fais avec la neige, c'est la regarder fondre.

Jessica se mit à rire.

— Je te comprends ! L'agent de voyages de Sawyer prend des dispositions pour nous faire rentrer par l'aéroport de Huntington Tri-State parce que c'est plus près des Falls. Et, avec ce temps, les vols pour l'aéroport Yeager pourraient avoir du retard.

— Tu veux que j'aille vous chercher à Kenora ?

— Non. L'agent nous organise aussi le transport au sol.

— Tu as de la chance d'avoir épousé un homme

riche. Sinon, tu te retrouverais avec la foule attendant un vol régulier.

— N'oublie pas que je suis tombée amoureuse de Sawyer *avant* de connaître sa fortune. Et si tu ne m'avais pas fait entendre raison, la tête de mule que je suis serait toujours célibataire.

Taryn éclata de rire.

— J'ai dû durcir le ton parce que tu mérites d'être heureuse, ma belle. Tu sais bien que je suis une romantique, dans le fond.

— Cela veut-il dire que tu n'es pas contre sortir avec un homme s'il te montre le moindre intérêt ?

— Nous verrons, répondit-elle, évasive.

Elle réfréna son envie de rappeler à son amie qu'elle déménageait pour enseigner, pas pour trouver un amant ni un mari.

— Comment va Bootsy ? s'enquit Jessica.

— Il est gâté pourri.

— Tu l'as pris sur tes genoux ?

— Oh ! je n'ai pas eu le choix. Il avait des angoisses. Il ne voulait pas manger et se morfondait comme s'il avait perdu son meilleur ami. Soit je le gâte, soit tu l'emmènes chez un psy à ton retour.

— Pourquoi dramatises-tu toujours tout, Taryn ?

— Tu sais que je dois toujours en faire un peu trop à cause de mes élèves. Ils adorent.

— Tu devrais retourner à la fac et passer un diplôme de théâtre. Tu serais parfaite sur scène.

— Je vais beaucoup aimer monter des pièces avec les filles d'Aiden.

— Il t'a engagée ?

— Oui.

— Je le savais ! Je n'ai pas arrêté de chanter tes louanges.

— Je ne pense pas rencontrer ses filles avant la fin janvier. À propos, où est Sawyer ?

— Il fait son jogging sur la plage. Je vais te laisser, c'est l'heure de mon cours. Je me suis inscrite à un cours de cuisine pour apprendre à faire le rôti de porc à la créole.

— Miam !

— Embrasse mon toutou et dis-lui que je serai bientôt rentrée.

Taryn raccrocha, posa le téléphone sur la table et se pencha pour déposer un baiser sur la tête de Bootsy.

— De la part de ta maîtresse.

Le chien la regarda comme s'il comprenait.

— Je vais te garder encore un peu sur mes genoux. Ensuite, je dois faire des lessives et commencer mes bagages. Parce que je dois rentrer à New York. Mais je vais revenir. Pour rester, cette fois.

Toutes ses appréhensions concernant son déménagement évanouies, elle avait hâte maintenant de commencer un nouveau travail dans une nouvelle ville.

Aiden sortit dès qu'il aperçut la Pathfinder de Taryn qui arrivait. Il avait l'impression de vivre un remake de la première fois où il avait attendu la jeune femme. Cela faisait presque trois semaines qu'ils avaient partagé ce petit déjeuner dans sa cuisine.

Taryn l'avait informé de ce qu'elle avait acheté pour la salle de classe : des bureaux, des chaises, des bibliothèques, des pupitres, une armoire à fournitures, des poufs, des lits, des tableaux blancs et des panneaux d'affichage. Tout allait être livré chez lui le lendemain.

Il lui fit signe de se garer dans l'allée à côté de son SUV. Elle coupa le moteur et il ouvrit sa portière. Quand il lui tendit les bras, il eut la satisfaction de la voir poser ses mains sur ses épaules pour descendre.

— Bienvenue, Taryn !

Il lui sourit, incapable de détacher les yeux de son visage à la beauté si naturelle. Il lui avait souhaité la bienvenue car, désormais, elle allait partager sa maison. Il avait parlé d'elle à ses filles. Quand elles rentreraient à Wickham Falls, tout serait prêt pour commencer l'école. Fini les journées passées à jouer ensemble et à rendre visite à leurs cousins. Elles devaient se concentrer sur leur scolarité avant de prendre trop de retard par rapport aux enfants de leur âge.

Taryn baissa les yeux en souriant.

— Merci.

Il regarda à l'intérieur de la Pathfinder. Le coffre était plein à craquer de cartons !

— Que diable avez-vous acheté ?

Taryn pressa un bouton sur la télécommande et le hayon se souleva.

— Tous ne sont pas remplis de fournitures scolaires, expliqua-t-elle. Uniquement ceux portant l'inscription « Salle de classe ».

Son départ de New York n'avait pas été sans mélodrames. Sa mère, Mildred, lui avait demandé si elle savait ce qu'elle faisait, suggérant même que ses rencontres avec James et Aisha lui rappelaient constamment leur trahison, d'où sa fuite. Renonçant à essayer de la convaincre qu'elle était remise de sa rupture avec son petit ami, elle l'avait patiemment écoutée lui dire qu'il avait réussi à la dégoûter des autres hommes.

Le soir avant son départ, sa mère était venue dans sa chambre pour lui avouer qu'elle s'était habituée à l'avoir à la maison.

Taryn lui avait rappelé que si elle voulait lui rendre visite, New York n'était qu'à trois heures d'avion de Wickham Falls. Cette précision avait semblé l'apaiser. Ce qui ne l'avait pas empêché de pleurer au moment des adieux. Elle n'avait pas vu sa mère aussi émue depuis qu'elle l'avait conduite à l'université pour sa première rentrée.

Les premiers kilomètres avaient été teintés de nostalgie, puis, peu à peu, la joie de découvrir une nouvelle vie l'avait emporté.

Après avoir regardé Aiden empiler des cartons et les transporter à l'intérieur, elle prit la valise à roulettes contenant des vêtements et des effets personnels et le suivit. Il lui avait souhaité la bienvenue et elle avait l'impression d'être chez elle. Sa première mission était de donner un style personnel à sa chambre avant de déballer les fournitures scolaires.

Elle avait cinq jours pour préparer la classe avant l'arrivée d'Allison et de Livia. Et avait décidé de leur laisser le temps de retrouver leur père avant de commencer les cours. Elle retourna à la voiture pour y prendre deux sacs. Aiden était en train de caler trois cartons contre son torse.

— Crâneur ! lui dit-elle avec un clin d'œil.

— Si vous aviez mangé vos épinards ce matin, vous pourriez en soulever autant !

— Figurez-vous que j'ai mangé une omelette feta-épinards, ce matin.

En effet, quand l'avion privé avait atteint sa vitesse de croisière, le chef avait préparé un petit déjeuner pour les huit passagers. À 10 heures, ils avaient atterri à Charleston où une voiture l'attendait. En arrivant à Wickham Falls, elle avait trouvé sa Pathfinder remplie de tout ce qu'elle avait fait expédier de la maison de ses parents. La veille, Sawyer lui avait envoyé un texto dans lequel il lui annonçait avoir chargé sa voiture. Mais qu'il ne pourrait pas l'accueillir, Jessica et lui étant partis travailler.

— Vous n'avez pas besoin de ressortir, dit Aiden. Je peux me charger du reste.

Elle n'avait pas l'intention de discuter. Elle avait hâte de s'installer et de commencer à décorer ce qui serait sa salle de classe avant l'arrivée du mobilier !

Quand elle avait quitté les Falls, la neige commençait à fondre et la température était remontée. Trop couverte, elle avait hâte de prendre une douche et de se changer pour des vêtements moins chauds.

Après s'être débarrassée de son sweat-shirt et de son T-shirt à manches longues, elle s'empressa de vider sa valise et de suspendre ses vestes, manteaux, tailleurs et robes.

— Où voulez-vous que je pose ça ?

Elle se retourna. Aiden avait apporté les boîtes plates à glisser sous le lit contenant ses vêtements d'été. Il la regardait comme si elle était une intruse. Elle s'aperçut soudain qu'il avait les yeux braqués sur sa poitrine. Son body mettait en valeur son décolleté sexy. Mais les fleurs de dentelles noires qui voilaient ses mamelons lui donnaient un minimum de décence.

— Vous pouvez les laisser à côté de la porte, répondit-elle. Merci beaucoup.

Aiden hocha la tête sans un mot. En entrant dans la chambre de Taryn, il ne s'était pas attendu à la trouver vêtue de ce haut si… suggestif. Son corps le trahissait, lui rappelant qu'il n'avait pas fait l'amour depuis bien longtemps. Il posa les boîtes sur le sol, sortit de la suite et se dirigea vers la cuisine. Là, il s'écroula sur la banquette du coin petit déjeuner et attendit que son excitation se calme.

Il ferma les yeux et laissa échapper un long soupir.

Certes, il trouvait Taryn très belle. Mais il refusait d'admettre qu'il éprouvait pour elle une attirance physique. S'il le faisait, ce serait un désastre. Ses filles perdraient leur préceptrice, et si Taryn décidait de porter plainte pour harcèlement sexuel, il pourrait se retrouver devant le juge.

Il était allé au bout du rigoureux entraînement des SEAL, l'un des plus difficiles au monde des forces spéciales, avec succès et s'était vu attribuer l'insigne du trident. Pourtant, il avait l'impression d'être de nouveau mis à l'épreuve. Pas d'un point de vue physique ou mental. Mais émotionnel.

À la suite de son divorce, il avait sacrifié toute relation sentimentale pour ses filles. Il n'avait pas voulu leur faire rencontrer des femmes avec lesquelles elles auraient pu nouer un lien en espérant qu'elles deviendraient leur nouvelle maman.

En attendant de retrouver son sang-froid, il retourna

à la voiture pour rapporter le dernier carton. Il en avait aligné quatorze de tailles diverses contre le mur. Tous portaient des étiquettes indiquant leur contenu. Parmi les nombreux articles que Taryn avait empaquetés se trouvaient un ordinateur, une imprimante, une machine à plastifier et des ramettes de papier. Visiblement, Taryn était une professionnelle de l'enseignement, ce qui le réjouit. Rien n'était plus important pour lui que l'éducation de ses filles. Et même s'il éprouvait une attirance physique pour leur enseignante, il ne voulait rien faire qui puisse mettre en péril cet objectif.

Il sortit sous le porche et s'installa confortablement dans un fauteuil. Il avait décalé son jour de congé afin d'être disponible pour le retour de Taryn et, demain, il avait pris le service du soir pour être présent le matin quand les meubles seraient livrés.

Il avait hâte d'entendre à nouveau la maison résonner des voix de ses filles. Même si elles piquaient des colères quand elles étaient contrariées. Il se surprenait parfois à les observer comme s'il s'attendait à voir en elles les traits négatifs de la personnalité de leur mère. Denise était maussade, querelleuse et se plaignait constamment. Quand il était SEAL, chaque fois qu'il rentrait de mission, c'était le chaos total. Allie et Livia pleuraient et faisaient des caprices sans aucune raison. Et Denise était submergée par l'entretien de la maison et par l'attention qu'exigeaient deux fillettes en bas âge.

Plongé dans ses pensées, il perdit toute notion du temps. Un petit clic lui indiqua que la porte moustiquaire s'ouvrait. Il se leva. Taryn avait enfilé un pantalon noir court, un pull blanc, des socquettes blanches et des baskets.

— Vous permettez que je me joigne à vous ? s'enquit-elle.

— Je vous en prie, répondit-il, souriant.

Il attendit qu'elle soit assise dans le fauteuil voisin du sien avant de reprendre sa place. Son parfum subtil flottait dans l'air. Avec son visage sans maquillage et sa queue-de-cheval, elle ressemblait à une jeune étudiante.

Elle lui sourit à son tour.

— Fait-il toujours aussi chaud, à cette époque de l'année ? demanda-t-elle.

— Non. Il arrive toutefois que nous ayons un temps de juin en janvier. Mère Nature s'amuse avec nous. Certains arbustes ont des bourgeons.

— Elle peut continuer à s'amuser un peu car j'apprécie les températures élevées.

Elle poussa un soupir et ajouta :

— Je vais faire une pause puis j'irai déballer les cartons de la salle de classe.

— Et si je vous aidais ? Je ne travaille pas, aujourd'hui.

— Avez-vous une échelle ?

— Oui.

— Je vais en avoir besoin pour accrocher une banderole.

— Je m'en charge, proposa-t-il. Je veux aussi que vous me donniez les factures de vos achats, pour que je puisse vous faire un chèque.

— Il n'y a pas d'urgence, Aiden. Avez-vous annoncé à vos filles qu'elles avaient une maîtresse ?

— Oui. Et elles sont vraiment ravies d'aller enfin à l'école.

Taryn se tourna vers lui.

— Leur avez-vous dit que l'école serait à la maison ?

— Bien sûr. Et c'est ce qui les a enthousiasmées. Allie a dit que ce serait génial d'avoir leur propre salle de classe et Livia a demandé si leurs cousins viendraient dans leur école.

— Que lui avez-vous répondu ?

— Pas tout de suite. Je ne pense pas qu'elle aurait compris la raison pour laquelle ses cousins vont à l'école publique, alors que sa sœur et elle restent à la maison.

— Quel âge ont-ils ?

— Entre quatre et huit ans. Mon frère a deux garçons et ma sœur deux filles.

Après un court silence, Taryn reprit :

— J'ai l'intention de suivre le calendrier de l'école élémentaire de la ville. Donc quand vos neveux et nièces auront des jours de congé, je suis tout à fait d'accord pour qu'ils viennent les voir.

— Vous êtes sûre ? Je ne veux pas que vous soyez débordée.

Elle lui lança un regard ironique.

— Comparé à vingt-deux, s'occuper de six enfants est une partie de plaisir, vous savez. Je prévoirai des activités extérieures. La balle au prisonnier, le saut à deux cordes. Vous pourrez peut-être nous procurer un panier de basket et un filet de volley. Et si nous sommes obligés de rester à l'intérieur, nous jouerons à des jeux de société, regarderons des films en mangeant du pop-corn ou ferons des biscuits.

Il la regarda dans un air étonné.

— Vous allez apprendre à mes neveux à *sauter à la corde* ?

— Les athlètes, et tout particulièrement les boxeurs, ne sautent-ils pas à la corde ?

— Oui, mais le saut à deux cordes, Taryn ?

Les yeux plissés, elle le défia du regard.

— Est-ce une pointe de sexisme que je décèle dans votre question, Aiden ?

— Non ! Comment puis-je être sexiste avec deux filles ?

— Les hommes ont des mères, des sœurs, et pourtant cela ne les empêche pas d'être misogynes.

— Je vous en prie, ne me mettez pas dans cette catégorie. J'apprécie beaucoup les femmes.

Taryn sourit avec l'impression d'avoir gagné une petite victoire.

— Alors je peux apprendre à vos neveux à sauter à la corde ?

— Oui. Mais…

— Ne protestez pas, Aiden. S'il vous plaît, laissez-moi gérer.

Elle aurait voulu ajouter que des garçons participaient à des compétitions de saut à la corde dans le monde entier. Mais se contenta de poursuivre :

— La plupart des enfants passent beaucoup trop de temps sur leur ordinateur alors qu'ils devraient jouer dehors. Mes parents ont grandi en sautant à la corde et en jouant au base-ball sur les trottoirs de New York. Pendant l'été, ils ne rentraient que pour les repas.

Elle s'interrompit un instant avant de reprendre :

— Je crois qu'un enfant doit recevoir une éducation complète. Cela passe par l'esprit et le corps. L'éducation physique sera un élément important de l'emploi du temps quotidien de vos filles, ainsi que le yoga et la méditation.

— Et faire des cookies ?

— Ce sera un cours de maths. Elles devront reconnaître les nombres dans une recette. J'espère que vous serez d'accord pour nous laisser utiliser la cuisine.

— Bien entendu. Après tout, vous habitez ici.

— Je ne veux pas me montrer présomptueuse.

— En aucune façon. J'ai l'impression que vous connaissez vraiment bien votre métier.

— Après avoir enseigné pendant dix ans, je l'espère bien !

Elle savait qu'elle aurait dû s'attaquer aux fournitures scolaires mais elle n'avait aucune envie de se lever et de rentrer.

— Je pourrais vraiment passer le reste de l'après-midi ici, murmura-t-elle. Mais il faut que j'aille déballer les cartons.

— Ne vous mettez pas la pression, Taryn. Vous avez toute la journée pour ça. Et je vous ai dit que je vous aiderai.

— Merci. Je vais m'offrir une petite pause, alors.

Paupières closes, elle s'enfonça dans son fauteuil en soupirant d'aise.

— Quand vous serez prête, je vous emmènerai déjeuner au Den, proposa Aiden.

Elle rouvrit vivement les yeux.

— Je suis prête !

Aiden renversa la tête en arrière et éclata de rire. Puis il se leva et, galant, l'aida à faire de même.

— Je ferme la maison et nous sommes partis, dit-il.

— Je vais chercher une veste.

Elle n'avait pas envie de défier Mère Nature. Les températures étaient peut-être printanières mais sur le calendrier, c'était toujours l'hiver. Elle alla passer une veste légère, prit son sac et revint dans l'entrée. Aiden était sur le seuil de la porte, les bras croisés. Elle avait été sincère en lui déclarant qu'elle était prête. Prête à s'installer dans un nouvel État. Prête à éduquer deux fillettes. Et prête à habiter avec un homme qui était devenu son employeur.

- 4 -

Aiden quitta la route principale pour s'engager dans une zone boisée. Un bâtiment surgit soudain au milieu des arbres.

— Le Wolf Den ressemble à un repaire de brigands, fit remarquer Taryn.

— Quand on est engagé dans des activités illégales, on essaie de ne pas se faire remarquer, répondit Aiden en se garant sur une place de parking avec un panneau à son nom.

Taryn le regarda, perplexe. Savoir que des membres de sa famille avaient enfreint la loi ne semblait pas le préoccuper le moins du monde. Ses yeux s'attardèrent sur ses pommettes saillantes, sa mâchoire carrée, son menton volontaire, sa bouche ferme. Même si elle préférait sortir avec des hommes de couleur, quelque chose chez Aiden l'attirait. Sa détermination à élever ses filles en père célibataire l'impressionnait. Et, malgré elle, elle était bien incapable de résister à la virilité naturelle qu'il dégageait. Le long regard brûlant dont il l'avait enveloppée quand il l'avait surprise en caraco dans sa chambre avait révélé un désir qui l'avait profondément perturbée. Cet incident lui avait servi d'avertissement. Désormais, à moins d'être habillée, elle fermerait la porte de sa chambre !

Se ressaisissant, elle demanda d'une voix dégagée :

— Où était l'alambic ?

— De l'autre côté de la colline, à un peu plus d'un kilomètre.

Ils descendirent de voiture et elle examina le bâtiment en planches à un étage. Sur une pancarte au-dessus de la porte, était sculpté un loup ; le seul signe, outre le parking rempli de pick-up, indiquant qu'il s'agissait d'un restaurant. L'odeur de la viande grillée lui fit venir l'eau à la bouche.

— Quelque chose sent merveilleusement bon, dit-elle.

— Nous avons une machine à fumer dans un bâtiment spécial, à l'arrière. C'est là que, depuis l'ouverture du Den, nous fumons des côtelettes, des gigots et du porc. L'année dernière, mon oncle a décidé d'ajouter une chambre de fumage et un bâtiment de plus petite taille pour affiner le jambon et vieillir la viande.

— Que me recommandez-vous ?

— Je sais que je ne suis pas très partial mais tous nos plats sont délicieux.

— Pas très partial, en effet ! s'exclama-t-elle en riant.

— Attendez de goûter, répliqua-t-il en s'effaçant pour la laisser entrer.

La pénombre qui régnait à l'intérieur contrastait avec la lumière vive du soleil, et il lui fallut quelques minutes pour avoir un premier aperçu du restaurant familial d'Aiden. Le Wolf Den était un bar de sports, restaurant et brasserie de plein air. Des appliques murales à gaz et des lustres à pampilles assortis au-dessus des banquettes rappelaient un temps révolu.

Un tableau affichait une liste de bières artisanales, un autre, les plats du jour. Plusieurs écrans plats étaient allumés sur des chaînes de sport, sans le son. Une demi-douzaine de banquettes s'alignait le long d'un mur, et la plupart des tables étaient occupées, tout comme les tabourets devant le bar en acajou. Les habitués saluèrent Aiden d'un hochement de tête ou d'une poignée de main. Le personnel s'activait sans bruit et avec efficacité. Ceux qui sortaient par les portes de l'office portaient des plateaux remplis de plats dont s'échappaient les odeurs les plus délicieuses.

Une serveuse d'une quarantaine d'années, aux cheveux roux, s'avança vers eux.

— Je croyais que tu étais en congé aujourd'hui, lança-t-elle à Aiden.

— En effet, répondit-il avec un sourire. Taryn, je vous présente ma cousine Sharleen Weaver. Sharleen, Taryn Robinson.

— Ravie de vous connaître, dit Taryn avec un hochement de tête.

— Pareillement, mon chou, répondit Sharleen, dont les yeux bleus scintillèrent. Où Aiden vous cachait-il ?

— Elle va être la préceptrice d'Allie et de Livia, précisa ce dernier.

— C'est une excellente nouvelle, fit remarquer Sharleen. Il est temps que ces petites soient scolarisées.

Aiden pressa sa bouche contre l'oreille de Taryn et chuchota :

— Allons-y avant que Sharleen vous assourdisse de paroles.

Il lui tint la porte de l'office ouverte et elle le précéda dans une spacieuse cuisine. Deux hommes s'affairaient à griller des steaks, des hamburgers et à remplir des assiettes de frites et de rondelles d'oignon. Le plus âgé des deux, coiffé d'un bandana blanc, leva les yeux et lui sourit.

— Vous êtes donc celle que mon neveu nous a vantée.

Il essuya sa main droite sur son tablier et la lui tendit.

— Jonah Gibson.

— Taryn Robinson.

Ses yeux brillant comme deux émeraudes, il ajouta :

— Bienvenue au Den.

Elle remercia l'oncle d'Aiden d'un signe de tête. Quand ce dernier lui avait dit que le Wolf Den était un restaurant familial, il lui avait paru évident que c'était aussi un établissement géré par sa famille.

Aiden montra l'autre cuisinier du menton.

— Et voilà mon cousin, Thomas Johnson. Tommy pour les intimes.

Tommy lui adressa un sourire timide. Il portait un bandeau noir sous sa casquette blanche.

— Content de vous rencontrer, madame.

— Moi aussi, répondit-elle, lui rendant son sourire.

Elle fut étonnée de constater que Tommy avait la peau foncée. Aiden et lui étaient-ils vraiment parents ou s'appelaient-ils « cousins » par affection ?

— Comment ça va, Tommy ? demanda Aiden.

— Tout va bien.

— Continue comme ça, alors.

Jonah frappa une clochette d'un marteau, posa une assiette de steak et garniture sous des lampes chauffantes et cria :

— Et un steak ! Un ! Désolé, ajouta-t-il d'une voix plus douce avec un clin d'œil à Taryn. Que puis-je vous préparer ?

— Je vais prendre le pain de viande avec la purée de pommes de terre, la sauce et le chou cavalier.

— Il y a une table dans un coin avec un panneau « personnel uniquement », lui dit Aiden. Allez vous asseoir, je vous apporterai votre assiette.

Elle trouva la table indiquée dans un coin, près de la sortie de secours. Sharleen revint vers elle et posa une pinte de bière brune sur le sous-verre.

— C'est pour Aiden. Qu'est-ce que je peux vous servir, mon chou ?

— La même chose, répondit-elle.

Elle était dans un bar-restaurant de sports, donc boire de la bière était la norme. À une époque, avec un petit groupe de collègues, ils se rassemblaient dans leur pub préféré pour boire des bières. En se rappelant ces bons moments passés avec eux, elle sourit. Même si leur camaraderie lui manquera, elle avait hâte de revoir les collègues de Jessica qui l'avaient conviée à se joindre à leurs soirées filles mensuelles. Après avoir dîné chez Jessica ou au restaurant, elles se rendaient au bowling de la ville voisine. Ces petites réunions la changeraient de celles auxquelles elle était habituée à New York.

Elle prit la pinte et but une gorgée. Surprenant. Au lieu de l'amertume à laquelle elle s'était attendue, la bière avait un goût de chocolat et de café.

Elle avait vidé la moitié de la pinte quand Aiden revint, chargé d'assiettes. Dans l'une se trouvaient son pain de viande et son accompagnement. Dans l'autre, un steak et une salade romaine. Dans la troisième des côtelettes et des travers de porc.

— Qui doit se joindre à nous ? demanda-t-elle, étonnée.

— Personne, répondit-il avec un clin d'œil. Je veux vous faire goûter nos *délicieuses spécialités.*

Il s'assit à côté d'elle.

— J'aime beaucoup votre bière, dit-elle après en avoir repris une gorgée.

— Ma bière ?

— Oui. Sharleen l'avait apportée pour vous mais j'ai décidé de la goûter.

— Pas seulement goûter ! fit-il remarquer en riant.

Elle lui tapota l'épaule d'un geste taquin. Son pull dissimulait des muscles durs comme du béton.

— Pas de panique. Sharleen va en apporter une autre rien que pour vous.

— Voilà qui me rassure.

— Vous ne travaillez qu'en famille ?

— En ce moment, oui. Il fut un temps où mon père et mon oncle envisageaient de fermer parce qu'ils perdaient trop d'argent. Le barman faisait payer à peine la moitié des consommations et les serveurs empochaient les pourboires au lieu de les partager. Et puis des caisses entières de viande disparaissaient.

Elle fronça les sourcils.

— Avez-vous découvert qui volait ?

— Pas vraiment. Mon père et Jonah ne pouvaient pas travailler en cuisine et surveiller la salle en même temps. Alors ils ont renvoyé tout le monde, fermé pendant quelques mois. Quand ils ont rouvert, c'était devenu une affaire gérée par la famille. Ma mère et mes tantes s'étaient portées volontaires pour servir à table. Le tour était joué. Quand les enfants de Sharleen ont quitté la maison, elle a rejoint l'équipe. Et quand sa fille assure le service du soir, elle garde ses petits-enfants.

— Est-ce aussi animé pour les dîners que pour les déjeuners ?

— C'est variable. Nous fermons le dimanche, ce qui permet à tout le monde de prendre une journée de repos.

Sharleen revenant porter la seconde bière, elle attendit qu'elle soit repartie avant de demander :

— Quel est votre lien de parenté avec Tommy ?

— C'est le neveu de ma mère. Sa plus jeune sœur a rencontré son mari dans l'armée. Tommy, qui a détesté être un enfant de militaire, a passé un diplôme en lettres et sciences sociales mais il n'avait pas la moindre idée de ce qu'il voulait faire. Il a donc appelé Jonah et lui a demandé s'il pouvait travailler pour lui. Comme il nous manquait un cuisinier, voilà !

— Votre famille est multiraciale.

— Cela vous dérange ?

— Bien sûr que non ! Vous me croyez bornée ?

Elle ne voulait surtout pas avoir pu donner l'impression d'être critique en matière de races ou de préférences sexuelles.

— Je ne sais pas quoi croire, Taryn. Je ne vous connais pas si bien.

— C'est vrai. Tout ce que vous savez de moi, c'est sur le papier.

Ironique, elle ajouta avec un sourire :

— Après avoir habité ensemble quelque temps, vous me connaîtrez suffisamment pour me juger.

Sur ces mots, elle plongea sa fourchette dans son pain de viande et la porta à sa bouche. La viande fondit sous sa langue. Et, même si cela ne se faisait pas, elle ne put retenir un gémissement de plaisir en prenant une nouvelle bouchée.

— Mmm… C'est un délice ! Qui a fait ce pain de viande ?

Aiden la regarda et se figea. Avec ses yeux à moitié clos, les petits gémissements qui échappaient de ses lèvres, il avait l'impression d'être devant une femme en train de faire l'amour. C'était la seconde fois en l'espace de quelques heures que Taryn lui rappelait qu'il y avait trop longtemps qu'il s'interdisait toute compagnie féminine. Or il ne voulait surtout pas se mettre à fantasmer sur elle.

Il aurait pu profiter des périodes de plusieurs semaines pendant lesquelles sa mère emmenait les filles en Floride pour chercher une aventure d'un soir. Mais quelque chose le retenait. Même au lycée, quand la plupart de ses copains multipliaient les conquêtes, il préférait avoir une petite amie régulière. Son instinct le poussait à ne pas mener plusieurs relations en parallèle.

Après un long silence, il répondit :

— C'est la recette de Jonah.

— C'est le meilleur pain de viande que j'ai mangé de toute ma vie. Vous me dévoilerez la recette secrète de votre oncle ?

— Il hache du bœuf, du veau, du porc, de la dinde et du canard et y ajoute les condiments secrets maison. Il laisse la viande mariner toute la nuit, la recouvre de chapelure assaisonnée et de sauce barbecue et la fait cuire dans un plat avec une grille pour récolter la sauce. Pour chaque commande, il fait revenir la tranche sur le gril pour la rendre plus croustillante.

— Cela paraît bien laborieux mais le résultat en

vaut la peine, dit-elle en reprenant une bouchée qu'elle savoura avec un plaisir manifeste.

— N'oubliez pas de garder de la place pour la viande cuite au barbecue, lui fit-il remarquer en souriant.

Docile, elle prit une petite côtelette, plusieurs morceaux de poitrine de bœuf grillé et une portion de porc braisé.

— Je ne me vois pas manger comme ça tous les midis ! s'exclama-t-elle.

— Vous le pourriez si vous faisiez du déjeuner votre repas le plus important de la journée.

— C'est ça ! Et faire la sieste à peine sortie de table ?

— Une promenade, plutôt, suggéra-t-il.

— Il est vrai qu'avec toutes ces collines, une promenade dans le coin, c'est de la gymnastique !

— En effet, la région est plutôt montagneuse.

— J'ai vu les chutes dont la ville tient son nom, Wickham Falls. Je dois reconnaître qu'elles sont spectaculaires.

— Quand nous étions enfants, nous nous défiions mutuellement de monter au sommet de la cascade pour sauter dans les rapides.

— Vous deviez être fous. Vous auriez pu vous tuer, en tombant sur les rochers !

— C'est ce qu'a dit ma mère quand je suis rentré un jour, à la maison, couvert de coupures et de bleus parce que j'avais mal évalué mon saut. L'entraîneur de l'équipe de natation du lycée m'a suspendu pendant un mois. Résultat, cette année-là, nous avons perdu les championnats de l'État parce que mon remplaçant ne nageait pas aussi vite que moi. Comme j'étais capitaine, mes coéquipiers m'ont rendu responsable de cette défaite. Et m'ont carrément ignoré jusqu'au trimestre suivant quand nous avons fait une nouvelle tentative pour nous qualifier.

— Je ne comprends pas. Pourquoi avez-vous dû réessayer si votre entraîneur connaissait votre niveau ?

— Il voulait me faire comprendre que je devais descendre de mon piédestal. Des recruteurs de plusieurs universités étaient venus me voir nager. Certains me proposaient des bourses d'études sportives.

— Pourquoi ne les avez-vous pas acceptées ?

— Je l'aurais envisagé si je n'avais pas été en plein entretien avec un recruteur de la marine. Quand il m'a décrit les conditions de l'entraînement pour devenir SEAL, j'ai été conquis. Je me fichais bien d'être jeté dans une piscine les bras liés derrière mon dos ou d'être privé de sommeil pendant plus de cent trente-six heures d'exercice. J'étais complètement drogué à l'adrénaline.

Elle hocha la tête.

— Mon frère a reconnu qu'il avait failli abandonner au milieu de sa formation. Mais il a réussi à tenir. Il dit que ses deux plus grandes réussites sont d'avoir décroché son trident et la naissance de ses enfants.

— C'est un homme qui me plaît, dit Aiden en souriant.

Il ne s'était jamais senti aussi vivant que quand il partait en une mission avec ses coéquipiers. Comme si, par un déclic dans son cerveau, il n'était plus que commando marine.

Il savait que son engagement dans les forces spéciales des SEAL serait limité. En vieillissant, il s'était rendu compte que son corps ne pouvait plus encaisser les défis physiques liés au terrain. Et, après s'être marié et être devenu père, il avait commencé à compter les mois avant de démissionner de la marine. Néanmoins, sa soif de défis ne l'avait pas quitté puisqu'il avait été recruté par une entreprise de services de sécurité et de défense qui lui avaient fait une offre qu'il n'avait pu refuser. Sa première mission avait été de libérer la fille d'une riche famille qui avait été kidnappée dans un pays à haut risque pour les Américains. Mission qui, comme les suivantes, avait été extrêmement bien payée.

Il avait continué, partant de chez lui au pied levé, jusqu'à la mort du frère aîné de son père. Ce dernier avait alors sollicité son aide pour gérer le restaurant. Et il avait compris qu'il devait accepter et continuer la tradition des hommes Gibson : garder le Wolf Den ouvert.

— Votre frère a-t-il l'intention de faire toute sa carrière dans la marine ?

Elle goûta une bouchée de porc braisé avant de répondre :

— C'est ce qu'il dit. D'après ma belle-sœur, il aimerait être en poste sur un porte-avions ou un cuirassé mais elle essaie de le convaincre d'accepter un poste administratif au Pentagone parce que leurs enfants ne le voient pas assez.

— Et vous, Taryn ? Envisageriez-vous d'épouser un militaire ?

— Non. Parce que je vois ce que ma belle-sœur traverse. Je ne veux pas d'un mari et d'un père à mi-temps.

— Donc, vous n'êtes pas opposée au mariage ?

— Non, c'est juste que je n'ai pas rencontré la bonne personne.

— Qu'est-ce qui définit la bonne personne, pour vous ?

Les secondes s'égrenèrent durant lesquelles ils se dévisagèrent en silence.

— Quelqu'un en qui je pourrais avoir confiance, répondit-elle.

— La confiance est par conséquent l'élément le plus important pour vous. Et l'amour ?

— Sans confiance, il n'y a pas d'amour.

— C'est ce qui vous est arrivé. Votre petit ami vous a trompée.

Ce n'était pas une question, nota Taryn.

— Oui, avoua-t-elle. J'aurais pu supporter qu'il me trompe. Mais quand c'est avec votre collègue et soi-disant amie, c'est beaucoup plus difficile.

— Quelle ordure ! s'exclama Aiden.

— Je sais.

Il approcha sa chaise jusqu'à ce que leurs épaules se frôlent.

— Vous voulez en parler, Taryn ?

— Pas vraiment. J'en ai déjà trop dit. Parler de ma vie privée à des inconnus me met mal à l'aise.

— Ce que vous me dites ne sortira pas d'ici. Et maintenant que nous allons habiter ensemble, vous devez cesser de nous considérer comme des inconnus.

Admettre que son petit ami l'avait trompée avait ouvert la porte sur son passé. Qu'avait-elle à perdre à dévoiler la vérité à Aiden ? Elle devait lui faire confiance.

— Vivre avec un homme est ce qui a changé ma vie.

— Comment ?

— J'ai rencontré James dans un club de gym que nous fréquentions tous les deux. Après nos sessions, nous allions au café du coin où nous bavardions pendant des heures. Au bout de quelques mois, nous sommes sortis ensemble et, un an plus tard, il m'a demandé de vivre avec lui. J'ai mis du temps avant d'accepter car cela signifiait vendre mon appartement.

— C'est lui qui vous a demandé de le vendre ?

— Non. C'était ma décision.

— Pourquoi ?

— Nous avions commencé à parler mariage, et être chacun propriétaire d'un appartement n'était pas rentable.

— Pourquoi n'a-t-il pas emménagé avec vous ?

Elle se répéta mentalement la question d'Aiden. Elle se l'était posée des centaines de fois.

— Mon instinct m'a soufflé de ne pas renoncer à mon appartement. Mais en même temps, j'étais tellement amoureuse de lui que je ne pensais pas le perdre. Ce qui a fini par arriver. Quand je l'ai trouvé au lit avec mon amie, il n'a pas pris la peine de me présenter des excuses. Il m'a dit que j'avais le choix entre rester et partir. Que c'était son appartement et que, puisque nous n'étions pas mariés, nous pouvions avoir des aventures chacun de notre côté, cela ne le dérangeait pas. J'ai gardé mon sang-froid, ce dont je tire une grande fierté. Avec calme, je lui ai annoncé que je partais et que je reviendrais chercher mes affaires avec mon frère. Je l'ai prévenu qu'il ferait mieux d'être absent s'il ne voulait pas croiser Langdon.

— Il a tenu compte de votre avertissement ?

— Vous pensez ! Mon frère est très intimidant. C'est un colosse et, d'un simple coup de poing, il aurait brisé la mâchoire de James. J'ai pris ce qui était à moi, chargé la voiture de Langdon, laissé les clés sur la table basse et j'ai fermé la porte.

— Et votre soi-disant amie ?

— Je la voyais tous les jours à l'école et l'ignorais totalement.

Elle lui raconta ensuite qu'aucun des autres professeurs ne s'était douté de la raison pour laquelle elle était retournée habiter chez ses parents, jusqu'à la soirée de Noël de la faculté.

— En voyant Aisha arriver au restaurant avec James, certaines de mes collègues ont voulu lui dire leur façon de penser. Mais je leur ai expliqué qu'elle n'en valait pas la peine. Et je me suis fait le serment que je ne me fierais plus qu'à mon instinct et ne me laisserais plus jamais manipuler par un homme.

— Bravo ! Si ce salaud vous a trompée avec elle, elle le trompera avec un autre. Et je comprends votre frère d'avoir voulu lui casser la figure. J'en ferais autant avec mon beau-frère, s'il trompait ma sœur.

— À part ma famille proche et Jessica, vous êtes le seul à connaître toute l'histoire.

— Je vous remercie de votre confiance, Taryn. Comme je vous l'ai dit, je le garderai pour moi. Je suis désolée pour vous, mais ce qui est important, c'est que vous en soyez sortie indemne. Cela n'aurait pas été aussi facile si vous aviez été mariée avec des enfants. Ce sont les enfants qui sont toujours perdants, dans un divorce.

Elle tourna la tête et sentit un frisson l'électriser. Leurs bouches n'étaient plus qu'à quelques centimètres…

— Vous parlez de vos filles ?

Il recula, une émotion indéfinissable assombrissant son regard.

— Oui. Heureusement, mes filles ne se rendaient pas compte de ce qui se passait entre leur mère et moi. Mais de temps en temps, Allie a une phrase qui me pousse à croire qu'elle se souvient de ce que Denise a dit ou fait.

— Certains enfants ont des souvenirs qui remontent à leurs trois ans, d'autres cinq. Je me réjouis tellement de rencontrer vos filles, ajouta-t-elle avec un sourire.

— Ne vous réjouissez pas trop vite ! Elles vont vous donner du fil à retordre.

Elle leva les yeux au ciel.

— Soyez tranquille. Plus de 50 % de mes élèves avaient des problèmes que la plupart des gens ne rencontrent qu'adultes.

— Ce n'est pas différent, ici, Taryn. Ce n'est pas parce que nous sommes une petite ville que nous n'avons que des problèmes de petite ville. Je suis sûr que si vous demandez à Jessica, elle vous parlera aussi des élèves difficiles.

— À propos de Jessica, elle m'a invitée à sortir avec elle et certaines de ses collègues pour leur soirée filles. Une fois par mois, le vendredi.

— Mais bien sûr, mon chou ! Sortez et amusez-vous. Je m'arrangerai pour envoyer les filles chez ma sœur, les semaines où je serai de service le soir.

Elle tressaillit. L'avait-il appelée « mon chou » affectueusement ? Non. Ce devait être le baratin qu'il réservait à toutes les femmes.

Elle se força à sourire.

— Merci, Aiden.

La conversation prit fin et ils se concentrèrent sur leur déjeuner.

Elle était soulagée de lui avoir raconté sa rupture avec James. Maintenant, il connaissait sa position sur la cohabitation avec un homme.

Elle savoura son repas – délicieux, comme le lui avait annoncé Aiden –, dans une sorte d'euphorie légère.

Déménager à Wickham Falls avait été une décision importante pour elle. Si elle choisissait d'arrêter d'être préceptrice, elle pouvait démissionner de chez Aiden, accepter un poste à l'école publique et, peut-être même, verser un acompte pour une petite maison.

Avec le recul, elle se rendait compte que la trahison de James était plus positive que négative. Cela lui avait permis d'analyser sa vie, d'envisager l'avenir qu'elle souhaitait. Or pour le moment, son avenir était à Wickham Falls. Et, malgré son origine new-yorkaise, elle avait l'impression qu'elle avait peut-être trouvé sa place légitime dans le monde.

- 5 -

— Qu'en pensez-vous ? demanda Taryn à Aiden.

Il secoua la tête d'un air étonné. La véranda intérieure et le jardin d'hiver avaient été transformés en une salle de classe divisée en sections : les sciences, le dessin, la musique et la détente. Des poufs étaient installés devant la télévision.

Des bibliothèques en chêne étaient remplies de DVD, de livres et de jeux de société. Toutes les étagères et les compartiments du placard étaient étiquetés : papier, fournitures de dessin, crayons de couleur, peintures, crayons à papier, marqueurs, bâtons de colle et élastiques. Des tableaux d'affichage et des cartes de couleur représentant le monde, les États-Unis et la Virginie-Occidentale étaient fixés à un panneau.

Son cœur se gonflant de fierté, Aiden remarqua que Taryn avait posé une plaque plastifiée portant le nom de chacune des filles sur leur bureau. Face à l'est, tout comme celui de leur professeure, ils pourraient jouir de la lumière matinale. Un tapis imprimé de lettres de l'alphabet et d'images d'animaux correspondant était assorti à la banderole. Elle avait également fait l'acquisition de lits qu'elle avait installés dans un coin, à côté de l'armoire à fournitures. Une grande corbeille en tapisserie était remplie de jeux d'extérieur : ballons, cordes à sauter, un filet, raquettes et volants de badminton.

— Elles vont être tellement contentes !

— Rien qu'à regarder, je suis contente aussi, avoua Taryn. Les quelques jours avant leur retour vont me laisser le temps de faire mes derniers préparatifs.

Avec un sourire, elle ajouta :

— Sans votre aide, jamais je n'y serais arrivée si vite.

Le camion de meubles était arrivé à 11 heures et, quatre heures plus tard, la salle de classe était prête.

— Vous avez gagné beaucoup de temps en déballant les fournitures hier. Vous êtes sûre de pouvoir rester seule jusqu'à mon retour ? demanda-t-il avec un coup d'œil à sa montre.

— Arrêtez de vous inquiéter, Aiden. Je vous promets de ne pas organiser une bière-pong pendant votre absence.

— Comment connaissez-vous les bière-pong ?

— Les fêtes d'étudiants. Il suffit de se procurer des gobelets, des balles de ping-pong, de la bière bon marché... et c'est la folie ! Je n'ai pas fait mes études dans un monastère, vous savez.

Il éclata de rire puis, reprenant son sérieux, précisa :

— Je pense que je vais écouter votre suggestion et installer un système de sécurité. Je n'aime pas l'idée de vous savoir seule ici avec les filles, les soirs où je travaille.

Elle n'allait pas essayer de l'en dissuader. Les soirs où il était de service au restaurant, il avait pris l'habitude de laisser les enfants à sa sœur. Désormais, les fillettes resteraient à la maison avec elle, sous sa responsabilité.

— Tout ira bien, le rassura-t-elle, soutenant son regard. N'oubliez pas que j'ai gardé la maison de Jessica et de

Sawyer pendant leur voyage de noces. Bon, maintenant, s'il vous plaît, allez-y, avant de vous faire renvoyer.

Vêtu entièrement de noir, Aiden en imposait encore plus. Sa virilité naturelle l'attirait comme un aimant. Elle avait vite compris qu'il ne serait pas facile de vivre sous le même toit que lui. Non seulement il était terriblement séduisant, mais il était d'un naturel si décontracté qu'elle se sentait totalement en confiance, en sa compagnie.

— À vos ordres, patron ! répliqua-t-il avec un petit salut.

Elle le suivit jusqu'à la porte d'entrée qu'elle s'empressa de refermer pour se protéger de l'air froid. Le temps avait changé pendant la nuit et la température avait chuté de plusieurs degrés. Pour la première fois, ce soir, elle serait seule dans la maison, jusqu'au retour d'Aiden, vers minuit.

Elle gagna sa chambre. Elle avait huit heures devant elle pour faire ce qu'elle voudrait. Et, pour commencer, elle allait longuement se prélasser dans un bon bain.

Aiden ouvrit la porte latérale du Den et se trouva nez à nez avec son oncle.

— Comment marchent les affaires aujourd'hui ?

— Très lentement, répondit Jonah en retirant son bandana de son crâne rasé. Si ça ne s'anime pas, on fermera tôt.

Aiden lui tapota l'épaule. À soixante ans, son oncle avait plus d'énergie que la plupart des hommes de son âge.

Il retira ses vêtements de ville et passa un pantalon de cuisinier au motif pied-de-poule et une tunique noire. Puis troqua ses bottes pour des baskets.

— Et comment va ta professeure ?

Aiden s'assit sur le banc pour nouer ses lacets.

— Elle a fini d'installer la salle de classe. Il faudra que tu viennes voir, un de ces jours.

— C'est une beauté.

— Oh ! Tu as remarqué !

— Évidemment, j'ai remarqué. Toi aussi, j'en suis sûr.

Il croisa le regard de son oncle. Sa femme et lui étaient mariés depuis près de quarante ans et, n'ayant jamais eu d'enfants, considéraient leurs nièce et neveux comme leurs enfants.

— Bien sûr, répondit-il.

— Elle a quelqu'un dans sa vie ?

— Pourquoi cet interrogatoire ?

Jonah retira ses chaussures et se pencha pour se masser les pieds.

— Inutile de monter sur tes grands chevaux, Aiden. C'est juste une question. Soit Taryn a un petit ami, soit elle n'en a pas.

— Elle n'a personne.

— Des clients se sont renseignés.

— Ils peuvent continuer à se renseigner, et tu peux leur répondre qu'elle n'est pas intéressée.

— Elle a des vues sur toi ?

— Non. D'après ce qu'elle m'a dit, elle n'est pas prête à s'impliquer avec quiconque pour le moment.

— Et toi, Aiden ?

— Quoi moi ?

— Tu ne crois pas qu'il serait temps que tu retrouves quelqu'un ? Après tout, cela fait presque deux ans que tu as quitté Denise.

Aiden se couvrit les cheveux de sa casquette de base-ball.

— Je n'ai pas quitté Denise. C'est elle qui ne voulait ni mari ni enfants. Je lui ai rendu sa liberté en demandant le divorce et en gardant Allie et Livia. Peux-tu me dire quand je trouverai le temps pour une nouvelle histoire, avec mon emploi du temps au restaurant et les filles quand elles ne seront pas en classe ?

— Je peux changer ton emploi du temps pour que tu aies tes week-ends, suggéra Jonah en se levant.

— Nous en reparlerons plus tard. Il faut que j'aille en cuisine aider Tommy, dit-il en prenant un tablier. Dis à tante Becky que je vais lui amener les filles quand elles seront rentrées.

— Ça lui fera plaisir. Pour le moment, elle est aux anges d'avoir Tommy à la maison. J'ai beau lui dire qu'il est grand et qu'il n'a pas besoin d'une autre mère, elle ne veut pas m'écouter.

— Tu devrais la connaître, depuis le temps ! Allez, rentre chez toi, embrasser ta femme, maintenant. Je t'aime, mon oncle.

— Moi aussi, répondit Jonah avec un sourire.

Dans la cuisine, Aiden trouva Tommy en train de nettoyer la plaque de cuisson.

— Il paraît qu'il n'y a pas grand monde, dit-il.

— Pas terrible, en effet, répondit son jeune cousin en levant la tête. Nous n'avons pas dû avoir plus de trois clients, depuis le déjeuner. Espérons que nous aurons du monde pour le dîner.

— Avec Jonah, nous envisageons de fermer entre le déjeuner et le dîner.

— C'est une bonne idée.

Aiden regarda son cousin. Grand et mince, Tommy avait hérité le teint caramel de son père. Et tenait de sa mère ses traits fins et ses cheveux bruns et raides. Il avait remarqué que depuis son arrivée au Den, le nombre de jeunes clientes avait augmenté. Manifestement, son flegme et son sourire timide plaisaient.

Sharleen qui entrait accrocha sa commande au tableau.

— Nous avons des retardataires, annonça-t-elle.

Aiden jeta un coup d'œil à la feuille de papier et lut :

— Deux poulets frits, purée et chou aigre-doux.

Elle applaudit.

— Bravo ! Tu es le seul qui peut lire mes pattes de mouche. La plupart du temps, je dois traduire pour Jonah et Tommy.

— Maintenant que la traduction est faite, je peux m'occuper de la commande, intervint Tommy.

À 17 h 30, la cloche de la porte d'entrée tinta et Aiden sortit dans la salle du restaurant pour accueillir les clients. Sharleen était rentrée chez elle, et sa fille ne devait pas arriver avant 18 heures.

Puis, peu à peu, les lieux se remplirent d'un flot continu de clients et, absorbé par sa tâche, il perdit la notion du temps.

Beaucoup plus tard, il jeta un coup d'œil à la pendule murale et étouffa un grognement. Il avait espéré rentrer avant minuit mais ce soir, ce ne serait pas le cas. Il fallait encore qu'il vide la machine, passe la serpillière dans la cuisine et sorte les poubelles.

Il se demandait parfois si sa vie aurait été différente s'il avait accepté la bourse sport-études pour rejoindre l'équipe de natation d'une université de Floride. Ses parents lui avaient apporté tout leur soutien car ils voulaient qu'il soit le premier de la famille à décrocher un diplôme universitaire. Mais la tentation de se voir recruter dans la marine, d'avoir l'occasion de parcourir le monde l'avait emporté.

À la grande déception des siens, il avait donc renoncé à la bourse. Heureusement, il s'était racheté à leurs yeux en devenant un SEAL, une élite de cent vingt-cinq espions et commandos marine qui menaient des opérations secrètes pour le gouvernement.

Sa section avait été impliquée dans diverses missions, comme sauver un analyste de la CIA retenu en otage par un groupe terroriste en Somalie, ou encore exfiltrer un agent du FBI infiltré qui s'était fait griller. Et bien d'autres au cours desquelles plusieurs de ses coéquipiers avaient été blessés, ce qui avait mis un terme à leur carrière. Il avait eu de la chance. En quatorze ans de service comme éclaireur amphibie chez les SEAL, il n'avait eu que le nez cassé.

Au fil des années, il était monté en grade pour devenir maître-sergent de marine. Quand il rentrait à Wickham Falls, c'était pour défiler le jour du Memorial Day et parler aux lycéens des avantages à s'engager pour poursuivre leurs études. Seuls ses parents, son frère et sa sœur savaient qu'il était commando marine. Il ne l'avait dit à Denise que lorsqu'ils avaient décidé de se marier. Mais, pour protéger les siens, il ne pouvait jamais rien dévoiler sur ses missions.

Après avoir été démobilisé, il avait effectué des missions à risques pour l'entreprise de services de sécurité et de défense qui l'employait. Son salaire mensuel représentait ce qu'il gagnait en un an dans la marine. Comme quand il était dans les forces spéciales, il ne pouvait rien dire à Denise de ses activités. Pour finir, elle en avait eu assez et était partie au Texas en laissant Livia et Allison chez Esther, avec son adresse. Il avait mis un certain temps à assimiler que sa femme avait abandonné sa famille. Quand il avait fini par la contacter, c'était pour lui envoyer les papiers du divorce. À sa grande surprise, elle les avait signés et avait renoncé à ses droits parentaux.

La rupture avait coïncidé avec le décès prématuré de son oncle. Il avait donc décidé de ne pas renouveler son contrat avec la société privée pour rejoindre l'affaire familiale. Heureusement, sa mère était là pour garder ses petites-filles et lui permettre de s'adapter à sa condition de père célibataire. Sa famille l'avait soutenu. En gage de reconnaissance, il ferait n'importe quoi pour eux.

Une fois la cuisine nettoyée, il se changea, mit sa tenue de cuistot dans la corbeille à linge sale. Puis après avoir actionné l'alarme et fermé le restaurant, il prit le chemin du retour.

Il devait absolument appeler une société de sécurité pour faire installer un système de surveillance chez lui. Ce n'étaient pas vraiment les cambriolages qui le préoccupaient. Mais maintenant que Taryn habitait chez lui et une fois ses filles rentrées, trois personnes vulnérables pourraient devenir des cibles en cas d'intrusion quand il travaillait tard le soir.

Quand il se gara dans son allée, il remarqua avec soulagement que Taryn avait laissé le porche et l'intérieur de la maison éclairés. N'importe quel passant en conclurait que les occupants n'étaient pas couchés. Cette femme était pleine de bon sens.

Il ouvrit la porte, entra et se dirigea vers la suite qu'elle occupait. Aucune lumière ne filtrait sous la porte fermée. Visiblement, elle dormait.

Il gagna alors la cuisine où il sortit un annuaire d'un tiroir, qu'il feuilleta pour trouver les coordonnées d'une société de sécurité. C'est alors que son attention fut attirée par une feuille aimantée à la porte du réfrigérateur. Il la prit et lut le mot.

Je ne vous verrai pas demain matin. Je vais faire des courses à Charleston puis je dîne avec Jessica et Sawyer. J'espère que la soirée a été bonne et que la journée de demain sera encore meilleure. Taryn.

En voyant le smiley qui accompagnait sa signature, il sourit. Savoir qu'elle était là lui procurait un étrange sentiment de bien-être. Il trouvait si agréable de pouvoir lui parler en toute liberté, contrairement à Denise.

Il secoua la tête, comme pour chasser le souvenir de son mariage mouvementé. Il avait tout essayé pour rendre sa femme heureuse et avait fini par comprendre qu'elle devait trouver son bonheur seule.

Il monta alors dans ses appartements mansardés, se déshabilla et alla se doucher. La perspective de revoir ses filles le réjouissait. Et il avait hâte de les présenter à celle qui serait responsable de l'ouverture de leurs jeunes esprits sur le monde.

Ses dernières pensées avant de s'endormir furent pour la jolie femme qui, il l'espérait, ferait partie de sa famille pour l'année à venir.

Taryn descendit de voiture et salua Jessica de la main.

— Bonne année !

Jessica la serra dans ses bras. Avec son visage rond encadré par un joli carré, ses grands yeux noirs, son petit nez et sa bouche pulpeuse, son amie était aussi jolie qu'une poupée.

— Bonne année à toi. Et bienvenue à Wickham Falls !

— Merci, répondit-elle en se dégageant. Jamais je n'aurais pensé le dire, mais je suis contente d'être venue m'installer ici.

— Tu comprends de quoi je parlais, maintenant, dit Jessica en la prenant par le bras. Au début, déménager de Washington a été un choc, pour moi. Mais maintenant, je sais que c'est la meilleure décision que j'ai jamais prise. Et j'adore ma maison ! J'ai dit à Sawyer que je voulais y passer toute ma vie, et y voir nos enfants grandir.

— Je suppose que ce n'est pas vraiment un choc, pour moi. Comme j'étais déjà venue, je savais à quoi m'attendre. Mais où est Bootsy ?

— Sawyer avait rendez-vous au siège de sa société d'informatique à New York. Il l'a emmené pour le week-end. Viens, rentrons ! ajouta son amie en l'entraînant à l'intérieur.

— Tu ne l'as pas accompagné ?

— Non, il a reçu un message ce matin pour une réunion urgente du conseil d'administration.

Taryn se jucha sur l'un des tabourets de l'îlot au-dessus duquel pendait une batterie de cuisine en cuivre pendant que Jessica coupait des champignons, des échalotes et une carotte pour lui préparer l'un de ses plats préférés : un poulet en croûte.

— Alors, raconte. Comment t'entends-tu avec Aiden ?

— Plutôt pas mal.

Son amie haussa les sourcils d'un air curieux.

— Je connaissais tes réticences à la perspective de vivre de nouveau avec un homme après la façon dont ce crétin t'a traitée. Mais je suis contente que tu aies changé d'avis.

— Je partage la maison avec Aiden et ses filles. Ce n'est pas du tout comme de vivre avec lui.

— Tu as rencontré ses filles ?

— Pas encore. Elles sont toujours en Floride.

— Et quand rentrent-elles ?

— Dimanche. Je vais leur laisser deux jours pour retrouver leur père avant de commencer l'école.

— Cela fait combien de temps que tu n'as pas enseigné en maternelle ?

— Au moins six ans. En vérité, je préfère le CE2.

— Moi aussi. Au début, j'étais contrariée de savoir que j'allais enseigner en CM2 mais j'ai appris à apprécier les grands.

— Qu'est-ce que ça fait d'aller travailler et de rentrer à la maison avec ton mari ?

Jessica alla prendre le poulet, les petits pois et le lait dans le réfrigérateur avant de répondre :

— Nous ne partons pas à la même heure. Il commence à 7 heures pour être sûr que les ordinateurs fonctionnent avant son cours d'informatique de 8 heures. Et, en général, il rentre avant moi parce que les lycéens finissent à 14 heures. Ce qui est sympa, c'est qu'il commence toujours à préparer le dîner.

— C'est vrai que ton homme cuisine, j'avais oublié.

— Sawyer est un néophyte comparé à Aiden. La dernière fois que nous avons dîné au Wolf Den, il nous a fait des jarrets d'agneau braisés inoubliables. Je sais que tu vas te plaire chez un tel cuisinier.

Jessica avait raison. Non seulement Aiden était un cuisinier hors pair mais il était d'un naturel si détendu qu'il lui avait fait oublier toutes ses appréhensions sur le fait de partager la maison avec lui.

— À propos d'Aiden, t'es-tu engagée à assurer la scolarité de ses filles pour les deux années à venir ?

— Non. Je lui ai dit que je voulais m'engager pour un an. Et que, si tout se passait bien, je signerais pour une année supplémentaire. Sa fille aînée vient d'avoir cinq ans. Elle ne pourra pas entrer au CP avant août de l'année prochaine.

Jessica la regarda longuement.

— S'il ne veut pas les envoyer à l'école publique, il va devoir choisir entre leur faire la classe à la maison lui-même ou les envoyer dans le privé, fit-elle remarquer.

— Tu as raison. Ou encore, épouser une femme disposée à leur faire l'école à la maison jusqu'à la sixième.

— Vu la réputation de son ex-femme, je ne pense pas qu'il soit pressé de se remarier.

— Tu la connaissais ?

— Pas personnellement mais la rumeur courait qu'elle trompait son mari. À cette époque, je n'avais pas encore rencontré Sawyer. Donc, pour moi, ce n'était que des potins. C'est une chose à laquelle tu vas devoir t'habituer en habitant une petite ville.

— Quoi ?

— Les commérages. Ces gens vont raconter que tu couches avec Aiden.

— Nous ne couchons pas ensemble et je n'ai pas la moindre intention de partager un lit avec lui. Il faudra que les commères le comprennent rapidement.

Jessica éclata de rire.

— Tu sais, Sawyer et moi étions le centre des rumeurs jusqu'à notre mariage !

— Et tout s'est bien terminé puisque vous vous êtes mariés. La différence, c'est que je ne vais pas me marier avec Aiden.

- 6 -

Aiden qui attendait à la zone « Arrivée » regarda ses filles approcher, accompagnées par un steward. Il sourit en voyant les étiquettes d'identification autour de leur cou. C'était la première fois que Allison et Livia prenaient l'avion, une expérience d'autant plus mémorable pour elles qu'elles avaient voyagé seules.

Livia lui fit un signe de la main et il lui rendit son salut. Cela faisait huit semaines qu'il ne les avait pas vues. Elles avaient changé. Allison avait un peu grandi, le soleil avait encore blondi les cheveux de Livia et toutes deux étaient bronzées. Elles avaient gardé leurs tenues de Floride : T-shirt, short, sweat à capuches et sandales. Mais elles n'avaient jamais de bagages car Rudy, leur grand-mère, gardait une garde-robe complète pour elles.

— C'est mon papa, annonça Allison au steward.

Après avoir présenté son permis de conduire à ce dernier et signé le document déchargeant la ligne aérienne de toute responsabilité vis-à-vis de ses enfants, Aiden envoya un texto à sa mère pour lui confirmer l'arrivée à bon port.

Puis il se pencha, souleva ses deux filles et déposa des baisers sonores sur leurs joues.

— Bienvenue à la maison, mes princesses !

Livia s'agrippa à son cou.

— Nous avons vu beaucoup de princesses en Floride, papa.

À son tour, Allison noua ses bras autour de son cou. Sa fille aux cheveux bruns et aux yeux noirs lui rappelait constamment la femme dont il était tombé amoureux, qu'il avait épousée et dont il avait fini par divorcer. Heureusement, si Allison avait hérité du physique de sa mère, elle n'en avait pas la personnalité. Contrairement à Livia qui était un électron libre, Allie était bien trop sérieuse pour son jeune âge.

— Quand allons-nous rencontrer notre maîtresse, papa ? s'enquit-elle.

— Dès que je vous aurai ramenées à la maison.

— Allons-y ! s'écria Livia.

Il les entraîna vers le parking d'un pas vif. Ayant été de service le soir, il n'avait pas beaucoup vu Taryn. Elle était couchée quand il rentrait et sortie quand il se réveillait. Hormis la fois où elle avait laissé un petit mot lui disant qu'elle allait à Charleston et qu'elle devait dîner avec Sawyer et Jessica, ils étaient comme des bateaux se croisant dans la brume.

— Plus vite, papa ! s'exclama Livia de la banquette arrière. Je veux voir ma maîtresse.

— Oui, papa, renchérit Allison. On veut la rencontrer.

Il jeta un coup d'œil dans le rétroviseur.

— Si je vais plus vite, la police m'arrêtera et nous aurons une amende. Vous avez de l'argent pour la payer, les filles ?

Livia haussa les épaules et Allison lui montra ses paumes ouvertes.

— Non ! répondirent-elles en chœur.

— Si vous n'avez pas d'argent, vous ne pouvez pas me demander d'aller plus vite, alors.

— Oui, mais toi, tu as de l'argent, rétorqua Allison.

— Je travaille dur et je gagne de l'argent pour m'occuper de vous deux, mes anges. Vous habiller, vous nourrir, vous envoyer chez mamie en Floride, payer pour éclairer et chauffer la maison. Voulez-vous habiter une maison sans chauffage et électricité, surtout l'hiver ?

— Non ! répondirent-elles de nouveau en chœur.

— Dans ce cas, je ne dépasserai pas la limitation de vitesse. Vous rencontrerez Mlle Taryn en temps voulu.

L'argent ayant toujours été un sujet de contentieux avec leur mère, il voulait apprendre à ses filles sa valeur.

Il avait ouvert un compte au nom de Denise et l'alimentait pour payer les factures, tenir la maison et pour ses dépenses personnelles. Mais quand il rentrait de mission, il trouvait régulièrement des rappels de factures non réglées. Quand il lui demandait des explications, elle invoquait l'excuse qu'elle avait oublié. Néanmoins, elle ne pouvait expliquer ce qu'elle avait fait de l'argent qu'elle avait retiré du compte.

Il avait donc ouvert un deuxième compte d'où il payait directement les factures. Ce qui avait provoqué la colère de Denise. Ce ne fut que lorsque l'un de ses bons à rien de frères s'était présenté chez eux en hurlant parce qu'elle lui avait promis de l'argent qu'il avait compris qu'elle entretenait sa famille.

Voyant que son beau-frère devenait menaçant, il avait appelé le shérif qui avait chassé l'intrus. Le soir même, Denise allait se réfugier chez ses parents, refusant tout dialogue. Pour la première fois, il s'était dit que son mariage avait peut-être été une erreur. Deux jours plus tard, elle était revenue, tout sourire, comme si de rien n'était. Pour lui annoncer qu'elle était enceinte de leur premier enfant.

Il lui arrivait de ne pas reconnaître la femme dont il était tombé amoureux et qu'il avait épousée. Au bout de quelques mois de mariage, elle était devenue maussade, agressive. À chaque fois qu'il lui demandait ce qui la perturbait, elle répondait invariablement « rien ». Ses humeurs sombres pouvaient durer des jours pour soudain s'évanouir comme par magie.

La voix d'Allison le tira de ses réflexions.

— Papa, on va vraiment faire l'école à la maison ?

— Oui.

— Allie et moi on aura un bureau ?

— Oui, Livia. Vous aurez chacune votre propre bureau.

Aiden sourit en entendant ses filles discuter avec animation de ce qu'elles voulaient faire à l'école.

— Papa ?

— Oui, Allie.

— On peut aller chez Ruthie ?

Il avait prévu de préparer un déjeuner traditionnel et les écouter raconter leur séjour en Floride.

— C'est vraiment ce que vous voulez ?

— Oui, papa, répondit Livia.

— D'accord pour Ruthie. Mais vous allez commencer par vous changer parce que vous n'êtes pas vêtues assez chaudement.

— Mais il faisait tellement chaud en Floride, dit Allison. On nageait tous les jours dans la piscine de mamie et papi.

— Pas possible ! Vous savez nager ! s'exclama Aiden.

— Papa ! C'est toi qui nous as appris !

— Je suis désolé, j'avais oublié, dit-il en se frappant le front de la main.

Il adorait taquiner ses filles. Il leur avait appris à nager avant leurs deux ans. Quand il était en permission, il les emmenait à la piscine d'un club sportif d'une ville voisine pour leur donner des cours. Toutes deux adoraient l'eau.

— Papa ?

— Oui, Livia.

— On pourrait avoir une piscine comme mamie et papi ? Comme ça, on pourrait nager dans le jardin au lieu d'aller dans cette piscine où il y a tellement de monde.

Aiden mit son clignotant pour tourner sur la Route 77 en direction de Beckley.

— Je vais y réfléchir, ma grande.

— Tu dis toujours ça ! lancèrent-elles à l'unisson.

— Êtes-vous obligées de toujours dire la même chose ? répliqua-t-il, souriant.

On aurait pu croire qu'elles étaient jumelles et pouvaient lire mutuellement leurs pensées.

— Papa, la piscine, geignit Livia.

Aiden soupira. Une fois que ses filles avaient une idée en tête, elles ne renonçaient pas jusqu'à ce qu'il leur ait dit en termes clairs s'il était d'accord ou pas. Faire construire une piscine serait une dépense supplémentaire qui grignoterait encore la somme économisée pour leurs études universitaires. Le fait qu'elles aillent à l'université était pour lui une priorité. Il avait renoncé à ce privilège quand il s'était engagé dans l'armée.

Au lycée, loin d'être juste sportif, il avait des notes brillantes. Il avait eu l'intention d'aller à l'université non à cause de ses parents mais parce qu'il voulait quitter Wickham Falls et voyager. Les plages, le surf, le paysage époustouflant de la Route 101. Toute la Californie l'appelait et toutes les universités qu'il briguait étaient sur la côte Ouest. Pour finir, il avait vu son rêve californien se réaliser grâce à sa formation pour devenir Navy SEAL, à la base de Coronado Island.

— Je vous ai dit que j'allais y réfléchir, donc n'en parlons plus.

Ses filles devaient avoir reconnu l'intonation catégorique de sa voix car elles se turent.

À une époque, il avait envisagé d'installer une piscine. Pour, finalement, accepter de rénover la maison qui allait accueillir leur famille qui s'agrandissait. En rentrant d'une mission au Niger, il avait eu la surprise d'apprendre qu'il allait de nouveau être père. Allison avait à peine deux mois, pourtant Denise était de nouveau enceinte, et ce, en dépit des précautions qu'ils avaient prises. Sachant qu'il aurait une nouvelle bouche à nourrir, il avait signé un nouveau contrat d'un an avec la société de sécurité. Où il était resté trois ans, jusqu'à la mort de son oncle.

Au début, il n'avait pas compris pourquoi Denise avait continué à se lamenter quand, cuisinier au Wolf Den, il rentrait tous les soirs à la maison. Pourtant, il n'était plus militaire. Il avait fini par comprendre que, même s'il avait passé chaque seconde de la journée avec elle, elle aurait quand même trouvé un prétexte pour se plaindre. Au bout d'un moment, il avait cessé d'essayer de la comprendre pour se concentrer sur ses filles.

La voix d'Allison le ramena de nouveau au présent.

— Mamie va avoir un nouveau chien.

— Quand l'a-t-elle décidé ?

— Elle nous l'a dit sur la route de l'aéroport.

— Elle a dit qu'il sera là la prochaine fois qu'on ira la voir, précisa Livia.

Il s'engagea dans la direction de la route locale menant à Wickham Falls.

— Les grands-mères racontent à leurs petits-enfants ce qu'ils veulent entendre, marmonna-t-il.

— Qu'est-ce que tu as dit, papa ? demanda Allison.

— Rien. Je me parlais à moi-même.

Il se souvint d'avoir dit à Taryn que ses filles allaient lui donner du fil à retordre. Et il ne lui avait pas menti. Allison et Livia étaient curieuses, bavardes, têtues et déterminées. Pourtant, son instinct lui soufflait que Taryn était à la hauteur du défi. Il n'allait pas tarder à le savoir. D'ici une dizaine de minutes, ils seraient arrivés.

En entendant un bruit de moteur, Taryn ouvrit la porte d'entrée et sortit. Aiden était parti après le petit déjeuner et elle avait refusé son invitation de l'accompagner. Elle voulait laisser la petite famille se retrouver.

Elle avait beau s'être bien adaptée à cette maison qui allait être la sienne pendant les onze prochains mois, elle avait hâte de voir ses élèves arriver. Ses repas en tête à tête avec Aiden commençaient à la mettre mal à l'aise. À chaque fois qu'elle levait les yeux, elle le trouvait en train de la dévisager. Et quand elle soutenait son regard, il ne se détournait pas. La seule fois où elle avait demandé pourquoi il la fixait ainsi, il lui avait répondu qu'elle lui rappelait quelqu'un qu'il avait déjà vu mais il ne se rappelait pas où. Elle ne l'avait pas cru. En tant qu'ancien commando marine d'élite, il avait subi des tests physiques et psychologiques et elle doutait fort qu'il puisse oublier quoi que ce soit.

Aiden, qui ouvrait la portière arrière, lui adressa un petit salut. Une fillette aux cheveux blonds ondulés descendit de voiture, suivie par une autre, le visage encadré par une profusion de boucles brunes. Ayant vu leurs photos sur la cheminée du salon, elle savait à quoi ressemblaient les deux sœurs. Elle avait remarqué qu'il n'y avait aucune photo de leur mère. Comme si Aiden avait voulu l'effacer de leur vie.

Les deux fillettes grimpèrent les marches du perron quatre à quatre et pilèrent net en la voyant. Figées sur place, elles la regardaient, leurs grands yeux écarquillés. Verts chez l'une, d'un noir velouté chez l'autre. Aiden les rejoignit et les prit chacune par une épaule.

— Allie, Livia, je vous présente Mlle Taryn. Elle va être votre nouvelle maîtresse.

Taryn lui jeta un regard reconnaissant. Elle était contente qu'il l'ait appelée « Mlle Taryn » et non « Mlle Robinson ». Elle avait remarqué que les enfants se rappelaient plus facilement le prénom d'un enseignant que son nom de famille.

— J'avais hâte de vous connaître, dit-elle d'une voix douce, dans l'espoir de les mettre en confiance.

Elle sourit à la petite brune au regard mélancolique et ajouta :

— Je sais que tu es Allison.

La fillette cligna des yeux, ses longs cils noirs frôlant ses joues hâlées.

— Comment le savez-vous ?

— Parce que j'ai vu ta photo dans la maison.

— Qui vous a dit mon nom ?

— Ton père.

Sa réponse sembla satisfaire Allison qui hocha la tête.

— Et bien sûr, tu es Livia, ajouta Taryn.

La blondinette qu'Aiden appelait l'électron libre lui demanda :

— Combien de temps vous allez être notre maîtresse ? Vous allez nous faire travailler beaucoup ? On pourra jouer ?

Aiden lui tapota la tête.

— Assez de questions, les filles. Rentrons et je vous expliquerai tout.

Les deux fillettes se précipitèrent à l'intérieur.

Remarquant soudain que Aiden était en pull et en jean, Taryn lui demanda :

— Vous arrive-t-il de porter un manteau ?

— Pourquoi ?

— Parce que je ne voudrais pas que vous tombiez malade.

— J'ignorais que cela pouvait vous inquiéter, répondit-il avec un clin d'œil. Et je ne suis quasiment jamais malade. La plupart du temps, je passe de la maison à la voiture et de la voiture au restaurant.

Elle le regarda du coin de l'œil.

— Comme vous voudrez, Superman !

Interrompus par des cris d'enthousiasme qui fusaient de l'intérieur, ils se regardèrent et échangèrent un sourire.

— Je parie qu'elles ont vu la salle de classe, dit Taryn.

— Allons vérifier.

Ils trouvèrent les deux fillettes en liesse, sautant sur place.

Taryn regretta de ne pas avoir son téléphone pour les prendre en photo.

Allison s'élança vers la table portant son prénom.

— Papa, c'est mon bureau ?

— Oui. Et c'est votre classe.

Livia, qui s'était assise derrière le sien, déclara :

— J'adore mon bureau.

— C'est notre classe pour de vrai, papa ? insista Allison.

— Pour de vrai. Vous pourrez tout regarder plus tard. Là, c'est le moment de vous changer si vous voulez toujours aller chez Ruthie.

Les fillettes se levèrent d'un bond et s'élancèrent vers l'escalier.

Restés seuls, Taryn et Aiden échangèrent un sourire entendu.

— Visiblement, elles approuvent, fit remarquer Taryn.

Il hocha la tête.

— J'aurais été surpris du contraire. Vous avez fait un travail remarquable.

— Merci.

— Les filles veulent aller chez Ruthie. Voulez-vous vous joindre à nous ?

— Vous m'invitez ?

— Bien entendu.

Il était son patron, ses filles étaient ses élèves. Elle n'avait nulle intention de franchir la limite entre le professionnel et le personnel.

L'accompagner au Wolf Den avait été nécessaire pour qu'il la présente à sa famille. Mais si elle était vue dans un restaurant local en compagnie de ses filles et lui, elle allait alimenter les ragots contre lesquels Jessica l'avait mise en garde.

— Vous permettez que nous remettions à une autre

fois ? Vos filles viennent de revenir, vous avez besoin de vous retrouver entre vous.

Il avait dû déceler son hésitation dans son regard car il demanda :

— Qu'est-ce qui vous dérange ?

— Qu'est-ce qui vous fait dire que quelque chose me dérange ?

— Vous vous mordillez la lèvre. J'ai remarqué que vous faisiez cela à chaque fois que vous devez réfléchir à une réponse.

Elle réprima un sourire.

— Ainsi, vous pensez me connaître si bien ?

— Plutôt, oui. Vous êtes ici depuis moins d'une semaine et, même si nous n'avons pas passé beaucoup de temps ensemble, je vous ai observée. Quelquefois, votre visage est un livre ouvert.

— Suis-je si transparente ? s'étonna-t-elle.

— Parfois. Vous pensez que les gens vont parler quand ils vous verront avec mes filles. Je vous en prie, laissez-moi finir, ajouta-t-il, voyant qu'elle s'apprêtait à l'interrompre. Si c'est ce que vous pensez, vous avez raison. Depuis mon divorce, personne ne m'a jamais vu avec une autre femme. Avec ou sans mes enfants.

Elle le regarda avec attention.

— Êtes-vous en train de me dire que ce qu'ils pourront dire sur vous vous êtes égal ? s'enquit-elle.

— Oui. J'ai dépassé ce stade depuis longtemps. Je n'ai aucune influence sur ce que pensent les gens. Et quoi que je fasse ou dise, cela ne les fera pas changer d'avis. Vous allez passer les onze prochains mois ici et cela veut dire qu'il est temps qu'ils s'habituent à vous voir avec Allie, Livia et moi. Dès que les filles seront prêtes, nous nous mettrons en route. Dépêchez-vous d'aller vous préparer.

Elle le regarda en ouvrant de grands yeux. Il venait de lui donner un ordre ! Après lui avoir demandé de les accompagner, il le lui *ordonnait*. Elle voulut refuser. Mais elle savait qu'il n'était pas dans son intérêt de se montrer rebelle.

— Dois-je saluer, mon colonel ?

Il la dévisagea comme si elle lui parlait dans une langue qu'il ne comprenait pas.

— Vous êtes une sacrée personnalité, Taryn.

De son air le plus candide, elle répondit :

— Je ne vois pas ce que vous voulez dire.

Il secoua la tête.

— Laissez tomber. Si vous voulez bien être prête quand Allie et Livia descendront.

Satisfaite de voir qu'elle avait réussi à le déstabiliser sans défier son autorité, elle se rendit dans sa chambre pour se préparer.

Elle décida de rester en jean et pull. Chez Ruthie était un restaurant familial. Après avoir choisi une veste en laine, elle revint sur ses pas. Elle venait d'entrer dans la cuisine quand elle tomba sur Livia qui pleurait en tapant du pied. La fillette avait passé un débardeur rose, des collants noirs et un tutu à sequins roses.

Allison, qui tenait la main de son père, montrait sa sœur du doigt.

— Papa, dis-lui d'enlever ça. On va pas jouer aux fées maintenant !

Aiden ferma les yeux et prit une profonde inspiration.

— Livia, nous ne pouvons pas partir si tu ne te changes pas.

— Mais je veux m'habiller comme ça !

Visiblement, ils étaient dans une impasse. Taryn posa sa veste sur l'une des chaises de bar. Le moment était venu de mettre ses compétences de médiatrice en pratique. S'approchant de Livia, elle la prit par la main.

— Est-ce que tu aimerais jouer aux fées avec moi après le déjeuner ?

Les larmes avaient transformé les yeux verts de la fillette en deux émeraudes scintillantes. Le menton tremblotant, elle leva les yeux vers elle.

— Vous voulez jouer avec moi ?

— Oui Livia. Je te le promets. Mais pour le moment, montons nous changer. Quand nous reviendrons à la maison, je te promets que tu remettras ton costume de fée et que je te lirai une histoire de fées. Et je tiens toujours mes promesses.

— D'accord.

— Nous revenons, dit-elle à l'intention d'Aiden et d'Allison.

Elles montèrent dans la chambre de Livia, où devant les tiroirs ouverts et les vêtements dispersés sur le sol, Taryn eut un choc. La pièce semblait avoir été dévastée par un ouragan ! Elle ignorait si les filles d'Aiden avaient appris à ranger leurs affaires, mais une chose était sûre : si elles continuaient ainsi, elles deviendraient sûrement des adolescentes très désordonnées.

Un quart d'heure plus tard, elles redescendirent, Livia vêtue d'un jean et d'un T-shirt à manches longues arborant un personnage de Disney. La fillette s'était habillée sans son aide. Elle lui avait brossé les cheveux, les avait nattés, puis l'avait coiffée d'une casquette. Livia n'avait accepté de porter un manteau que lorsqu'elle l'avait menacée de ne pas jouer aux fées avec elle.

Elle comprenait maintenant pourquoi Aiden lui avait dit que ses filles représentaient un défi. Et apparemment, Livia serait plus difficile que son aînée.

— Je suis prête maintenant, papa, dit Livia en sautillant vers son père.

Taryn surprit le regard reconnaissant d'Aiden. Il prit sa veste en lainage sur la chaise, l'aida à la passer et lui chuchota :

— Merci.

— Vous n'avez pas besoin de me remercier. Je suis habituée aux sautes d'humeur, aux caprices et aux colères des enfants.

— Je vous remercie quand même.

— On y va, papa ? s'écrièrent les deux sœurs.

Une fois la maison fermée et tout le monde dans la voiture, Aiden démarra.

Bercée par le ronronnement du moteur, les yeux fermés, la tête contre l'appuie-tête, Taryn écoutait le babillage des deux sœurs qui discutaient avec leur père.

— Mademoiselle Taryn, vous aimez aller chez Ruthie ? lui demanda soudain Allison.

— Beaucoup.

Jessica l'y avait emmenée lors de son premier séjour à Wickham Falls.

— Qu'est-ce que vous aimez manger ?

Elle se redressa légèrement et sourit à la fillette.

— Tout.

— Vous ne pouvez pas tout manger, intervint Livia. Il y a trop de plats.

Souriant, Aiden lui tapota le genou.

— Vous devez filtrer tout ce que vous dites avec Mlle Je-Sais-Tout, chuchota-t-il. Nous y sommes !

Il entra dans le parking du restaurant, se gara et reprit :

— J'ai l'impression que nous avons bien choisi notre heure. Le parking n'est pas plein.

- 7 -

Assis à la table de restaurant, en compagnie de ses filles et de Taryn, Aiden guettait la réaction de cette dernière. Elle aurait pu gagner un prix de comédie pour le naturel avec lequel elle ignorait les regards curieux des autres clients. L'air passionné, elle écoutait Allie et Livia lui raconter leurs vacances à Orlando.

Allie, surexcitée, lui parla de l'alligator qu'elle avait vu se prélasser au soleil sur un rocher dans un parc. Livia avait été fascinée par les flamants roses et les aigrettes survolant un lac.

— Il y avait tellement d'oiseaux qu'ils cachaient le ciel, mademoiselle Taryn.

Son visage reflétant sa surprise, Taryn s'exclama :

— Waouh ! Ça devait être un sacré spectacle !

— Le ciel était presque tout rose ! clama Livia en plongeant une frite dans le ketchup avant de la croquer.

— Vous aimez votre poulet, Taryn ? demanda Aiden.

— C'est délicieux, répondit-elle souriante. Et vous, vos croquettes au saumon ?

— Succulent ! Ça fait longtemps que je n'ai pas fait de croquettes au saumon.

Il avait envie de lui dire que cela faisait longtemps qu'il n'avait pas fait grand-chose qu'il aimait. Néanmoins, maintenant qu'elle était ici, cela allait changer.

Avant, à chacune de ses permissions, le dimanche était réservé à sa famille. Il commençait par préparer des petits déjeuners gargantuesques. Puis, quand tout le monde était repu, ils se remettaient au lit tous ensemble pour regarder des dessins animés et, invariablement, se rendormaient.

Les dimanches d'été étaient consacrés à la découverte de la région et aux fêtes du comté. Ceux d'automne à ramasser les citrouilles et les pommes. L'hiver, ils jouaient aux pionniers, montaient une tente dans la salle de séjour et préparaient leurs repas dans la cheminée. Ces dimanches exceptionnels ne pouvaient compenser ses longues absences, mais c'était une façon de créer des souvenirs pour ses filles.

— Papa, on peut avoir une glace en dessert ?

Aiden cligna des yeux, comme s'il se réveillait d'une transe. Et regarda Allison. À mesure qu'elle grandissait, elle ressemblait de plus en plus à sa mère. Il avait trouvé les cheveux bruns et les yeux noirs de Denise irrésistibles.

— Oui, bien sûr.

— On peut aller la chercher toutes seules ? demanda Livia.

— Grand-mère nous permet d'aller chercher notre glace toutes seules, décréta Allison.

Taryn se tapota le coin de la bouche avec sa serviette.

— Allons-y ensemble, dit-elle. J'ai très envie d'une glace, moi aussi.

Il lui lança un regard reconnaissant. Il aurait pu l'embrasser pour cette suggestion. Le bar à glaces se trouvait de l'autre côté du restaurant. Sans être paranoïaque, il préférait ne pas perdre ses filles de vue quand ils étaient dans un lieu public. Il y avait trop d'histoires d'enfants qui disparaissaient dans des supermarchés ou grands magasins.

Il acquiesça d'un hochement de tête.

Une fois revenue à la maison, Taryn s'en voulut d'avoir succombé à une glace nappée de sirop de fraises, de noix, de crème fouettée, et couronnée d'une cerise… Même s'il était à peine midi passé, elle était prête pour une sieste ! Visiblement, elle n'était pas la seule.

— J'ai sommeil, papa, murmura Livia en bâillant.

Aiden lui retira son manteau puis fit de même pour Allison.

— C'est parce que vous vous êtes levées tôt pour prendre l'avion. Montez vous déshabiller, vous débarbouiller et lavez-vous les mains avant de vous coucher.

À son tour, Taryn enleva sa veste, la tendit à Aiden et prit la main de Livia.

— Je vais vous accompagner, proposa-t-elle.

— Vous allez faire la sieste avec nous ? lui demanda la fillette.

— Non, mon cœur. Je vais rester avec vous jusqu'à ce que vous vous endormiez. Ensuite, j'irai me reposer dans ma chambre.

Visiblement satisfaite de son explication, Livia se dégagea et se précipita au premier étage, sur les pas de sa sœur.

Taryn la rejoignit et, sur le seuil de la salle de bains qui séparait les deux chambres, regarda les fillettes se débarbouiller à leur double lavabo. Retenant à grand-peine une remarque, elle les vit se débarrasser de leurs vêtements qu'elles laissèrent sur le sol. L'une de ses premières leçons consisterait à leur apprendre à ranger leurs affaires.

Une fois les fillettes assoupies, elle redescendit et trouva Aiden dans la cuisine s'affairant à préparer un poulet rôti. La pièce embaumait le romarin. Sur le plan de travail, un transistor diffusait du jazz.

— Elles dorment, annonça-t-elle en s'asseyant sur un tabouret.

— C'est une première, répondit-il en souriant. Je serais incapable de dire quand pour la dernière fois elles ont fait la sieste l'après-midi.

Taryn lui répondit d'un sourire et réfléchit à la façon dont elle devait aborder le sujet du désordre de ses filles. Elle ne voulait pas le contrarier.

— J'ai remarqué que Livia et Allison ne ramassaient jamais leurs vêtements.

— C'est une habitude qu'elles ont prise avec mes nièces, leurs cousines. Quand je le fais remarquer à ma sœur, elle m'affirme que ça leur passera.

— Et vous le croyez vraiment, Aiden ?

— Non. Mais je ne sais pas quoi faire.

— Vous permettez que j'essaie ?

Aiden se lava les mains. Puis, après avoir couvert le poulet d'un film alimentaire, il le posa sur un plat et le mit au réfrigérateur.

— Vous avez ma permission de faire tout ce que vous pouvez pour améliorer leur quotidien, Taryn. Je ne peux pas discuter avec ma sœur de la manière dont elle élève ses enfants. J'ai besoin d'elle pour garder les filles quand je suis de service du soir. Et la théorie de ma mère est que le privilège d'une grand-mère est de gâter ses petits-enfants. Donc, rien à attendre de ce côté-là.

— Je croirais entendre ma mère avec ma belle-sœur.

— Combien de petits-enfants a votre mère ?

— Trois. Deux garçons et une fille.

— Vous met-elle la pression pour que vous en ayez aussi ?

— De temps en temps, j'ai droit à une allusion.

— Et cela vous agace ?

— Non. Et vous Aiden, pensez-vous vous remarier un jour ?

Il laissa échapper un petit rire.

— Peut-être un jour, quand les filles seront plus grandes.

— Quand elles seront prêtes à vous faire grand-père ?

— Très drôle, répliqua-t-il, feignant une grimace.

— Je n'essaie pas d'être drôle. Vous devez bien avoir une idée de quand vous aimeriez vous remarier.

Il contourna l'îlot et vint s'asseoir à côté d'elle.

— Je me marierai quand vous vous marierez, dit-il.

Elle cligna des yeux. Il était si proche d'elle qu'elle sentait son souffle chaud frôler sa joue. Un frisson d'excitation naquit au creux de son ventre. L'ignorant, elle répondit :

— Cela ne risque pas d'arriver avant longtemps.

— C'est pareil pour moi.

— Vous m'enverrez une invitation à votre mariage ?

— Bien sûr, répondit-il en tirant sur sa queue-de-cheval.

— En parlant de vos filles, avez-vous pensé à les emmener au bal annuel pères-filles ? Cette année, il a pour thème, la forêt enchantée avec des fées, des elfes, des lutins et des gnomes. Et vous connaissez la passion de Livia pour les fées.

— Qui vous a parlé du bal pères-filles ?

— Jessica. Elle s'est portée volontaire comme organisatrice, cette année. Ils ont prévu des prix pour les plus beaux costumes. Si vous décidez d'emmener Livia et Allison, je suis prête à faire leur costume.

— Je ne l'avais pas envisagé, répondit-il en secouant la tête.

— Pourquoi pas ? Ne pensez-vous pas qu'elles s'y amuseraient ? Il y aura aussi des jeux.

— Je suis sûr que ce sera amusant mais je ne sais pas danser.

Elle lui jeta un regard étonné.

— Vous êtes en train de me dire que vous n'avez *jamais* dansé ?

— Eh oui !

— Voulez-vous apprendre ?

— Pourquoi ? Vous allez être mon professeur ? demanda-t-il, désinvolte.

— Exactement. Vous avez deux mois pour vous préparer.

— Certainement pas.

Elle descendit de sa chaise.

— Et pourquoi ? Si vous avez survécu aux entraînements d'un SEAL, vous pouvez apprendre à danser.

Aiden la regarda se diriger vers la radio et changer de station pour des airs langoureux. En voyant chalouper ses hanches que moulait son jean, il sentit son corps se durcir d'un désir violent. Et dut encore une fois se rabrouer. Taryn n'était pas pour lui. Il était son employeur et il devait faire très attention à ne pas franchir certaines lignes.

L'année dernière, sachant que ses cousines allaient au bal, Allison lui avait demandé s'ils iraient aussi. Il avait dû trouver une excuse. Il ne se faisait pas assez confiance pour se trouver en présence d'enfants qui refusaient de jouer avec ses filles en raison des ragots de leurs parents. Il s'en serait pris aux pères, et cela aurait tourné au vinaigre.

Or, il savait que le sujet allait revenir sur le tapis quand elles entendraient leurs cousines parler du bal. S'il savait qu'il ne pouvait pas les protéger de tout, il y avait des situations qu'il pouvait contrôler. Les escorter au bal en faisait partie mais ne changeait pas le fait qu'il ne savait pas danser.

— Combien d'heures d'entraînement faut-il prévoir ? s'enquit-il.

Taryn se retourna, le visage fendu d'un large sourire.

— Probablement une trentaine de minutes à raison de deux fois par semaine. Je pense qu'il est préférable de s'entraîner quand les filles sont absentes. Autant qu'elles ne sachent pas que leur père a besoin de leçons. Commençons tout de suite. Nous allons y aller doucement, jusqu'à ce que vous vous sentiez assez à l'aise, conclut-elle en lui tendant la main.

Il prit sa main, passa un bras autour de sa taille et esquissa un sourire en coin. Sa proposition n'était pas une mauvaise idée du tout. Maintenant, il avait un prétexte pour la serrer contre lui.

— J'espère que vous n'espérez pas me transformer en John Travolta ou Patrick Swayze.

Levant la tête, elle le regarda en souriant.

— Non, je pensais plutôt à Bruno Mars.

— Hors de question ! s'exclama-t-il. Je refuse d'apprendre à danser comme Bruno Mars. Il a ça dans le sang.

— Et vous êtes un athlète, Aiden. Ne m'avez-vous pas dit que vous aviez participé à des compétitions de natation ?

— Oui, mais…

— Pas de mais ! Regardez le nombre d'athlètes qui participent à *Danse avec les Stars*.

— Je ne regarde jamais cette émission.

— Eh bien, vous avez tort ! Certaines célébrités ont deux pieds gauches avant d'apprendre la danse de salon pour l'émission. Je ne suis pas danseuse professionnelle mais je peux vous enseigner les bases.

Le regard d'Aiden s'attarda sur son visage. Comment pouvait-elle s'attendre à ce qu'il se concentre sur sa leçon alors que son corps lui rappelait qu'il n'avait pas tenu de femme dans ses bras depuis une éternité ?

— Allez-vous noter mes progrès ? demanda-t-il, moqueur, dans l'espoir de faire dévier le cours de ses pensées.

Elle le regarda à travers l'écran de ses cils baissés.

— C'est ce que vous voulez ?

— Oui.

— Bien. Fermez les yeux et concentrez-vous sur la musique.

Il obtempéra. Et se figea totalement en sentant les seins de Taryn frôler son torse. Il avait senti comme une décharge électrique d'une sensualité indescriptible le traverser.

— Il va falloir vous détendre, Aiden.

— J'essaie, marmonna-t-il, les dents serrées.

Comment espérait-elle qu'il se détende quand leurs deux corps étaient si proches ? Il se força à détourner ses pensées de la douce pression de ses seins fermes, de son parfum léger qui lui chatouillait les narines.

— C'est mieux, murmura-t-elle. Et maintenant, pliez un peu les genoux et balancez vos hanches en cadence avec la musique.

Tout son corps était en feu. Mais heureusement, pas au point de réagir comme la fois où il l'avait surprise dans sa chambre vêtue de ce body si suggestif…

Sa voix le ramena sur terre.

— Je ne comprends pas pourquoi vous ne dansez pas. Vous avez vraiment le sens du rythme.

— Quand j'étais adolescent, je passais ma vie entre les livres et la piscine.

— Et les matchs de football américain ?

Il rouvrit les yeux.

— J'allais au stade de temps en temps. Mais n'oubliez pas que j'étais dans l'équipe de natation. Nous avions des compétitions dans toute la Virginie.

— Avez-vous jamais envisagé de rejoindre une équipe de haut niveau ?

— Non. J'étais bon, mais pas assez pour une équipe nationale.

— Pourquoi êtes-vous si modeste ?

— Ce n'est pas de la modestie, Taryn. Même si je suis un excellent nageur, je n'ai jamais eu le niveau olympique.

— Vos filles nagent-elles ?

— Oui, je leur ai appris quand elles ont commencé à marcher. Et vous ?

— J'ai appris un peu plus tard. Vers six ans.

— Vous avez apporté un maillot de bain ?

Elle leva la tête vers lui.

— Non. Pourquoi ?

— Il y a un club sportif pas loin d'ici. J'y emmène les filles plusieurs fois par an. Vous pourriez nous accompagner.

— En général, je nage quelques longueurs et j'arrête.

— Il faut un moment avant de pouvoir augmenter son endurance. Je ne travaille pas dimanche. Si vous voulez, nous pourrions aller nager tous ensemble.

Son bras se resserra autour de sa taille. Il sentit les battements de son cœur s'accélérer contre son torse. Elle commença par se raidir, puis se laissa aller.

— Vous avez oublié que c'est le Super Bowl dimanche prochain ? murmura-t-elle, visiblement troublée.

— Non. En général, je reçois famille et amis à la maison. En revanche, je suis au Den la veille au soir pour fumer la viande. Puis j'y retourne vers 6 heures du matin pour préparer les accompagnements.

— Si vous faites du guacamole, ne jetez pas les noyaux des avocats. Je veux montrer aux filles comment les faire pousser.

Elle laissa retomber son bras et fit un pas en arrière.

— Assez pratiqué pour aujourd'hui, dit-elle. C'était très bien, pour une première leçon. J'étais descendue vous dire que j'allais faire une sieste. Mais je crois bien que je vais plutôt aller marcher.

Il la libéra et, immédiatement, regretta la sensation de son corps contre le sien. Il avait aimé ce contact. Au-delà de sa beauté physique, Taryn avait une personnalité qui le captivait. Elle avait pris les choses en main quand

Livia avait exigé de porter son déguisement de fée. Il l'avait observée intensément au restaurant, alors qu'elle accordait aux filles une attention égale. Il savait que non seulement elle ferait du bien à ses enfants, mais aussi qu'elle ferait de lui un meilleur père.

Il avait bien conscience de beaucoup gâter ses filles. Mais il se sentait un peu coupable du fait qu'elles ne grandissaient pas avec leur mère.

Pourtant, il n'était pas responsable de cette situation. Quand elle avait accepté de l'épouser, Denise savait qu'avec ses missions, il ne serait pas à la maison tous les soirs. Après six mois de mariage, elle avait commencé à se lamenter. Elle n'aimait plus leur appartement et avait contacté un agent immobilier pour acheter une maison. Jamais il ne l'avait vue aussi heureuse que le jour où ils avaient emménagé. Elle ressemblait à une petite fille qui n'avait qu'une hâte, décorer sa maison de poupées neuve. La voyant incapable de choisir un style pour décorer leur intérieur, il avait alors engagé une décoratrice professionnelle.

Ils avaient décidé d'attendre un an avant d'avoir un bébé. Voyant que cela n'arrivait pas, elle avait fini par lui dire que ses absences répétées étaient la cause de son infertilité. Il avait commencé à redouter de rentrer pour retrouver une épouse qui se plaignait de tout, et il passait de plus en plus de temps à la base, à San Diego.

La séparation lui avait fait comprendre que sa femme était trop jeune et bien trop immature pour le mariage. À vingt-cinq ans, il était SEAL, mais elle n'en avait que dix-neuf. Il l'avait épousée pour les mauvaises raisons : par souci de respectabilité.

Ils venaient de célébrer leur quatrième anniversaire

de mariage quand ils avaient eu Allison. Puis, onze mois plus tard, Livia était arrivée. Et brusquement, comme si un déclic s'était fait dans son cerveau, Denise était soudain devenue une inconnue. Dès qu'il faisait le moindre geste, prononçait la moindre parole, elle se mettait à hurler et à lui lancer des objets à la figure. Inquiet de son comportement hystérique, il avait douté de sa capacité à s'occuper des enfants. Il venait de demander à sa mère de venir les chercher pour les emmener passer plusieurs semaines en Floride quand il avait reçu l'ordre de partir en mission au Moyen-Orient pour délivrer un homme d'affaires américain retenu en otage.

À son retour, il avait retrouvé Allison et Livia chez Esther, avec une lettre de Denise lui disant qu'elle s'installait à Austin, au Texas.

Six mois plus tard, le divorce était prononcé et il se retrouvait père célibataire d'une fille de trois ans et d'une autre de deux.

Quand Taryn lui avait demandé s'il se remarierait, il avait été honnête en lui répondant peut-être, quand les filles seraient plus grandes. Il rêvait d'offrir à une femme la stabilité qu'il n'avait pu donner à Denise, un regret qu'il garderait toute sa vie.

Distrait de ses pensées, il regarda Taryn se diriger vers la porte d'entrée. Elle lui fit un petit salut de la main. Il lui répondit d'un sourire.

Repensant à leur conversation, il se rappela soudain qu'il avait invité famille et amis ce dimanche, pour le Super Bowl. Quand elle rentrerait de sa promenade, il lui demanderait de le conseiller sur son menu.

- 8 -

Taryn attendait les filles à l'entrée de la classe. Elle les avait prévenues que l'école commençait à 9 heures pile et qu'elles devraient avoir pris leur petit déjeuner, fait leur toilette, s'être habillées. Elles arrivèrent les cheveux encore humides de leur douche, en T-shirt à manches longues et tennis.

— Bonjour Allison, bonjour Livia, comment allez-vous ?

— Très bien, répondirent-elles, souriantes.

— Avant de commencer, je voudrais savoir si vous avez rangé vos chambres.

Allison haussa les épaules, Livia la regarda comme si elle avait parlé chinois.

— Bien, nous allons monter les inspecter.

Elle ne fut pas surprise de trouver les tiroirs béants, débordant de vêtements. Ignorant les lits défaits, elle déclara :

— Allison, je veux que tu ailles mettre les vêtements sales dans le panier à linge sale, puis que tu reviennes plier et ranger les propres. Livia, nous allons faire pareil dans ta chambre, ajouta-t-elle en prenant la fillette par la main.

— Mais nous allons être en retard pour l'école.

— Je sais, et je vais devoir le noter. Je sais aussi

que vous ne voudrez pas être en retard pour le film de vendredi.

Livia réagit au quart de tour et l'entraîna dans sa chambre. La laissant ranger, Taryn fit son lit. Puis alla faire celui d'Allison. Elle leur apprendrait à faire leur lit une fois qu'elles seraient devenues plus ordonnées.

— Très bien, dit-elle après avoir inspecté les deux chambres. C'est magnifique. Je suis fière de vous, les filles.

De retour dans la classe, elle évalua leur niveau et s'aperçut qu'elles savaient écrire leur nom, lire les chiffres jusqu'à 10 et de nombreuses lettres de l'alphabet. Puis elle les entraîna vers le coin lecture où elle prit place sur un pouf, pendant que les fillettes en partageaient un autre.

— Aujourd'hui, je vais vous lire l'histoire d'un cochon et d'une araignée.

Livia fronça le nez.

— Je n'aime pas les araignées.

— Je pense que vous allez aimer celle-ci. Elle s'appelle Charlotte.

— Et le cochon ?

— Wilburn.

Les filles éclatèrent de rire et Taryn commença sa lecture. Puis, l'histoire finie, elle referma le livre.

— Nous continuerons demain, c'est l'heure du déjeuner.

— On pourra avoir une autre histoire après le déjeuner ? demanda Allison.

— Après le déjeuner, nous allons faire une sieste, puis nous jouerons au base-ball.

— Et après ?

— Ce sera l'heure du goûter.

— Et après ? demanda à son tour Livia.

— Nous ferons un jeu de société ou un puzzle. Et maintenant, qui vient m'aider à mettre le couvert ?

— Moi !

— Moi !

Le déjeuner fini, Taryn retourna dans la salle de classe, baissa les stores, coucha les deux fillettes et éteignit les lumières. Puis elle mit un disque de relaxation et s'installa sur un pouf avec un roman.

Sentant soudain une présence, elle leva les yeux et aperçut Aiden qui jetait un coup d'œil à travers la porte entrouverte. Sorti après le petit déjeuner, il avait annoncé son retour dans l'après-midi. Elle se leva et alla à sa rencontre.

— Comment ça se passe ?

Au son de sa voix grave qui résonna en elle, son estomac se noua d'un tourbillon d'émotions indésirables qui se bousculèrent en elle. Elle dut, d'un geste furtif, se presser le ventre.

— Tout va bien, répondit-elle. Elles ont rangé leur chambre et m'ont aidée à mettre le couvert, débarrasser, et remplir le lave-vaisselle.

Il secoua la tête, l'air stupéfait.

— Vous êtes une vraie magicienne.

— Pas vraiment. J'ai juste une grande expérience des enfants.

Aiden observait Taryn, les paupières mi-closes. Comment pouvait-elle être aussi sexy sans une ombre de maquillage ?

— Quand a lieu notre prochaine leçon de danse ?

demanda-t-il, soudain impatient de la tenir de nouveau contre lui.

— Ce soir.

— Mais je ne rentre qu'après 23 heures.

— Ne vous inquiétez pas. Je vous attendrai en regardant la télévision. J'y retourne avant qu'elles se réveillent.

Incapable de détacher les yeux du balancement de ses hanches, il la regarda s'éloigner avec un soupir de regret.

Comment allait-il pouvoir survivre aux onze prochains mois avec cette femme aussi attirante sous son toit ? Jamais aucune autre ne lui avait fait un tel effet !

Son père lui ayant appris à respecter les femmes, il n'avait pas collectionné les conquêtes. Quand il s'était enrôlé dans les marines, il n'avait pas d'amoureuse qui l'attendait. Il avait quitté Wickham Falls sans attaches. Et avant de vouloir des enfants, il n'avait jamais couché avec une femme sans protection.

La sonnerie de son téléphone interrompit le fil de ses pensées. Il regagna rapidement le salon pour répondre. C'était son oncle.

— Que se passe-t-il, Jonah ?

— Tu peux changer de service avec Tommy ?

— Quand ?

— Demain matin. Il a un rendez-vous médical.

— Ce n'est pas grave ?

— Il m'a assuré que non.

— Bien. Dans ce cas, c'est d'accord.

Après l'avoir salué, Jonah raccrocha.

Aiden poussa un soupir d'aise. Maintenant que ses horaires avaient changé, il allait pouvoir passer la soirée avec Taryn et ses filles.

Voilà donc ce à quoi ressemblait un dîner en famille. Il n'avait pas le moindre souvenir de la dernière fois qu'il avait partagé un dîner à table avec Denise et les filles. Quel que soit le temps, Denise dînait dans la véranda, prétextant que c'était le seul endroit où elle se sentait libre.

Or, et pour sa plus grande joie, en l'espace de quelques jours seulement, Taryn avait apporté de la stabilité et de l'organisation à son foyer. Heureux de pouvoir partager sa satisfaction avec ses filles, il se tapota la bouche de sa serviette et déclara d'un ton léger :

— J'ai décidé de vous emmener au bal pères-filles.

Livia ouvrit de grands yeux incrédules.

— C'est vrai, papa ?

— Ce n'est pas une blague ? demanda Allison, soudain toute rouge.

— Non, ce n'est pas une blague, répondit-il avec un grand sourire.

— Il faut aller acheter des costumes ! s'exclama Livia.

Aiden croisa le regard de Taryn qui, enjouée, annonça :

— C'est moi qui vous confectionnerai vos costumes, les filles. Cette année, le bal a pour thème la forêt enchantée. Livia, je sais que tu voudras être en fée. Allison, il faudra que tu me donnes ton choix.

Le regard noir velouté de la fillette s'illuminant, elle déclara :

— Je veux être un elfe, avec des oreilles et des chaussures pointues !

Taryn hocha la tête.

— Très bien. Samedi matin, nous irons acheter le tissu pour vos costumes.

— Et je vais aussi avoir un costume pour ma fête d'anniversaire ? demanda Livia.

— Je pensais organiser quelque chose de vraiment exceptionnel pour ton anniversaire, intervint Aiden.

— Quoi papa ?

— Je ne sais pas encore. J'y réfléchis. Mais je suis sûr que tu vas être surprise.

— Mlle Taryn la connaît, la surprise ?

— Non. Mais dès que j'aurai décidé, je lui en parlerai.

— Et Mlle Taryn sera à la surprise ? demanda Allison.

— Pourquoi ? demanda Aiden.

— Parce que je veux qu'elle y soit.

— Moi aussi ! renchérit Livia.

— Nous allons devoir attendre que j'aie parlé de la surprise avec Mlle Taryn pour pouvoir vous répondre. Elle a peut-être déjà des projets pour ce jour-là.

Taryn avait écouté l'échange sans intervenir. La réponse d'Aiden sembla satisfaire les filles car elles se concentrèrent sur leur assiette.

Quand elle regarda Aiden, elle remarqua que ses yeux brillaient d'une lueur nouvelle. Elle aurait été incapable de dire si, en voyant les progrès de ses filles, c'était de la curiosité ou une émotion plus profonde qu'une simple reconnaissance.

La veille du Super Bowl, après avoir déposé les filles chez sa sœur où elles devaient passer la nuit, Aiden passa au Den fumer la viande pour la fête.

Taryn l'avait attendu pour sa leçon de danse. Le cours terminé, il lui proposa de déboucher une bouteille de cabernet sauvignon. Elle trinqua avec lui.

— Félicitations ! Vous vous êtes très bien débrouillé.

— À la meilleure professeure du monde !

— Juste parce que vos filles sont des petits génies.

— Et je suis sûr que mes petits génies sont en train de casser les oreilles de leurs cousines avec leur fabuleuse professeure et leur magnifique salle de classe.

Taryn se mit à rire puis allongea ses jambes repliées sous elle, sur le canapé.

— Aïe ! J'ai une crampe…

Aiden se rapprocha, fit passer ses mains sous ses cuisses et posa ses jambes sur ses genoux.

Les yeux fermés, elle savoura la sensation de ses doigts vigoureux qui lui massaient les pieds et les mollets… Les frissons qui se propageaient dans son corps lui rappelèrent qu'il y avait bien longtemps qu'un homme n'avait pas caressé sa peau nue…

Il souleva l'une de ses jambes et déposa un baiser sur sa plante de pied.

— Vous portez toujours du vernis sur vos ongles d'orteil ? s'enquit-il, étonné.

Au contact de ses lèvres, ses nerfs tendus comme des cordes, elle sentit une vague d'un désir fulgurant déferler en elle, tandis qu'une boule de chaleur venait se loger au creux de son ventre. Malgré son innocence, le baiser lui semblait aussi sensuel que si Aiden l'avait embrassée sur la bouche. Il lui fallut plusieurs secondes avant de pouvoir reprendre ses esprits et répondre :

— Oui, je change de couleur avec les saisons.

Elle essayait de distinguer les traits d'Aiden à la lumière tamisée. La pression de son pouce sur son mollet lui arracha un gémissement.

— Je t'ai fait mal ?

— Non, chuchota-t-elle, surprise qu'il l'ait tutoyée. Je pense que je vais monter me coucher. N'oubliez pas que vous avez… Mais que faites-vous ?

— Je pense que nous pouvons passer au tutoiement, maintenant. Et je te porte dans ton lit.

— Je peux marcher toute seule !

— Tu me permets de jouer au super héros, juste pour cette fois ?

Elle n'arrivait pas à croire qu'il la portait comme si elle avait été aussi légère qu'un enfant. Son souffle caressait son front. Elle sentait le battement régulier de son cœur contre son sein. Il lui avait tenu la main, il avait dansé avec elle, mais d'être ainsi plaquée contre son corps faisait naître en elle des frissons d'une sensualité indescriptible qui électrisaient chaque parcelle de son corps.

Elle venait de passer un peu plus d'une semaine à essayer d'ignorer celui qui était son parton et elle avait refusé d'admettre la réalité de son attirance pour lui.

Elle savait que la personnalité exceptionnelle d'Aiden ne se limitait pas à son attachement à sa famille et à ses filles. Plus elle passait de temps avec lui, plus il lui était difficile de faire la différence entre Aiden le père dévoué et l'homme posé, respectueux qui, en dépit de ses regards brûlants de convoitise, n'avait jamais essayé de lui faire des avances. Même si son physique n'avait rien à voir avec ceux des hommes qui l'avaient attirée par le passé, elle pouvait sérieusement envisager qu'il soit pour elle plus qu'un ami. L'obstacle principal étant qu'elle était la préceptrice de ses filles et, plus important encore, qu'elle vivait sous son toit.

Elle hocha la tête et nicha son visage au creux de son cou.

— D'accord, Superman.

Il traversa le salon et prit l'escalier jusqu'au premier étage.

— Demain, tu pourras faire la grasse matinée, dit-il.

— Nous sommes déjà demain.

— Exact. C'est déjà le dimanche du Super Bowl.

Aiden entra dans la suite de Taryn où la lampe de chevet était allumée.

Dans moins de douze heures, sa maison grouillerait de monde, famille et amis. Or, pour la première fois depuis des années, la présence de Taryn lui donnait l'impression que sa maison était un vrai foyer.

— Il est minuit passé, dit-il. Je ne veux pas que tu te lèves avant 9 heures !

— C'est un ordre ?

Il sourit.

— C'est un ordre !

— Je crois bien que l'armée te manque, lui fit-elle remarquer d'un ton moqueur.

— Oui et non.

En fait, c'était une question qu'il s'était lui-même souvent posée depuis sa démobilisation. La réponse restait ambivalente.

— Pourquoi oui ?

— À partir du moment où je me suis engagé, j'ai eu l'impression d'être né pour ce métier. C'était dans mon sang. Plus l'entraînement était rigoureux, plus j'étais heureux. J'étais toujours en quête d'un nouveau défi. Contrairement à certains copains, jamais il ne me serait venu à l'esprit d'abandonner. Une fois dans le corps des marines, je donnais tout. Au départ, dans ma promotion, nous étions deux cents, et à l'arrivée, trente-quatre seulement.

Il la déposa sur le lit et s'assit sur le bord. Il sentit la main de Taryn qui lui caressait le dos en un geste sensuel.

— Et pourquoi non ?

Il inspira longuement. Quelque chose l'empêchait de lui mentir. Il lui avait confié ses filles sans l'ombre d'une hésitation. Autrement dit, il devait lui faire assez confiance pour lui dévoiler les détails de son mariage.

— Si ma femme ne nous avait pas abandonnés, mes filles et moi, et que mon oncle n'était pas mort, je travaillerais toujours pour mon entreprise de services de sécurité et de défense.

Elle se redressa, s'assit à côté de lui et lui prit la main.

— Raconte-moi.

Elle avait une voix douce, enjôleuse. Il lui pressa doucement les doigts. Et comme si les vannes s'étaient ouvertes, il lui raconta tout. Ses missions de combat en tant que SEAL, sa carrière de militaire. Sa rencontre avec Denise qu'il avait trouvée en larmes sur un parking. Elle venait d'être renvoyée d'un motel où elle travaillait comme femme de chambre car le propriétaire la soupçonnait de fumer de la marijuana. Il l'avait aidée en lui prêtant de l'argent, puis elle avait trouvé un poste de shampouineuse dans un salon de coiffure.

— Elle m'a remboursé avec son premier salaire. Elle venait d'avoir dix-neuf ans. Je l'ai invitée à sortir deux ou trois fois avant de repartir pour San Diego, puis je l'ai revue lors de mes permissions. Ce n'est que quand nous avons couché ensemble que j'ai découvert qu'elle était vierge.

— Alors tu as eu la réaction décente et tu l'as épousée.

— Comment le sais-tu ?

— Parce que tu es un homme bien.

— Je n'essayais pas de l'être. Simplement, je ne voulais pas profiter d'elle. Sa famille a si mauvaise réputation. C'était la seule qui cherchait à s'en sortir.

Puis, choisissant ses mots avec précaution, il lui dévoila des détails de son mariage qu'il n'avait même pas raconté à sa propre mère. Comme la fois où il était rentré pour trouver sa femme inconsciente dans son lit et les deux bébés hurlant dans leur berceau. Et l'effroyable dispute qui avait suivi.

— Et tu crois que les filles se souviennent des querelles entre leur mère et toi ?

— Livia, non. Mais de temps en temps, Allie fait référence à Denise. Elle avait trois ans quand sa mère lui a dit qu'elle allait partir et qu'elle ne reviendrait jamais parce qu'elle ne nous aimait pas.

Taryn laissa échapper un cri.

— Quelle cruauté de parler ainsi à sa fille !

— Quelquefois, elle pouvait se montrer douce et aimante, d'autres fois, d'une cruauté indescriptible. Plusieurs mois avant son départ, elle a été diagnostiquée bipolaire. Si elle ne prenait pas ses médicaments, les pires aspects de son caractère ressortaient.

— Tu l'aimes encore ?

Aiden regarda droit devant lui, abasourdi. Il s'était attendu à ce que Taryn lui demande si elle lui manquait, pas s'il l'aimait toujours.

— Non, répondit-il. Mais si je ne l'aime plus, je ne la hais pas non plus. Elle m'a donné deux filles merveilleuses. Je lui en serai reconnaissant à vie.

Taryn lui enlaça la taille d'un bras et posa sa tête sur son épaule.

— Elles sont merveilleuses, c'est vrai.

— Tu sais qu'elles t'adorent. Quand nous sommes ensemble, elles n'arrêtent pas. Mlle Taryn par-ci, Mlle Taryn par-là.

— C'est la fascination des petits pour leurs enseignants.

— Maintenant, tu connais tous les détails sordides de mon mariage mouvementé.

— Tu n'as pas besoin de te flageller, Aiden. Si tu n'avais pas épousé Denise, tu n'aurais pas Allison et Livia. Tu as risqué ta vie pour servir ton pays. Tu as essayé d'être un bon mari et tu es un père remarquable. Au moins, sois fier de toi pour ça.

La prenant dans ses bras, il enfouit son visage dans ses cheveux. Elle n'avait pas idée du bien qu'elle lui faisait. Pour la première fois depuis des années, sa présence lui donnait un sens de normalité. Il se réveillait impatient de les voir, elle et ses filles. Quand il rentrait à la maison, même si tout le monde était couché, il avait l'impression d'être accueilli par l'étreinte de bras invisibles.

Taryn sous son toit représentait tout ce qu'il avait espéré en épousant Denise. Bien sûr, Taryn n'était pas la mère de ses enfants mais si c'était elle qu'il avait rencontrée et avec qui il avait eu des enfants ?

Il déposa un baiser sur son front.

— Maintenant, je vais te laisser dormir.

Se dégageant, Taryn lui sourit.

— Bonne nuit, Aiden.

Il fixa ses lèvres pulpeuses, entrouvertes… Il avait tellement envie de l'embrasser… Mais ignorant les protestations de son corps, il revint à son bon sens, ou ce qu'il en restait, et se retint à la dernière seconde.

— Bonne nuit.

Il se leva et quitta la chambre, totalement désorienté.

Rien dans l'attitude de Taryn n'indiquait qu'elle voulait plus qu'une amitié. Il savait qu'il allait devoir maîtriser ses émotions, s'il ne voulait pas risquer de la perdre.

- 9 -

— Regarde qui voilà !

Taryn, qui venait de passer une heure à préparer un plat de charcuterie et fromage, leva les yeux. Aiden entrait dans la cuisine, accompagné de Jessica et Sawyer. Tous les autres invités, déjà arrivés, étaient au sous-sol.

Quand elle s'était réveillée, ce matin, elle avait découvert qu'elle avait la maison pour elle. Aiden était parti au Den vérifier la viande qu'il avait mise à fumer la veille et Allison et Livia n'étaient pas rentrées de chez leur tante Esther. Elle avait profité de ce temps libre pour fouiller dans le placard bien achalandé et le réfrigérateur et préparer des plats à ajouter au menu du Super Bowl : une salade de fruits de saison et deux quatre-quarts.

Un grand sourire aux lèvres, elle s'essuya les mains à un torchon et alla accueillir Jessica et Sawyer.

Elle les serra tour à tour dans ses bras.

— Sawyer et Jessica nous ont apporté une caisse de whisky, annonça Aiden. Si vous voulez descendre, tout le monde est déjà au sous-sol. Mais je tiens à vous avertir que c'est mon beau-frère, Fletcher, qui tient le bar, et il a tendance à servir des doses généreuses.

— Ne m'attends pas, déclara Jessica en tapotant l'épaule de son mari. Je vais rester aider Taryn.

— Pas de problème, chérie, répondit Sawyer en l'embrassant.

Aiden fit un clin d'œil à Taryn.

— Appelle-moi si tu as besoin de quoi que ce soit.

— Bien sûr, répondit-elle, souriante.

Dès qu'elles furent seules, Jessica la regarda avec attention.

— Que se passe-t-il entre Aiden et toi ?

Taryn, qui était en train de disposer des canapés sur un plat, s'interrompit.

— Que veux-tu dire ?

— Tu as besoin de lunettes ? lui demanda son amie, en s'approchant.

— Vraiment, je ne vois pas, dit-elle de plus en plus perplexe.

— Aiden est fou de toi.

— Tu déraillles !

— Tu crois ? Tu vis chez un homme dont le visage est aussi facile à lire qu'un livre à gros caractères. Ses yeux ne mentent pas quand il te regarde. Ces prunelles scintillent de convoitise. Et tu sais ce qu'elles disent ?

— Non. Mais tu vas me le dire.

— Il se meurt de désir pour toi.

Taryn éclata de rire.

— C'est bien ce que je disais, tu déraillles ! Il ne se passera rien entre Aiden et moi parce que je ne veux pas qu'il se passe quoi que ce soit.

— Et pourquoi pas ?

— Si j'avais une liaison avec lui, cela affecterait trop ma relation avec ses filles.

— En quoi ?

— Elles me considèrent comme leur maîtresse. Pas comme leur belle-mère.

Jessica croisa les bras.

— Tu n'es pas attirée par Aiden ?

Taryn ne répondit pas tout de suite. Son amie lui posait une question qu'elle s'était déjà posée à maintes reprises, depuis son arrivée à Wickham Falls.

— C'est difficile de répondre. Il est mon patron.

— Tu ne serais pas la première employée qui aurait une histoire avec son patron.

— Je le sais. Mais trop d'obstacles m'empêchent de le voir comme un homme avec lequel je pourrais avoir un lien sentimental. Je ne vais pas coucher avec Aiden pour qu'il quitte mon lit ou moi le sien en catimini avant que ses filles nous découvrent ensemble.

L'ombre d'un sourire flotta sur les lèvres de Jessica.

— Donc tu envisagerais de coucher avec lui ?

— Évidemment. C'est un homme. Et ça fait un moment qu'un homme ne m'a pas touchée. Ça me démange.

Jessica plaqua une main sur sa bouche en riant.

— Ça te *démange* ?

— Oui. Bon. Tu comprends. Après ma rupture avec James, les démangeaisons s'étaient calmées. Mais depuis que j'habite avec Aiden, ça me reprend de plus belle.

Elle lui raconta leur soirée de la veille, quand ils avaient ouvert une bouteille de vin ensemble, avant de monter dans sa chambre.

— Nous étions tellement bien ensemble que je me suis demandé ce qui allait se passer si je lui demandais de rester, avoua-t-elle.

Il lui avait fallu une force surhumaine pour ne pas le supplier de lui faire l'amour. Il lui rappelait constamment ce qu'elle avait perdu. Un compagnon. Ce n'était pas tant pour le sexe que pour les bons moments à partager, comme elle l'avait fait avec James. Les événements sportifs, les concerts, les dîners au restaurant, les grasses matinées du dimanche, avant de sortir bruncher puis de rentrer lire les journaux ou regarder des séries.

— Où étaient ses filles ?

— Chez Esther.

— Et alors ? C'était l'occasion idéale !

— La prochaine…

Elle s'interrompit. Aiden venait de revenir dans la cuisine.

— J'ai fini le plat pour l'apéritif ! annonça-t-elle vivement.

Il s'approcha d'elle, posa une main sur la chute de ses reins, et regarda le magnifique assortiment de fromage, viande, noix, fruits secs et crackers.

— C'est le sujet idéal pour une nature morte, dit-il.

— Sans doute parce que j'ai un diplôme en art, répliqua-t-elle. Bien, tu peux le descendre, maintenant. Je vais me changer. Jessica et moi vous rejoignons dans dix minutes.

— Ne tardez pas trop, si vous voulez manger quelque chose. Tout le monde s'est déjà jeté sur le buffet.

Sur ces mots, il disparut.

Jessica se tourna vers elle et la regarda d'un air éloquent.

— Et maintenant, dis-moi que je me trompe quand je te dis qu'il en pince sérieusement pour toi. Il a posé sa main dans ton dos en un geste très *possessif.*

Taryn leva les yeux au ciel. Si seulement Jessica pouvait cesser de s'occuper de sa vie amoureuse !

Glissant son bras sous le sien, elle proposa :

— Je vais te faire visiter la classe avant de me changer. Mais je veux que tu répondes à ma question. Pourquoi veux-tu à tout prix me caser avec Aiden ?

— Je veux que tu sois heureuse. Tu le mérites.

— Arrête !

— Tu ne veux pas être heureuse ?

— Je suis heureuse. J'habite dans une merveilleuse maison où j'ai ma suite privée. Je fais l'école à deux adorables fillettes grâce auxquelles je me félicite d'avoir choisi ce métier. Aiden est généreux, facile à vivre, et ça me suffit.

— Est-ce que cela veut dire que tu n'es pas contre l'idée de sortir avec un homme qui ne serait pas ton patron ?

— De quoi parles-tu ?

— Cesse de faire l'idiote, Taryn. Tu le sais parfaitement. Le rectorat vient de recruter de nouveaux professeurs et j'en ai repéré un qui serait idéal pour toi.

— Non, non et non. D'abord, je ne suis pas intéressée, ensuite je n'ai le temps de sortir avec personne. Je comprends que tu veuilles m'aider parce que je t'ai ouvert les yeux quand tu voulais rompre avec Sawyer. Mais tu perds ton temps.

— Je comprends, murmura Jessica. Mais depuis que nous avons été colocataires à Howard, je sais ce qu'est l'amitié, la vraie. Tu as toujours été ma planche de salut. Tu as toujours su me faire rire dans les pires moments. Tu es beaucoup plus forte que moi, Taryn. Jamais je n'aurais pu aller travailler avec la garce qui avait couché avec mon homme sans perdre mon sang-froid, comme tu l'as fait.

— Si j'avais craqué, je l'aurais tuée. Mais c'est le passé, maintenant !

Elle agita une main comme pour bannir le souvenir du visage narquois d'Aisha, et entraîna son amie.

Elle ouvrit les portes du jardin d'hiver et de la véranda transformés en salle de classe.

— Voilà où je passe le plus clair de mon temps, annonça-t-elle.

Les yeux écarquillés, Jessica entra dans la classe.

— Tu t'es surpassée ! s'exclama-t-elle, admirative. C'est la plus belle salle de maternelle que j'aie jamais vue. Il ne te reste plus qu'à prendre une photo pour le rectorat et ils t'engageront.

— C'est trop loin dans l'avenir pour l'envisager. J'ai un contrat d'un an, de deux peut-être, avant de retourner à l'enseignement traditionnel. Viens, je vais te montrer ma suite, maintenant.

Une fois à l'étage, Jessica s'exclama :

— Elle est digne d'une suite de grand hôtel ! Qui a décoré la maison d'Aiden ?

Taryn ouvrit un tiroir dans son armoire et chercha un T-shirt dans une pile.

— Je ne sais pas. Soit son ex soit une décoratrice.

— Parle-t-il de son ex-femme, parfois ?

— Un peu.

Divulguer ce que lui avait raconté Aiden moins de vingt-quatre heures auparavant la mettait mal à l'aise. Elle savait qu'il n'était pas facile pour lui de parler d'une femme dont il avait été amoureux et qui lui avait donné deux enfants. Elle avait entendu la douleur dans sa voix quand il admettait être coupable de l'échec de son mariage en raison de la fréquence de ses absences. Si elle avait osé, elle lui aurait rappelé que Denise savait à quoi s'attendre en épousant un militaire de carrière. Mais elle s'était abstenue.

Après avoir enfilé un T-shirt à manches longues au logo des New York Giants, elle se tourna vers Jessica en souriant.

— J'ai convaincu Aiden d'amener ses filles au bal pères-filles.

— Elles vont adorer !

— Je leur ai dit que je leur ferai leur déguisement. Pour Livia, un costume de fée vert scintillant, assorti à ses yeux. Pour Allison, un costume d'elfe.

— Avec ton talent, elles vont être magnifiques !

— Espérons que tu aies raison. Bon, je pense qu'il est temps d'aller rejoindre les autres avant que Aiden lance un avis de recherche.

En arrivant au sous-sol, elles furent accueillies par les délicieuses odeurs des nombreux plats du buffet. Tous les adultes de la famille Gibson étaient installés autour d'une longue table couverte de nappes décorées de ballons de football. Les plus jeunes étaient assis dans le coin des tables de jeu. La télévision, son coupé, était allumée sur la chaîne sportive. Des enceintes diffusaient doucement des chansons de toutes les époques.

Elles se joignirent à la file devant le buffet et Jessica lui chuchota :

— Je parie qu'après avoir vu ce sous-sol, Sawyer va me harceler pour que nous finissions le nôtre. Il est obsédé par l'idée de recevoir ses amis et sa famille.

— Je croyais que vous vous étiez déjà mis d'accord sur vos rénovations.

— Plus ou moins, répondit son amie, évasive.

Taryn prit deux assiettes, remplit la première de salade, la seconde de divers morceaux de viande grillée, de haricots et de chou. Elle trouva une place à côté d'Esther. Elle avait rencontré la jolie dentiste blonde aux yeux verts quand elle était venue chercher ses nièces pour dormir chez elle.

— Tu es au régime ? lui demanda cette dernière en montrant son assiette.

— Non.

— Pourtant, on pourrait le croire.

— Ce n'est que l'entrée, répondit Taryn avec un sourire. Je n'ai pas dit mon dernier mot !

Fletcher, le mari d'Esther, la héla de derrière le bar.

— Taryn ! Je peux te servir à boire ?

— Un coca, s'il te plaît.

— Avec une goutte de bourbon ?

— Non merci.

— Tu as peur ? rétorqua Fletcher d'un ton moqueur.

— Arrête d'embêter mon amie, dit Aiden sans lui laisser le temps de répondre.

— Ce n'est pas ton amie, intervint l'un de ses neveux. C'est juste une dame.

À huit ans, Jonathan, le fils de Lucas, n'avait pas sa langue dans sa poche.

— Ce n'est pas juste une dame, c'est ma maîtresse ! répliqua Allison d'un ton furieux.

— Ce n'est pas une maîtresse, rétorqua Jonathan. Mlle Calhoun est une maîtresse !

Aiden réprima un soupir. S'il voulait éviter une bagarre entre ses filles et leur cousin, il ferait bien d'intervenir.

— Jonathan, Mlle Taryn est une dame *et* une maîtresse, dit-il.

Le petit garçon tira la langue à Allison qui lui répondit de la même façon.

— Tu vois ! Je t'avais dit que c'était une maîtresse ! s'écria-t-elle.

Lucas, qui commençait visiblement à s'impatienter, alla gronder son fils qui s'empressa de déclarer :

— Je te demande pardon de t'avoir tiré la langue, Allie.

Après avoir jeté un coup d'œil interrogateur à son père, Allie répondit :

— Moi aussi, je te demande pardon, Jonathan.

Soulagé, Aiden lui adressa un sourire approbateur.

Il avait été témoin de suffisamment de disputes entre ses filles et ses neveux pour une vie entière. Si Allie et Livia s'entendaient bien avec leurs cousines, elles semblaient ne pas pouvoir s'entendre avec leurs cousins. Cette fois, il avait été surpris de voir Allison s'en prendre à Jonathan. À moins d'être provoquée, il était rare de voir son aînée prendre part à une confrontation verbale. Contrairement à Livia, sa petite rebelle, qui voulait toujours avoir le dernier mot et se lançait dans toutes les batailles.

Il avait perdu le compte du nombre de fois où il avait expliqué à ses filles qu'elles étaient sœurs et qu'elles ne devaient pas se disputer mais se protéger. Le caractère emporté de Livia le poussait souvent à punir la fillette. Et il savait que s'il les inscrivait à l'école publique, sa cadette se défendrait de quiconque les harcèlerait, elle ou sa sœur. Mais il voulait attendre qu'elles aient appris à désamorcer une crise sans avoir recours à la bagarre.

Il jeta un regard à Taryn. Devant son léger hochement de tête et son discret clin d'œil, il eut un sourire en coin.

Depuis qu'il lui avait révélé les circonstances de l'échec de son mariage, il avait l'impression de s'être confié à une psy. Sa culpabilité s'était évanouie quand il avait compris que même s'il n'avait pas eu des horaires de bureau, il avait fait ce qu'il fallait pour subvenir aux besoins de sa famille.

Denise savait que sa carrière l'obligerait à de nombreux déplacements. Pourtant, la femme insouciante et joyeuse dont il était tombé amoureux était devenue une vraie mégère. Pourtant, jamais il ne l'avait trompée.

Quand il regardait Taryn, il n'arrivait pas à croire que son petit ami ait pu la tromper, et avec sa meilleure amie, en plus. Malgré son chagrin, la trahison ne l'avait pas brisée. Elle avait continué à aller travailler et, fidèle à sa formation, était restée professionnelle.

Il ne lui avait pas fallu longtemps pour comprendre qu'elle possédait toutes les qualités qu'il appréciait chez une femme et dont il rêvait chez une épouse. Elle avait un merveilleux sens de l'humour, le faisait rire, ce qui lui avait manqué, ces deux dernières années. Avec ses filles, elle faisait preuve de patience et de fermeté si nécessaire. Maintenant, Allie et Livia rangeaient leurs affaires, mettaient le couvert, débarrassaient et ne rechignaient plus quand venait l'heure d'aller au lit.

Elle montrait la même patience avec lui quand il avait oublié un pas de danse.

Le dimanche précédent, ils avaient brunché chez Ruthie puis ils étaient rentrés. Pendant que les filles regardaient un film, ils avaient cuisiné ensemble. Un peu plus tard, il avait été abasourdi d'entendre Allison lui chuchoter à l'oreille qu'elle voulait que Mlle Taryn devienne sa nouvelle maman parce qu'elle n'aimait pas son ancienne maman.

Il n'arrivait pas à croire que sa fille, qui avait alors trois ans, avait gardé de sa mère un souvenir aussi vif.

S'extirpant de ses réflexions, il leva son verre et lança à son beau-frère :

— Fletcher, je suis prêt pour un autre !

Taryn prit la main d'Aiden qui l'aida à s'asseoir à côté de lui sur la plus haute marche du perron. La température ayant fraîchi, elle était allée chercher un pull. Il était minuit passé et, tout le monde parti, la maison était silencieuse. Sharleen, Esther et Minna, la femme de Lucas, étaient rentrées avant la mi-temps, avec leurs enfants qui les avaient suivies de mauvaise grâce. Il avait fallu leur rappeler qu'ils avaient école le lendemain. Les hommes s'étaient attardés après le match pour charger les tables, les bancs et les plats dans la camionnette du restaurant. Aidée par Becky, la femme de Jonah, et par Jessica, elle avait emballé les restes.

Avec un soupir de satisfaction, elle posa sa tête sur l'épaule d'Aiden.

— Quelle merveilleuse journée !

— Oui, j'ai l'impression que ça s'est bien passé, répondit-il en resserrant son bras autour de sa taille.

— Plus que bien. Tout était délicieux et tout le monde semblait s'amuser.

— Oui, en dépit des références à nos grands-parents qui fabriquaient de la gnole.

Taryn retint un sourire.

— Tommy a failli s'étrangler quand Becky a parlé de son grand-père et de l'alcool de contrebande. Il est évident que personne ne lui avait dévoilé les secrets de la famille.

— Maintenant, elle va lui raconter toute l'histoire, répondit Aiden en allongeant les jambes. Il ne devrait pas être si choqué. Toutes les familles ont leurs secrets.

— Absolument.

— Les Robinson aussi ont quelques squelettes dans le placard ?

— Je te raconterai une autre fois. Au fait, as-tu décidé de la façon dont tu voulais fêter l'anniversaire de Livia ?

— Oui, je veux l'emmener passer deux jours à Medieval Times, à Hanover, dans le Maryland.

— Super idée ! Elle va adorer !

Aiden la dévisagea et elle lui sourit.

— Tu connais ? demanda-t-il.

— Oui. Une année, j'ai accompagné plusieurs classes de CM2 pour leur voyage de classe à celui du New Jersey. Un vrai bonheur. Pour eux comme pour moi.

— Tu viens avec nous ?

Stupéfaite, elle regarda le porche éclairé de la maison d'en face. L'invitait-il à se joindre à eux pour tester sa réaction ou voulait-il vraiment l'inclure dans une excursion familiale ?

Ce qu'il ne comprenait pas, c'était qu'elle ne faisait pas partie de la famille. Que cela n'arriverait pas ! Elle voulait rester l'enseignante de ses filles, ne voulait pas devenir une mère de substitution pour un an ou deux. Établir une relation de ce type avec Allison et Livia pour ensuite les quitter à l'issue de son contrat serait un traumatisme. Non seulement pour les filles mais pour elle aussi. Elle s'était attachée à ses petites élèves, elle aimait s'occuper d'elles. Elles étaient intelligentes, ouvertes, avides d'apprendre. Pour elles, chaque jour était une nouvelle aventure.

— Je ne pense pas, répondit-elle en secouant la tête. Je vais te laisser profiter de tes filles.

Elle se dégagea de son étreinte et se leva. Il fit de même.

— Il est temps que j'aille me coucher, dit-elle.

Il posa ses mains sur ses épaules et l'attira vers lui.

— Taryn, tu sais que les filles aimeraient que tu viennes. Je vais prendre une suite avec des chambres communicantes et tu pourras dormir avec elles.

— Si je dors avec elles, nous risquons de passer la nuit à papoter et à rire.

— Vous pourrez faire la grasse matinée. Tu n'es pas obligée de me donner une réponse définitive ce soir. Promets-moi juste que tu vas y réfléchir.

— D'accord, Aiden, je vais y réfléchir.

Elle n'eut pas le temps de réagir. Ses mains remontèrent de ses épaules pour prendre son visage en coupe.

De ses lèvres, il effleura sa bouche d'un baiser aussi léger qu'un frôlement d'ailes de papillon. Comme pour tester sa réaction, il accentua la pression jusqu'à sentir ses lèvres s'entrouvrir sous les siennes. Resserrant alors son étreinte, il s'en empara avec une telle avidité que toutes ses défenses s'effondrèrent d'un seul coup. Son baiser, aussi choquant qu'enivrant, lui rappelait qu'elle ne s'était pas sentie désirable depuis bien trop longtemps. Unies, leurs langues s'entrelaçaient dans une danse passionnée, et elle sentit un courant électrique se répandre dans tout son corps.

Aiden mit un terme au baiser aussi soudainement qu'il l'avait embrassée.

Elle tourna les talons et regagna sa chambre, bouleversée, l'esprit vide. Même s'ils habitaient sous le même toit, elle ne voyait pas Aiden si souvent. Elle était couchée quand il rentrait le soir. Comme promis, il leur préparait le petit déjeuner, le déjeuner et le dîner et laissait les boîtes dans le réfrigérateur. Mais ce n'était que pendant les semaines où il était de service de jour qu'ils dînaient tous ensemble. Une fois les filles couchées, elle lui donnait ses deux cours de danse hebdomadaires. Elle remarquait la sensualité palpable entre eux. Et même si la bouche d'Aiden frôlait parfois la sienne, il s'arrêtait toujours à temps.

Le baiser de ce soir lui faisait cruellement prendre conscience de ce qu'elle avait manqué. Elle voulait qu'il lui fasse l'amour, elle en avait besoin. Pour effacer le souvenir de l'homme à qui elle avait pardonné mais dont les paroles cruelles ne s'effaçaient pas.

« Tu ne peux pas sortir avec lui », lui chuchotait une voix dans sa tête. Elle savait que s'impliquer sentimentalement avec Aiden était voué à l'échec. Du moins, pour elle. Néanmoins, elle allait quand même accepter de célébrer l'anniversaire de Livia, pour ne pas décevoir la fillette.

Elle se déshabilla et entra dans la salle de bains. Puis, une fois sous la douche, laissa l'eau chaude couler sur sa tête et son corps. S'il n'avait pas été aussi tard, elle aurait appelé Jessica.

Sa douche finie, elle s'essuya, passa une chemise de nuit, se glissa sous ses draps et tira sa couette jusqu'à son menton.

Elle se tourna et se retourna dans son lit jusqu'à ce que, épuisée, elle sombre dans un sommeil sans rêves.

- 10 -

Une semaine s'était écoulée. Ce matin-là, en entrant dans la cuisine, Taryn pila net. Aiden cherchait quelque chose dans le réfrigérateur. Elle fut incapable de détacher les yeux de ses épaules charpentées moulées dans son T-shirt blanc et de son jean qui tombait sur ses hanches, dévoilant son boxer.

— Que fais-tu debout de si bon matin ? murmura-t-elle.

Il n'était même pas 6 h 30.

Il se retourna et la regarda comme un chevreuil surpris par les phares d'une voiture. Il était évident qu'il était tout aussi étonné de la voir.

Une boîte d'œufs dans une main, un récipient rempli de crevettes dans l'autre, il repoussa la porte du réfrigérateur d'une épaule. Puis, s'avançant vers elle, il effleura sa joue d'un baiser.

— Bonjour, beauté. Je ne pouvais pas dormir. Donc je me suis levé.

— Bonjour, Aiden. Je ne pensais pas te voir si tôt. Tu as travaillé, hier soir, fit-elle remarquer, dissimulant son trouble.

C'était la deuxième fois qu'il l'embrassait depuis le dimanche du Super Bowl et elle était toujours aussi troublée.

— Je pourrais dire la même chose de toi, répliqua-t-il. Qu'est-ce qui se passe ? Tu n'arrivais pas à dormir ?

— J'ai eu du mal.

— Tu as tendance à l'insomnie ?

— Normalement, non.

— À quelle heure t'es-tu couchée ?

— Sans doute un peu après 21 heures. J'ai essayé de regarder la télévision, mais j'étais incapable de garder les yeux ouverts. Mais quand je me suis couchée, je n'ai pas arrêté de me réveiller.

— Cela m'arrive aussi, quand je suis surexcité. C'est comme si mon cerveau refusait de se mettre au repos jusqu'à ce que je tombe d'épuisement.

Il s'interrompit et sourit.

— Au fait, tu as devant toi le nouveau maître rôtisseur du Den, annonça-t-il avec fierté.

— Mais encore ?

— Je vais travailler trois à quatre jours par semaine, au lieu de six. Jonah a tellement aimé mes grillades du Super Bowl, qu'il a pris cette décision. Et puis, il estime que je ne vois pas assez mes filles.

— Et Lucas ? Va-t-il aussi réduire ses heures de travail ?

— Non. La différence, c'est que, contrairement aux miens, ses enfants ont une mère. Fletcher a enfin accepté de quitter son poste de vendeur de voitures d'occasion et de nous rejoindre en cuisine. Il apprendra vite le métier. Avec Jonah, Tommy, Luke et maintenant Fletcher, nous aurons quatre cuisiniers à plein temps qui se relaieront pour les services du midi et du soir. Sharleen se chargera du service du déjeuner, sa fille et sa nièce, de celui du dîner. En plus, le frère de Sharleen, qui est jeune retraité, est d'accord pour tenir le bar.

— Vous travaillez vraiment en famille.

— Je te l'ai dit, nous avons appris à nos dépens à ne pas engager d'étrangers qui nous volaient.

— Quelles sont tes responsabilités en tant que maître rôtisseur ?

— Je vais au Den vers 22 heures, je prépare les viandes et les laisse fumer pendant la nuit.

Elle se dirigea vers la cafetière pour préparer le café.

— Quelle quantité de viande fumes-tu à chaque fois ?

Il vida les crevettes dans une passoire et les rinça à l'eau froide.

— Tout dépend. Nous avons toujours des côtelettes, de la poitrine et de l'épaule de porc au menu. Je mets donc une quinzaine de kilos de côtes, une dizaine d'épaules, vingt poulets au moins et, un jour sur deux, sept kilos de poitrine.

— Sacrée quantité !

— Tu es dans le Vieux Sud, Taryn. Tu sais à quel point nous aimons la viande.

— Tu veux une tasse de café ?

— Oui, merci.

Le café prêt, elle remplit un mug et, sachant qu'il ne sucrait jamais, ajouta un nuage de lait.

— Tu fais de la polenta aux crevettes, ce matin ? s'enquit-elle.

— Oui. J'avais pensé te faire la surprise. Mais maintenant, tu sais.

— Je pourrais t'embrasser !

Sans cesser de décortiquer les crevettes, il répondit :

— Je ne serais pas contre.

Sa réponse la calma aussitôt.

— Non Aiden. Les filles pourraient nous voir.

Il la dévisagea d'un air grave.

— Jamais je ne te manquerais de respect en laissant mes filles nous surprendre dans une situation compromettante. Quand je t'ai embrassée, le dimanche du Super Bowl, cela faisait longtemps que j'en avais envie. Tu es belle, tu es intelligente, et même si tu ne joues pas sur ta séduction, tu es terriblement sexy. Je sais que si les circonstances étaient différentes, je sortirais avec toi.

Ignorant son cœur qui battait la chamade, elle garda un visage impassible. Aiden venait de formuler ce que son regard exprimait depuis le début : il la désirait. Elle aussi. Seulement leur histoire était impossible.

— Mais c'est comme ça, dit-elle. Je travaille pour toi et j'ai pour règle de ne jamais m'impliquer avec un employeur.

Il se lava les mains, les essuya, et s'approcha d'elle.

— T'ai-je un jour traitée comme une employée ou même une collègue de travail ?

— Non mais…

— Ne proteste pas, Taryn. Dès le premier jour où tu as emménagé, je t'ai traitée d'égal à égale. La seule différence étant que je te paye pour t'occuper de mes enfants.

— Cela fait toujours de moi ton employée.

— C'est vrai. Je veux juste que tu saches que tu me plais comme une femme plaît à un homme, et qu'en d'autres circonstances, je te le prouverais.

Elle ne put s'empêcher de rougir. Elle avait mal jugé Aiden. Elle ouvrit et ferma la bouche à plusieurs reprises. Comment trouver une réponse qui ne la ferait pas passer pour une idiote ?

— Je suis désolée Aiden d'avoir mal interprété ton intention.

Il hocha la tête et, souriant, répondit :

— J'accepte tes excuses. Mais même si je te demandais pardon pour t'avoir embrassée, je ne serais pas sincère.

À sa grande surprise, elle se mit à rire.

— Et je ne serais pas sincère si je disais que je n'ai pas aimé ce baiser ! répliqua-t-elle.

Le sourire d'Aiden s'élargit.

— Donc je te plais plus qu'un peu.

— Oui, tu me plais plus qu'un peu. Tu es un père exceptionnel, un merveilleux cuisinier et tu es en train de devenir un très bon danseur. J'apprécie ta compagnie. Néanmoins, je ne nous vois pas dépasser le stade de l'amitié.

Le regard d'Aiden s'assombrit d'une émotion indéfinissable et il continua à la dévisager.

— Jamais je ne profiterais de toi parce que tu es mon employée, affirma-t-il après un silence. Et si nous étions ensemble, je ne te tromperais pas parce que je n'ai jamais trompé aucune des femmes avec lesquelles je suis sorti. Y compris mon ex-femme.

Elle décela sa vulnérabilité dans ses yeux, dans sa voix. C'était la première fois qu'elle voyait fléchir l'assurance et la force intérieure qui l'avaient forgé en tant que SEAL.

Elle s'approcha, noua ses bras autour de sa taille, posa sa joue sur son torse et écouta les battements réguliers de son cœur.

— Je sais. Tu ne pourrais jamais être comme James.

Aiden enfouit son visage dans les cheveux parfumés de Taryn. Il aurait voulu lui dire qu'il était en train de tomber amoureux d'elle mais il avait peur qu'elle le rejette de nouveau. Il voulait lui dire aussi qu'elle ne serait pas la première à vivre une histoire avec son patron et certainement pas la dernière. Si elle le voyait comme celui qui lui payait un salaire, il n'en allait pas de même pour lui. Il ne la considérait pas comme sa salariée mais comme celle qui pourrait être la femme qu'il espérait depuis longtemps.

Son frère et son oncle l'avaient poussé à recommencer à fréquenter des femmes. Sa sœur avait essayé de lui présenter certaines de ses amies qui avaient montré de l'intérêt pour lui. Mais il répondait qu'il n'était pas disponible et qu'il voulait consacrer son temps libre à ses filles.

Avec Taryn, pour la première fois, c'était différent. Hélas, elle voulait de l'amitié. Lui, il voulait plus. Mais si c'était tout ce qu'elle était prête à offrir, il s'en contenterait, tant il avait désormais besoin de sa présence.

— Je suis d'accord pour que nous soyons amis.

Pour le moment, ajouta-t-il en silence.

Taryn défit son sac et ceux des deux fillettes qui, assises sur le canapé, regardaient des dessins animés. Ils avaient quitté les Falls à 8 heures ce matin et étaient arrivés à Baltimore vers 14 heures. Aiden avait attendu que tout le monde soit installé dans sa voiture pour annoncer qu'ils partaient voir un tournoi dans un château médiéval. Devant la perplexité des deux filles, Taryn s'était connectée au site Internet de Medieval Times sur son téléphone. Ce qui avait déclenché une discussion animée sur les chevaliers et leurs destriers.

Il avait réservé deux suites communicantes dans un hôtel de Hanover, à mi-chemin entre le centre-ville et le centre historique d'Annapolis. Taryn avait l'impression d'être revenue à l'époque où, étudiante, elle se promenait sur le port de Baltimore après s'être gavée de croquettes au crabe. Elle venait de déposer un sac de cadeaux pour Livia et Allison sur une étagère dans le placard quand Aiden entra dans la chambre.

— Tu as besoin que j'appelle la réception pour quoi que ce soit ? s'enquit-il.

— Non, répondit-elle en lui souriant. Nous avons tout ce qu'il nous faut. Comment est ta chambre ?

— Vraiment bien.

Elle s'avança vers la fenêtre et regarda la piscine extérieure vide.

— Revenir ici me rappelle des souvenirs, dit-elle.

Avec un frisson elle sentit le souffle d'Aiden contre son oreille. Les choses avaient changé entre eux depuis leur conversation dans la cuisine. Elle ne le regardait plus comme son employeur mais comme son ami. Ses nouveaux horaires de travail lui permettaient de passer plus de temps avec ses filles. Et, après le dîner, il leur lisait des histoires.

— Quand j'étais étudiante à Howard, je venais souvent à Baltimore.

— Tu as aimé tes années d'étudiante ?

— J'ai adoré. Quand je n'avais ni cours ni baby-sitting, je trouvais toujours à m'occuper. J'allais dans les musées, dans des restaurants qui faisaient des prix aux étudiants.

— Tu ne roulais pas sur l'or ?

— Comme mon frère avait été pris à l'école navale, mes parents ont pu consacrer leurs économies à mon éducation à Howard. Ils me donnaient une somme mensuelle que je complétais par des baby-sittings. Et puis, avec Jessica comme colocataire, je ne m'ennuyais jamais !

— J'aimerais qu'Allie et Livia connaissent le même genre d'expérience que vous deux quand elles iront à la fac. Je veux leur donner la chance d'avoir un métier qu'elles aimeront, quel que soit leur choix. Alors je mets de l'argent de côté pour leur avenir.

— Le fait de m'avoir engagée va y contribuer, Aiden. Je leur apporte les bases de l'éducation, d'autant qu'elles apprennent à la vitesse de l'éclair. Une fois qu'elles seront inscrites dans une école, elles n'auront aucun mal à suivre le programme. Elles pourront tenir tête à ceux qui essaieront de les intimider. J'ai eu envie d'applaudir quand Allison a remis son cousin à sa place. La plupart des filles de son âge auraient hésité, avec autant d'adultes dans la pièce.

— C'est depuis que tu es ici. Avant, on ne l'entendait quasiment pas. Livia était son porte-parole. Je pense qu'Allie a été traumatisée par sa mère. Tu es une force positive dans leur vie, Taryn, et je t'en serai éternellement reconnaissant.

— Je ne suis pas seule responsable, tu sais. Ce que tu vois chez tes filles a toujours été là. Je les ai juste aidées à s'épanouir.

Sourcils froncés, il se rembrunit légèrement.

— Taryn, ne peux-tu pas juste accepter un compliment ?

— Il ne s'agit pas d'accepter un compliment.

— De quoi s'agit-il, dans ce cas ?

— Contrairement à ce que tu dis, je n'ai rien d'une magicienne. J'ai été formée à l'enseignement et, quand les enfants apprennent, ils peuvent trouver leur confiance en eux et affirmer leur personnalité. La connaissance, c'est le pouvoir. Une fois qu'ils l'ont, personne ne peut leur enlever. Allison et Livia ont une intelligence supérieure à la moyenne. Il faut la cultiver avec soin pour qu'elles puissent exceller. Si elles choisissent de devenir présidentes des États-Unis, astronautes ou neurochirurgiennes, il ne faut pas que ce ne soit qu'un rêve. Même quand je ne serai plus leur préceptrice, si tu choisis de continuer la scolarité à la maison jusqu'au collège, il faudra t'assurer que celle qui me succédera poursuive mon travail.

Il la regarda à travers ses paupières mi-closes.

— Et si je ne veux pas d'une nouvelle préceptrice ?

— Dans ce cas, il faudra les inscrire dans une école publique ou privée.

Il resta silencieux un instant avant de répondre :

— Tu as raison. Bon ! Je crois que nous devrions partir, maintenant. Je ne sais pas combien de temps il va nous falloir pour arriver au parc.

— On est partis !

Aiden regarda ses filles qui étaient fascinées par le tournoi des chevaliers qui galopaient dans l'arène sur leur étalon Lipizzan. Ils étaient assis au premier rang et ne perdaient pas une miette du spectacle. Avant de rejoindre leurs places, Allison et Livia s'étaient fait photographier avec la reine, puis ils avaient pris des photos de groupe avec Taryn.

Il comprit que Taryn avait eu raison de dire que c'était un spectacle passionnant car il se surprit à encourager les chevaliers qui mirent pied à terre pour se provoquer en féroces duels, et s'émerveilla de leur jeu d'acteur. Le point d'orgue de l'événement fut le fauconnier qui lâcha un faucon du milieu de l'arène.

Les yeux écarquillés, visiblement incapable de bouger, Livia regarda l'oiseau survoler leurs têtes avant de revenir se poser sur la main gantée du fauconnier qui lui remit son capuchon de cuir. Les couleurs revenant à ses joues, elle se mit à sauter et à pousser des cris de joie. Aiden ne put s'empêcher de sourire devant le bonheur de sa fille. Il avait mis des jours à chercher sur Internet une idée d'anniversaire mémorable et se réjouissait de voir ses efforts récompensés. Il avait vraiment fait mouche !

Il savait qu'il ne pourrait pas rattraper les premières années de leur vie et ses absences qui avaient duré des mois, mais il allait s'assurer d'être dans la vie de ses filles jusqu'à ce qu'elles deviennent des adultes indépendantes.

Le spectacle terminé, ils regagnèrent le parking. Les branches des arbres et les pare-brise des voitures étaient couverts de givre.

— Enlevez vos couronnes et mettez vos bonnets, les filles, dit-il en les sortant de ses poches. Je vais chercher la voiture.

Remontant son col, il partit en petites foulées vers l'endroit où il s'était garé. Quand il revint chercher Taryn, Allison et Livia, elles montèrent en voiture avec un soupir d'aise.

Après s'être assuré que ses filles étaient bien attachées,

il fit un clin d'œil à Taryn. Elle retira son bonnet et fit bouffer ses cheveux de ses doigts. Il était tellement habitué à les voir attachés en queue-de-cheval qu'il fut agréablement surpris qu'elle les ait lâchés.

— Tu avais raison, dit-il.

Elle lui lança un regard interrogateur.

— À quel sujet ?

— Le tournoi était magnifique.

— Je savais que ça te plairait.

Ils échangèrent un sourire entendu.

À l'arrière, les deux fillettes discutaient avec animation du spectacle.

Le trajet de retour ne fut pas long et, une fois garés sur le parking de l'hôtel, ils se dépêchèrent de gagner le hall. Alors qu'ils se dirigeaient vers l'ascenseur, Allison tira la manche d'Aiden.

— Papa, on doit aller se coucher tout de suite ?

— Non. Vous pouvez rester debout. Nous ne rentrons que demain dans la matinée. Mais je veux que vous preniez une douche et que vous vous mettiez en pyjama.

— Moi d'abord ! s'exclama Allison en se précipitant vers la chambre, suivie par Livia.

Quand les fillettes revinrent dans le salon, douchées et en pyjama, Taryn prit place sur le canapé avec Aiden pour leur offrir leurs cadeaux.

Livia ouvrit un petit écrin de velours et poussa un cri de surprise.

— Papa, regarde ce que m'a donné Mlle Taryn !

— Elles sont magnifiques, ma chérie !

— Merci pour les boucles d'oreilles, mademoiselle Taryn.

Livia bondit de son siège, se jeta à son cou et la serra contre elle. Elle embrassa la petite joue potelée.

— Tout le plaisir est pour moi, ma puce.

Allison brandit une chaîne en or au bout de laquelle pendait la lettre A.

— Regardez mon cadeau !

Elle se rua à son tour sur Taryn.

— Merci mademoiselle Taryn ! Je l'adore !

— Comme j'ai raté ton anniversaire en décembre, je voulais te faire un cadeau aussi, lui dit-elle en embrassant les boucles brunes.

Surexcitées, les fillettes sortirent en courant du salon pour se précipiter dans leur chambre.

Taryn sentit alors les doigts d'Aiden lui caresser les cheveux. Puis, se penchant à son oreille, il chuchota :

— Tu n'étais vraiment pas obligée de les gâter.

Elle se tourna vers lui et, une nouvelle fois, s'étonna de la longueur de ses cils.

— Je sais. Mais je voulais leur offrir une babiole à chacune.

— Ce sont bien plus que des babioles.

— Toutes les filles, grandes ou petites, aiment les bijoux !

— Et tu as comblé mes petites filles de joie, ajouta-t-il en lui embrassant l'oreille.

Elle recula, mettant un peu d'espace entre eux.

— C'est parce que j'adore être avec elles.

Elle avait vraiment fait son possible pour éviter de considérer Allison et Livia comme ses filles. Pourtant, au fil des jours, il lui devenait de plus en plus difficile de ne pas s'imaginer être leur mère.

— Je sais que tu ne veux sans doute pas l'entendre,

Taryn, mais tu m'as métamorphosé. Je m'étais convaincu que je n'avais besoin de personne pour partager ma vie parce que je n'avais pas assez de place dans mon cœur. Que Allie et Livia me suffisaient. Mon oncle me cassait les pieds pour que je trouve quelqu'un. Mais jamais je n'aurais envisagé de faire passer un entretien à une femme en vue d'une relation potentielle avant de l'avoir présentée à mes filles.

— Tu l'as bien fait avec moi, lui fit-elle remarquer.

— À la différence près que mon objectif n'était pas de coucher avec toi.

Elle haussa les sourcils.

— Tu es en train de dire que si tu fréquentes une femme, c'est pour coucher avec elle ?

— Ce serait la seule raison d'être plus qu'amis. Néanmoins, avec toi, c'est différent.

— Pourquoi moi, Aiden ? En quoi suis-je différente des autres ?

— Nous sortirions ensemble et ne coucherions ensemble que si tu le voulais.

Taryn le regarda comme s'il avait perdu la raison.

— Tu veux dire que la balle est dans mon camp ?

Il hocha la tête.

— Pourquoi moi ? répéta-t-elle.

Il la transperça de son regard turquoise.

— Je ne veux pas que tu croies que je profite de toi, Taryn.

— Ce ne sera pas le cas parce que jamais je ne le permettrais. Ce n'est pas très facile de vivre avec toi car tu es un souvenir constant de ce que j'ai perdu. L'intimité avec un homme. Mais je ne coucherai pas avec toi ni avec un autre, uniquement pour le sexe. J'ai besoin de plus.

— Et le « plus », c'est quelqu'un à qui tu peux faire confiance, qui ne te trompera pas.

Il se pencha, déposa un baiser sur le bout de son nez et ajouta :

— N'est-ce pas toi qui as dit que, sans confiance, il n'y avait pas d'amour ?

Elle esquissa un sourire narquois.

— Je ne me rappelle pas avoir dit ce genre de chose.

— Je sais que tu n'es pas amoureuse de moi et que tu ne le seras peut-être jamais, mais cela ne nous empêche pas de nous amuser.

Elle n'en croyait pas ses oreilles ! Jamais un homme ne lui avait fait une telle suggestion : elle était libre de choisir le ton à donner à leur relation.

— Pourquoi ai-je l'impression que nous négocions un marché ? demanda-t-elle.

— Parce que les relations, comme le travail d'équipe, se discutent au préalable, pour arriver à un consensus.

Elle ferma les yeux et le silence se fit.

La présence d'Aiden provoquait en elle un désir vibrant. Elle avait persisté à se répéter de ne pas s'impliquer avec lui, d'ignorer sa virilité, de nier la passion qui l'empêchait de dormir. Elle avait peut-être eu tort…

Nichant son visage au creux de son épaule, elle murmura :

— Je ne veux pas que tu me considères comme une femme rejetée qui n'arrive pas à se remettre de son ex.

— Tu t'en es remise ?

— Oui.

— Eh bien, le problème est réglé ! Nous n'avons plus à mentionner son nom.

— D'accord.

— Dans deux mois, pendant les vacances de printemps, nous aurons un peu de temps pour nous.

— Pourquoi ?

— Ma mère et mon beau-père ont invité tous leurs petits-enfants à passer une semaine en Floride. Si tu veux en profiter pour que nous fassions une escapade tous les deux, je demanderai un congé à Jonah.

Elle réfléchit un instant. Un délai de deux mois lui semblait raisonnable pour passer du stade de l'amitié à une relation amoureuse. Avec un sourire, elle lui tendit la main.

— D'accord.

Il lui prit la main et déposa un baiser sur ses doigts.

— D'accord !

- 11 -

Tenant ses filles par la main, Aiden entra dans la salle de sport du lycée pour le bal annuel pères-filles. La salle avait été transformée en forêt enchantée : bosquets d'arbres, de palmiers, de fleurs artificielles, faux oiseaux plus vrais que nature, suspendus au plafond. La puissante sono crachait de la musique à plein volume. Des fillettes de tous âges dansaient avec leur père.

Cela faisait presque vingt ans qu'il n'avait pas mis les pieds dans son ancienne école. Pour Allison et Livia, c'était la toute première fois.

Taryn les avait aidées à passer les tenues qu'elle avait confectionnées pour elles. Elle avait transformé Livia en fée émeraude. Tout comme ses éblouissantes ailes de tulle et ses collants, son maillot était d'un vert étincelant. Un masque à plumes de même couleur complétait sa tenue vaporeuse. Allison était en elfe aux oreilles pointues. Elle portait une veste verte à double boutonnage, un bonnet assorti, des collants à rayures rouges et blanches, et des chaussons verts pointus. Et son joli minois était caché sous un masque de dentelle rouge retenu par des rubans verts.

Il aperçut Fletcher, de l'autre côté du gymnase, en compagnie de ses filles, Danielle, huit ans, et Ava, six ans. Quand il s'avança dans leur direction, il remarqua, non sans fierté, les regards admiratifs. Les fillettes se retrouvèrent avec des cris d'excitation.

— Tes filles semblent sortir tout droit d'un film, lui fit remarquer son beau-frère.

— C'est Taryn que je dois remercier. Elle a fait les costumes. Dis donc, la musique n'est pas un peu forte ? Ou bien, c'est nous qui vieillissons.

— C'est plutôt ça ! répliqua Fletcher en riant.

Danielle tira son père par le bras.

— Papa, je peux aller chercher quelque chose à boire ?

— Oui. Et emmène ta sœur et tes cousines.

Resté seul avec Aiden, il le regarda d'un air étonné.

— Je ne m'attendais pas à te voir ici, dit-il. Qu'est-ce qui t'a fait changer d'avis ?

Aiden fixa le bout de ses bottes avant de répondre :

— J'ai décidé qu'il était temps que je cesse de mettre mes filles sous cloche. Le bal pères-filles est une tradition aux Falls et elles ont le droit d'en profiter, comme les autres. Je ne peux pas empêcher les commérages sur leur mère et sa famille, mais je les protégerai autant que je le pourrai.

— Je ne crois pas que tu aies trop d'inquiétude à te faire pour tes filles, Aiden. Elles sont aussi téméraires qu'indépendantes.

Il ne pouvait qu'être d'accord avec Fletcher. Depuis que Taryn était venue habiter avec eux, Allison et Livia étaient métamorphosées. Leur personnalité s'affirmait, elles n'avaient plus peur d'exprimer leurs émotions.

Quoi qu'elle en dise, Taryn était décidément une magicienne. Il s'était tellement réjoui de passer une semaine en tête à tête avec elle pendant le séjour des filles en Floride. Hélas, elle lui avait annoncé qu'il fallait qu'elle commence par aller à New York car sa mère l'avait appelée pour lui dire qu'elle lui manquait.

L'évolution subtile de leur relation les avait surpris tous les deux. Non seulement ils passaient plus de temps ensemble mais il se sentait suffisamment à l'aise pour l'embrasser de temps en temps. Et elle faisait de même.

Il prenait bien garde néanmoins à ne pas franchir les limites. Et puis, sa malheureuse expérience avec Denise le poussait à ne pas brusquer les choses. Il n'avait pas pris le temps de la connaître et en avait payé les conséquences.

Taryn était un rappel permanent de ce qui avait manqué à sa vie. Une relation normale avec une femme. Ils étaient devenus une famille dans tous les sens du terme. Ils habitaient sous le même toit, partageaient des repas, regardaient la télévision, jouaient à des jeux de société, profitaient de réunions avec sa famille.

Il savait cependant que la présence de Taryn sous son toit ne pourrait être que temporaire. Quand il l'écoutait lui raconter ses soirées filles avec Jessica et d'autres enseignantes, il voyait bien que les échanges entre collègues lui manquaient. Il redoutait qu'elle décide de ne pas renouveler son contrat. Non seulement ses filles avaient besoin d'elle, mais lui aussi.

Ses pensées furent interrompues par l'une des organisatrices s'approchant d'eux.

— C'est une fête en l'honneur des pères et de leurs filles. Je veux donc voir les pères danser avec elles.

— Tu as entendu la dame, lui dit Fletcher en le prenant par les épaules. Allons danser !

De retour à la maison, Allison et Livia furent intarissables et racontèrent avec force détails leur après-midi. Livia avait gagné le premier prix dans la catégorie fées et Allison le second dans la catégorie elfes.

— Mademoiselle Taryn, papa est vraiment un bon danseur, déclara Livia.

— Vraiment ? répondit-elle en feignant la surprise.

— Oui, affirma Allison. Il connaît tous les pas.

Avec un sourire entendu, Taryn et Aiden échangèrent un clin d'œil.

— C'est parce qu'il a autant de talent que vous.

— Allez ! Il est l'heure d'aller se coucher, lança Aiden. Vous voulez que je vienne vous border ?

— Non ! répliquèrent-elles en chœur.

— On n'est plus des bébés, précisa Livia.

Une fois seuls tous les deux, Aiden enveloppa Taryn d'un regard intense.

— Je veux te remercier de m'avoir convaincu d'apprendre à danser.

— Donc toi aussi tu t'es amusé ?

— Beaucoup. J'ai vu certaines des filles qui n'avaient pas été très gentilles avec Allie et Livia.

— Elles leur ont dit quelque chose ?

— Non. Soit elles étaient trop surprises de les voir là, soit elles étaient vertes de jalousie en voyant les costumes de nos filles.

Elle le regarda, interloquée.

Ne venait-il pas de dire « *nos* filles » ? Sa langue avait-elle fourché ou était-ce une gaffe délibérée ?

Elle savait qu'elle était en train de tomber amoureuse d'Aiden, mais elle ne devait pas laisser son cœur l'emporter sur sa raison. Même s'il représentait tout ce qu'elle recherchait chez un homme, elle n'était pas prête à s'abandonner à ses sentiments. Elle avait bien vu sa déception quand elle lui avait annoncé qu'elle allait retrouver sa famille à New York au début des vacances de printemps. Mais elle avait besoin de mettre de la distance entre eux. Au moins pour s'éclaircir les idées et faire un point sur sa vie.

Dissimulant son trouble, elle reprit :

— Eh bien, je suis contente qu'elles se soient amusées.

Il se cala confortablement dans son fauteuil et allongea les jambes.

— Quel est ton programme pour le week-end prochain ? s'enquit-il.

Après une hésitation elle répondit :

— Je n'ai rien prévu, pourquoi ?

— J'aimerais t'emmener quelque part où tu pourrais te reposer pour te remercier de tout ce que tu as fait pour Allie, Livia et moi.

Elle fut trop surprise par sa suggestion pour la rejeter d'emblée.

— Où irions-nous ?

— À Washington. J'aimerais que tu me montres ton université et tes endroits préférés. Je réserverai des suites dans un hôtel accessible à proximité des musées et des galeries d'art.

— D'accord.

Elle était soulagée qu'il ait dit « *des* suites ». Même en sachant qu'il arriverait un moment où il leur faudrait prendre une décision concernant leur relation, elle n'était pas prête à coucher avec lui. Pourtant, il allait bien falloir qu'elle choisisse, un jour, entre l'amour et l'amitié.

Taryn jeta un coup d'œil à son reflet dans les miroirs des portes du placard. Elle lissa la robe moulante sur son ventre plat. Le décolleté révélait la naissance de ses seins. La tenue était-elle un peu trop osée ? Elle repoussa cette pensée. Il était trop tard pour se changer.

Avec Aiden, ils avaient quitté les Falls à midi pour arriver à Washington cinq heures plus tard. Comme promis, il avait réservé deux suites adjacentes dans un hôtel de luxe.

Elle prit la veste de laine assortie à sa robe, son sac et venait d'enfiler une paire d'escarpins quand elle entendit frapper à la porte séparant leurs deux suites. Aiden avait prévu de l'emmener dans un restaurant de fruits de mer.

— Entre.

Quand la porte s'ouvrit, elle resta bouche bée. Dans son costume bleu marine, sa chemise blanche, sa cravate à rayures rouges, blanches et bleues, et ses mocassins noirs, il était magnifique !

— Waouh ! Tu es superbe ! s'exclama-t-elle.

Visiblement embarrassé par son compliment, il lui tendit la main tout en la dévisageant avec gourmandise.

Elle avait mis un soin particulier à son maquillage, et son rouge à lèvres corail faisait ressortir les reflets dorés de son teint. À l'aide d'un fer à friser, elle avait coiffé ses cheveux en une masse de boucles qui lui encadraient le visage et cascadaient librement sur ses épaules.

Il lui prit les mains et déposa un baiser sur ses doigts.

— Je ferais peut-être mieux d'annuler le restaurant et de commander à dîner au service d'étages, dit-il. Je ne veux pas que tu te fasses draguer par tous les hommes.

Elle glissa un bras sous le sien.

— Cela ne risque pas d'arriver. Je ne regarderai que toi. Je ne pourrai pas croiser d'autres regards.

Il sourit.

— Qu'est-ce que je vais bien pouvoir faire de toi ? murmura-t-il.

M'aimer pour l'éternité. À cet instant précis, c'était ce qu'elle voulait d'Aiden. Elle voulait qu'il l'aime, qu'il protège leur amour le plus longtemps possible. Elle s'était longuement débattue avec ses sentiments et elle avait fini par capituler. Cela faisait maintenant deux mois qu'elle le faisait languir sans rien lui dévoiler de ce qu'elle voulait vraiment. Peut-être le moment était-il venu ?

— Je ne sais pas Aiden. C'est une décision que tu dois prendre seul.

— Ce que je veux, c'est que nous soyons ensemble cette année, la suivante et toutes celles qui suivront.

Son cœur fit un bond dans sa poitrine et se mit à battre la chamade.

— De quoi parles-tu ? chuchota-t-elle.

— Tu ne comprends pas ?

— Je ne comprends pas quoi, Aiden ?

— Que je suis amoureux de toi ! Je persistais à me répéter que c'était parce que je me sentais seul. Que je n'avais pas eu de relation avec une femme depuis si longtemps que j'avais jeté mon dévolu sur toi. Puis, rationnel, je me suis dit que j'avais besoin d'une mère pour mes enfants. Mais même cela me paraissait creux quand je le disais à voix haute. Ce n'est rien de tout cela. C'est juste que j'aime celle que tu es et que je suis heureux que tu sois entrée dans ma vie. Tu n'es pas la seule à avoir du mal à faire confiance. Je n'ai pas voulu croire ce que l'on racontait sur Denise qui me trompait. Même quand elle est partie, j'ai continué à me répéter qu'elle reviendrait parce qu'une mère n'abandonnait pas ses enfants. Ce n'est qu'une fois le divorce prononcé que j'ai compris que je vivais dans le déni. Et alors que je pensais ne plus pouvoir aimer, tu es entrée dans ma vie et tu as fait basculer mon monde. Avec ta beauté, ton intelligence, ton infinie patience avec mes deux petits diables qui auraient pu épuiser un saint. Je ne sais pas si tu serais d'accord pour passer le reste de ta vie avec un ex-commando marine un peu usé, mais je suis prêt à attendre le temps qu'il faudra pour que tu me donnes ta réponse.

Elle cligna lentement des yeux, essayant d'assimiler calmement tout ce qu'il venait de dire.

— Tu es en train de me demander en mariage ? murmura-t-elle.

— Exactement.

Incapable de calmer les battements frénétiques de son pouls elle sentit le regard d'Aiden la transpercer jusqu'à l'âme. Il avait admis l'aimer. Quant à elle, elle l'aimait aussi. Mais sa demande en mariage pour le moins inattendue la prenait au dépourvu.

— Combien de temps me laisses-tu pour réfléchir ? demanda-t-elle.

Un sourire se dessina sur ses lèvres.

— Tout le temps que tu voudras.

Elle plongea son regard dans le sien, y lut la même émotion, et sentit la joie l'inonder.

— Jamais je ne me serais attendue à ce que tu me demandes de t'épouser. Je ne vais pas te laisser attendre ma réponse trop longtemps. Je te promets de te la donner avant la fin de mon contrat.

D'ici à novembre, elle avait tout le temps de savoir si elle voulait épouser Aiden et devenir la belle-mère d'Allison et de Livia.

— Et maintenant, si nous allions dîner ? ajouta-t-elle.

Il l'embrassa sur le front.

— Allons-y, mon amour, avant de perdre notre table.

Assis à la table de restaurant, Aiden faisait face à la femme devant laquelle il venait de mettre son âme à nu. Taryn ne lui avait pas dit qu'elle l'aimait, mais ce qui comptait était qu'elle n'avait pas refusé sa demande en mariage. Il l'avait faite spontanément et se félicitait d'avoir ouvert son cœur. Après tout, il n'était pas un adolescent qui bégayait pour dire à une fille à quel point elle lui plaisait.

Il avait trompé la mort si souvent qu'il savait que la vie était trop courte pour laisser passer la chance. Son seul objectif était de subvenir aux besoins de ses filles, de les protéger. Quand il se marierait, il voulait que sa femme fasse partie de cette équation. Il voulait effacer de sa mémoire la dureté de certaines des missions qu'il avait dû accepter pour assurer la sécurité financière de sa famille. Tout cela appartenait au passé désormais et il voulait vivre le reste de sa vie sans regarder en arrière. Tout ce qui comptait maintenant, c'était que Allison et Livia voulaient inclure Mlle Taryn dans tous leurs projets. Il ne supporterait pas l'idée qu'un jour elle n'en fasse plus partie.

Ne se lassant pas de regarder son ravissant visage, il lui demanda :

— Tes noix de Saint-Jacques sont-elles bonnes ?

— Délicieuses. Ton homard ?

— Pareil. Je pourrais mettre des noix de Saint-Jacques au menu du Den. J'ai aussi pensé aux croquettes de crabe. Si tu connais une recette, j'aimerais bien l'essayer avant de me décider.

— Mais n'es-tu pas le maître rôtisseur ?

— Cela ne m'empêche pas de servir du poisson au Den !

— C'est vrai. Tu as de la chance, mon père est célèbre pour ses croquettes de crabe. Quand je rentrerai à la maison, je lui demanderai sa recette.

En l'entendant parler de son séjour à New York, il eut l'impression de recevoir un coup de poing en plein cœur. Ce serait la première fois depuis son arrivée qu'il serait seul chez lui pendant une semaine. Ses filles seraient en Floride et Taryn à New York.

Après avoir payé l'addition, il héla un taxi qui les ramena à l'hôtel.

Une fois qu'ils furent dans sa suite, il enleva sa veste et sa cravate.

— Tu veux te coucher tout de suite ? demanda-t-il.

— Non. Je vais passer quelque chose de plus confortable et je reviens.

Sans rien dire, il la regarda traverser la pièce en direction de la porte communicante. Puis, soudain galvanisé, il commanda du champagne au room service et enfila un short et un T-shirt.

Lorsque Taryn revint, elle s'était démaquillée. Pieds nus, elle portait un débardeur et un pantalon à taille coulissante en coton. Un grand sourire aux lèvres, il l'attendait avec deux flûtes de champagne et un saladier de fraises. Il avait tamisé la lumière et allumé la radio sur une station de chansons romantiques.

Tapotant le coussin du canapé à côté du sien, il murmura :

— Viens t'asseoir.

— Monsieur Gibson, seriez-vous en train d'essayer de me séduire ?

— Je plaide coupable, mademoiselle Robinson.

Elle s'assit et replia ses jambes sous elle.

— Et si je vous séduisais la première ?

Il passa un bras autour de ses épaules.

— Je vous promets de me laisser faire.

— Je ne suis pas en train de dire que nous n'allons pas être sages ce soir, mais si nous nous montrons un peu *téméraires*, tu as des protections ? s'enquit-elle.

— Oui.

Taryn se blottit contre Aiden, et son parfum auquel se mêlait l'odeur, si virile, de sa peau l'enveloppa comme une caresse.

Elle prit la flûte de champagne qu'il lui tendait.

— Je suis vite pompette, dit-elle.

— Ne t'inquiète pas, si tu ne peux pas marcher, je te porterai dans ton lit.

— Je me souviens que c'est déjà arrivé, il n'y a pas si longtemps, quand tu m'as raconté ton mariage.

— Pourtant, cela me semble très loin. Je lève mon verre à l'amour et à la famille !

— À l'amour et à la famille.

Ils trinquèrent.

Le champagne et les fraises aidant, elle se sentit succomber au voile de sensualité qui l'enveloppait dans un cocon d'un désir qu'elle ne voulait pas fuir. Et quand Aiden la souleva pour l'installer sur ses genoux, tous ses doutes, ses peurs, ses inhibitions fondirent comme neige au soleil.

Ne lui laissant rien ignorer de son excitation, il s'avança entre ses cuisses. Elle laissa échapper un gémissement. Se rendait-il compte de l'effet qu'il lui faisait ?

— Aiden ?

— Oui, chérie ? lui chuchota-t-il à l'oreille.

Sa voix semblait lui parvenir de très loin.

— J'ai besoin que tu me fasses l'amour.

Son bras se resserra autour de sa taille.

— Tu en es sûre ?

— Je n'ai jamais été aussi sûre de ma vie.

Et c'était la vérité. La première fois qu'elle avait rencontré Aiden, elle avait eu le pressentiment que leur vie et leur avenir allaient devenir inexorablement liés.

Comme dans un rêve, elle se laissa porter jusqu'à sa chambre où Aiden la déposa délicatement sur le lit. L'éclairage des bâtiments extérieurs créait une lumière tamisée qui filtrait à travers les rideaux entrouverts. Elle ferma les yeux et s'abandonna à ses sensations.

Un froissement de tissu lui indiqua que Aiden se déshabillait. Puis elle sentit qu'il lui retirait ses vêtements. Ses doigts caressaient son corps comme ceux d'un sculpteur admirant un chef-d'œuvre. Quand sa main remonta le long de l'intérieur de sa cuisse, elle étouffa un cri. L'intimité de sa caresse ravivait en elle une volupté qu'elle avait oubliée. Elle voulait qu'il la touche, qu'il l'embrasse, qu'il la transporte au septième ciel.

Aiden voulait s'enfouir dans le corps parfumé de Taryn. Cela faisait bien trop longtemps qu'il n'avait pas fait l'amour. Toutes les fibres de son être réclamaient cette femme. Il ne souhaitait plus qu'une chose : l'attirer contre lui, sentir ses lèvres voluptueuses contre les siennes. Mais il voulait faire de leur première fois une expérience exceptionnelle qui leur laisserait des souvenirs pour une vie entière.

Il s'empara de sa bouche en un baiser langoureux. Elle souda sa bouche à la sienne, leurs langues s'entrelacèrent dans une danse passionnée, et il sentit une onde électrique exploser dans tout son corps, décuplant ce désir fou qu'il avait de Taryn. Ses sens surchauffés, il prit un préservatif qu'il déroula sur son érection et écarta les jambes de Taryn de ses genoux. Elle poussa un petit cri.

— Je te fais mal ? lui murmura-t-il à l'oreille.

Il sentait les battements de son cœur contre sa poitrine.

— Non, répondit-elle dans un souffle. Mais ne brusque rien.

Langoureusement, il fit voguer ses mains le long de ses bras, dans le creux satiné de sa taille, sur ses cuisses soyeuses qu'il écarta pour la plus torride des caresses. Elle s'empara alors de son sexe durci. Sa bouche dévorant toujours la sienne, il laissa échapper un râle de plaisir en sentant ses doigts habiles le caresser. La danse de leurs langues se fit plus frénétique, leur respiration plus saccadée. Enfin, il s'enfonça en elle. Ses jambes s'enroulèrent autour de ses hanches comme des lianes, l'attirant au plus profond de son intimité. Accordant les harmonies de son corps aux siennes, il accéléra le tempo, l'emportant toujours plus loin vers le plaisir. Et quand la jouissance l'inonda, elle cria son nom. Son orgasme rejaillit sur lui, le secouant de tremblements, et il s'abandonna aux vagues de volupté qui déferlaient, puissantes.

Il lui fallut une bonne minute pour rouler sur le côté, à bout de souffle. Il s'allongea sur le dos, regarda le plafond, et Taryn se blottit contre lui, un bras sur son ventre.

— Ça va ? souffla-t-il.

Elle laissa échapper un gémissement d'aise.

— Merveilleusement bien. Merci.

Il esquissa un sourire. Elle le remerciait ! C'était lui qui aurait dû la remercier.

Après avoir retiré son préservatif, il remonta les draps sur leurs deux corps.

Tous deux sombrèrent dans un profond sommeil, et quand ils se réveillèrent, le soleil brillait, déjà haut dans le ciel.

Après un week-end de rêve, Washington était devenue une ville magique pour Taryn. Aiden et elle avaient passé leur temps à se promener, allant de découverte en découverte. Et à faire l'amour. Puis, le dimanche, après le brunch, ils quittèrent l'hôtel à 13 heures pour reprendre la route de Wickham Falls.

Après avoir fait étape chez Esther à Mineral Springs pour récupérer les filles, ils avaient regagné la maison. Le regard inquisiteur de la sœur d'Aiden ne lui ayant pas échappé, Taryn s'était demandé si elle se doutait de quelque chose.

Aiden et elle s'étaient mis d'accord pour ne pas

coucher dans le même lit quand les filles étaient à la maison. Ce serait leur secret. Même si elle savait qu'il allait lui falloir une force surhumaine pour se retenir de toucher Aiden quand ils seraient ensemble.

Son conte de fées ne tarda pas à s'écrouler.

Le matin de son départ pour New York, entendant sonner à la porte d'entrée, elle alla ouvrir et reconnut immédiatement l'ex-femme d'Aiden. La ressemblance avec Allison était frappante. Mais le temps ne lui avait pas fait de cadeaux. Elle avait le teint blême, le visage marqué.

— Puis-je vous être utile ? lui demanda-t-elle.

— Je veux voir mes filles, annonça Denise.

— Elles ne sont pas ici.

— Quand rentrent-elles ?

— Pas avant quelques jours. Je vais téléphoner à Aiden pour lui dire que vous êtes ici.

Elle l'aurait invitée à entrer mais elle n'était pas sûre qu'il approuve. Elle l'appela pour lui annoncer que Denise était chez lui et qu'elle demandait à voir Allison et Livia.

— Ne la fais surtout pas entrer, lui ordonna-t-il. J'arrive.

Aiden roula à tombeau ouvert. Comment Denise osait-elle revenir et demander à voir les enfants qu'elle avait abandonnés ? Ses pneus crissant, il se gara dans son allée et immédiatement l'aperçut, assise sur la dernière marche de l'escalier du porche. En le voyant, elle se leva.

— Qu'est-ce que tu fais ici, bon sang ? rugit-il en la rejoignant en deux bonds.

Denise le regarda droit dans les yeux.

— Je suis venue chercher mes enfants.

— Tu n'as pas d'enfants ! Tu as la mémoire courte. Je te rappelle que tu as signé une renonciation légale à tes droits parentaux.

Son visage se décomposant, elle répliqua :

— J'étais malade. Je ne savais pas ce que je faisais. Je veux que tu me pardonnes parce que je t'aime toujours. Et je veux voir mes enfants.

— Je ne laisserai pas la vie de mes filles être gâchée par une femme qui est incapable de gérer la sienne. Et maintenant, je veux que tu quittes cette maison. Je ne veux plus jamais t'y revoir. Sinon, je demande une injonction d'éloignement au juge.

Refusant de se laisser émouvoir par les larmes qui ruisselaient sur le visage de Denise, il hurla :

— Fiche le camp tout de suite !

Sans demander son reste, celle qu'il avait un jour promis d'aimer et de protéger descendit les marches du perron, traversa la rue et monta dans un pick-up immatriculé au Texas, où l'attendait un homme coiffé d'une casquette de base-ball.

Il se tourna alors vers Taryn.

— Je suis désolé que tu aies dû assister à cette scène, dit-il.

À sa grande surprise, elle le fusilla du regard et rétorqua :

— Moi aussi, j'en suis désolée. Tu t'es montré aussi insensible qu'impitoyable. Qu'importe ce que tu as traversé avec elle, Denise est toujours la mère de tes enfants.

Sa colère flambant de nouveau, il riposta :

— Écoute-moi bien, Taryn. Ce sera mon premier et dernier avertissement : quand il s'agit de mes filles, tu n'interfères pas !

— Interférer ? s'exclama-t-elle. Je suis aussi concernée que toi par tes filles. Tu m'as demandé de t'épouser. Ce qui, pour moi, signifie que je vais devenir la belle-mère de Livia et d'Allison. Je serai donc obligée de faire partie de leur vie. Je vais te laisser, maintenant. À mon retour, j'espère que tu auras repris tes esprits.

- 12 -

Effondrée par la réaction d'Aiden, Taryn quitta Wickham Falls le cœur lourd.

La veille, leur grand-mère, accompagnée de son mari, était venue chercher les filles pour les emmener en Floride pour les vacances de printemps. Elle avait prévu, pour sa part, de rester trois jours chez ses parents, puis de revenir passer du temps seule avec Aiden. Elle envisageait sérieusement de changer ses plans et de rester plus longtemps chez ses parents.

Après avoir ruminé ses sombres pensées tout le trajet jusqu'à New York, elle s'engagea dans la rue de la maison familiale et, immédiatement, se sentit un peu rassérénée.

Elle venait de se garer quand la porte d'entrée s'ouvrit sur sa mère qu'elle salua à travers le pare-brise.

Elle descendit de voiture et alla l'embrasser.

— Bonjour beauté, dit-elle.

Sa mère la serra dans ses bras.

— Je dois reconnaître que tu as l'air en forme aussi, ma chérie. Tu as même un peu grossi.

— C'est parce que je suis détendue et que je prends trois repas équilibrés par jour.

— Entre. Ta grand-mère est allée rendre visite à une amie qui ne se sentait pas très bien et ton père est au golf.

— Maman, ce n'est pas possible ! Tu as pris un congé pour que nous soyons tous réunis et papa *est au golf* ?

Sa mère l'entraîna à travers le salon et la salle à manger jusqu'à la grande cuisine ultramoderne.

— Oui, je sais, Taryn. Nous avions prévu des retrouvailles familiales mais Langdon a été appelé en mission.

— Julie va venir avec les enfants ?

— Non. Elle a décidé d'emmener les enfants à Miami. Sa sœur insiste pour qu'elle s'installe en Floride.

Taryn se retint de rappeler à sa mère que Langdon n'aimait pas sa belle-sœur et qu'il ne déménagerait sûrement pas de Virginia Beach à Miami avec sa famille.

— Donc nous sommes toutes les deux ?

— Apparemment. Tu as déjeuné ?

— Non. Je n'ai pas voulu m'arrêter en route. Je vais me laver les mains avant de dévaliser le réfrigérateur.

— Ne te fatigue pas. Je vais te préparer une assiette. Il y a un reste de poulet. J'ai aussi des œufs durs et des pommes de terre. Je vais te faire une salade composée.

— Parfait ! répondit Taryn en se dirigeant vers la salle d'eau contiguë à la cuisine.

Elle revint pour trouver une énorme salade et un grand verre de thé glacé. Elle adorait la cuisine de sa mère. Dès qu'elle avait été assez grande pour l'aider, elle était devenue son marmiton.

— Alors comment se passe la vie avec un père célibataire et ses enfants ? s'enquit sa mère.

Taryn lui avait envoyé des photos d'Aiden et des filles. Sa question, légitime, la poussa à tout lui raconter. Y compris la demande en mariage d'Aiden.

— Tu as accepté ?

— Non maman.

— Pourquoi ?

— Je ne veux pas brusquer les choses.

Laissant libre cours aux confidences, elle lui relata la scène qui avait précédé son départ.

— Je ne peux pas me marier avec un homme qui veut m'épouser mais refuse de me laisser intervenir dans la vie de ses enfants.

— Peut-être était-il bouleversé par le retour de son ex-femme, lui fit remarquer sa mère avec douceur. Cela a dû réveiller d'horribles souvenirs en lui.

— Pourquoi prends-tu son parti, maman ?

— Je ne prends pas son parti, Taryn. Mais tu dois voir les deux côtés. Il est évident que cet homme t'aime. Sinon il ne t'aurait pas demandé de l'épouser. Et tu m'as dit à quel point il apprécie le travail que tu as accompli avec ses filles. Je suis sûre qu'avec le recul, il est désolé pour ses paroles.

Taryn jeta un regard moqueur à sa mère.

— Une véritable analyse d'assistante sociale.

— Je ne te parle pas en assistante sociale, je te parle en mère. Tu as eu suffisamment de malheur dans ta vie. Il est temps que tu connaisses le bonheur.

— J'ai l'impression d'être une héroïne de roman d'amour.

— C'est peut-être le cas, ma chérie.

Sa mère resta silencieuse un instant avant de reprendre :

— Je ne voulais pas t'en parler, mais James est passé il y a deux mois environ. Il te cherchait.

Taryn se figea, sa fourchette en l'air.

— Que voulait-il ?

— Te demander pardon et que tu lui donnes une deuxième chance.

— Cela n'arrivera jamais.

— Je lui ai dit que tu avais déménagé dans le Vieux Sud et que tu habitais avec un père célibataire et ses filles.

— Eh bien, c'est la vérité.

— Il dit que tant que tu n'es pas mariée, il a l'impression qu'il a une chance de se racheter.

— Maman, de grâce ! Célibataire, mariée, divorcée, je ne veux plus entendre parler de James ! Il a eu sa chance, il l'a laissée filer. Pourquoi ne m'a-t-il pas simplement appelée ? Je n'ai pas changé de numéro. C'est peut-être moi qui devrais lui envoyer un texto pour lui demander de garder ses distances avec ma famille. Bon sang !

Sa mère esquissa une grimace.

— Je n'aurais pas dû t'en parler. Je suis désolée, ma chérie.

— Tu n'y es pour rien, maman. Je suis en colère contre James d'avoir eu l'audace de venir ici et de se comporter comme s'il lui suffisait de faire amende honorable pour que tout soit pardonné. Cela n'arrivera pas. Jamais !

— Assez avec James ! Revenons à Aiden. Es-tu amoureuse de lui ?

Elle hocha la tête.

— Dois-je en conclure qu'il est amoureux de toi ?

Elle hocha de nouveau la tête.

— Et ses filles ?

— Quoi ses filles ?

— Penses-tu qu'elles pourraient pousser leur père à t'épouser parce qu'elles veulent une mère, comme les autres enfants ?

Prise au dépourvu, elle ne répondit pas tout de suite. Elle n'avait pas pensé à ça.

— Pourquoi toutes ces questions ? J'aime Aiden et j'aime Allie et Livia. Quand je sentirai que le moment est venu, je lui donnerai ma réponse.

Elle avait envie d'ajouter qu'étant donné la scène de ce matin, leur mariage était plus que compromis. Mais elle se sentait trop épuisée par les émotions de la journée et le voyage pour prolonger la conversation. Aussi se leva-t-elle de table.

— Je vais aller me reposer car je me suis levée avant l'aube pour éviter l'heure de pointe Washington-Baltimore.

— Va te reposer, ma chérie. Nous parlerons plus tard.

Finalement, Taryn regagna Wickham Falls trois jours plus tard, comme promis. En se garant dans l'allée de la maison d'Aiden, elle eut l'impression d'être vraiment rentrée chez elle. Elle descendit de voiture et monta les marches du perron.

Aiden l'attendait devant la porte. Une barbe de trois jours lui mangeait le visage et, à voir les cercles sous ses yeux, il n'avait manifestement pas beaucoup dormi.

Au moment où elle passait à côté de lui, il l'attrapa par le bras.

— Je ne t'ai pas tout dit. Denise est toxicomane.

Elle se raidit sous l'effet de la surprise.

— Comment le sais-tu ?

Il ferma les yeux et quand il les rouvrit, ils étaient pleins de douleur.

— Elle a essayé de dissimuler les marques sur ses bras mais je les ai vues. Il est hors de question que mes filles voient leur mère sous l'emprise de la drogue. Elles n'ont que de mauvais souvenirs de Denise et je donnerais ma vie pour leur éviter de revivre ça.

Il l'enveloppa d'un regard d'une tristesse infinie. Alors, toute sa rancœur oubliée, elle se sentit fondre de tendresse.

— Je te demande pardon d'avoir passé ma colère sur toi, Taryn. Tu es la meilleure chose qui me soit arrivée depuis que je suis devenu père. Jamais je n'ai aimé une femme comme je t'aime. Si tu es d'accord pour passer le reste de ta vie avec ce vieil homme bourru dont le corps a été mis à rude épreuve, je t'offre mon amour, ma protection et, je l'espère, la chance de faire de moi un homme meilleur.

À travers ses yeux embués de larmes, elle vit qu'il pleurait aussi. Elle prit son visage en coupe entre ses mains et déposa un baiser sur ses lèvres.

— Je t'aime tellement, murmura-t-elle. Et parce que je t'aime, je vais t'épouser et devenir la mère de tes enfants.

Il la souleva dans ses bras et la fit tournoyer sur place.

— Quand ?

— Avant la fin de l'année.

— Mais encore ?

— Fin octobre. J'ai toujours voulu un mariage d'automne.

— Mais c'est dans *six* mois !

— Est-ce que je vaux la peine que tu m'attendes, Aiden ?

Il sourit et hocha la tête.

— Oh que oui !

— Retourne travailler. Je serai ici à ton retour.

— Tu promets ?

— Oui. Et tu sais que je tiens toujours mes promesses.

Elle le regarda monter dans sa voiture et s'éloigner.

Ce qu'elle ne lui avait pas dit c'était que depuis qu'elle avait emménagé chez lui, elle avait l'impression d'avoir perdu le contrôle de sa vie.

Et qu'attendre octobre lui paraissait très long, à elle aussi !

Six mois plus tard, Taryn, la main posée sur la manche de smoking de son père, descendait l'allée de l'église de Wickham Falls, parée de fleurs d'automne pour l'occasion. Allison et Livia étaient ses demoiselles d'honneur, Jessica son témoin et Lucas celui d'Aiden. La nef était trop petite pour accueillir tous les membres de leurs familles, leurs amis et les camarades commandos marine d'Aiden, dans leur uniforme bleu marine de la Navy SEAL.

Aiden avait opté pour le même uniforme que ses camarades. Elle avait mis plus d'un mois à choisir sa robe fourreau bustier à traîne qui semblait avoir été faite pour elle. Son chignon était piqué de gypsophile, son bouquet de fleurs d'automne noué de rubans jaunes, rouges et orange.

En passant devant le banc de sa famille, elle jeta un regard à la dérobée à sa mère et à sa grand-mère qui se tapotaient les yeux. Puis son regard se posa sur son frère dans son uniforme bleu rutilant.

Lorsqu'elle arriva à hauteur d'Aiden, devant l'autel, il lui prit la main, faisant scintiller les diamants de sa bague de fiançailles, porta ses doigts à ses lèvres et les embrassa. Puis il regarda le pasteur qui était aumônier militaire.

— Je suis prêt, dit-il d'une voix sonore.

— Vous êtes sûr ?

— Oh oui !

Un éclat de rire général secoua l'assemblée.

Le pasteur procéda alors à la cérémonie qu'il conclut en déclarant à Aiden qu'il pouvait embrasser la mariée.

Ce qu'il fit avant la fin de la phrase !

Ses lèvres contre les siennes, Taryn murmura :

— Je suis enceinte de six semaines. J'espère que c'est un garçon.

Il renversa la tête en arrière et poussa un cri de joie.

À cet instant précis, un photographe captura les regards radieux et brûlant d'amour que Aiden et elle échangèrent.

Retrouvez prochainement,
dans votre collection

PASSIONS

Idylle en Arizona, de Stella Bagwell - N°1078

Enceinte et célibataire depuis peu, Roslyn décide d'entamer un *road trip* jusqu'en Californie pour prendre un nouveau départ. Épuisée, elle est obligée de faire une halte en Arizona, où Chandler, un séduisant vétérinaire, lui vient en aide et lui offre l'hospitalité. En sa présence, le cœur de Roslyn s'emballe et elle se sent si bien qu'elle prolonge son séjour. Pourtant elle sait que cette idylle ne pourra pas durer et qu'elle devra bientôt repartir…

Un bébé avec son rival, de LaQuette

Amara est dans une situation intenable : elle a passé une nuit torride avec Lennon Carlisle, son rival dans le dossier qu'elle défend. Cet homme politique influent pourrait en effet détruire sa carrière d'avocate… Malgré tout, Amara est follement attirée par Lennon et, quand elle se découvre enceinte de lui, elle est plus désemparée que jamais. Elle sait qu'elle doit réfréner ses sentiments, au risque de voir ses ambitions partir en fumée…

Scandaleux projet, de Cynthia St. Aubin - N°1079

Série : Les héritiers Kane 1/3

Pour évincer son frère de l'entreprise familiale, Samuel Kane met en place un plan afin qu'il enfreigne la règle de leur père : pas de romances au bureau. Et Arlie Banks, une amie du lycée et la seule femme que son frère n'ait pas réussi à conquérir, est l'appât idéal. Du moins Samuel le croit-il, car à mesure qu'il côtoie Arlie, ce n'est pas son frère mais lui-même qui se prend à rêver d'une liaison avec elle…

Une aventure si tentante, de Zuri Day

Sasha est déterminée à s'offrir une aventure avec un inconnu, au cours d'un bal masqué. Elle jette son dévolu sur un irrésistible Zorro et la nuit qu'elle passe avec lui dépasse ses fantasmes les plus fous. Aussi est-elle stupéfaite de découvrir que Zorro est Jake Eddington, un ami de son ex ! Autre problème : ce dernier lui a demandé de ne pas révéler qu'ils ont rompu. Sasha ne peut ignorer son attirance pour Jake, même si leur liaison pourrait provoquer le plus retentissant des scandales…

Magnétique attirance, de Maisey Yates - N°1080

SÉRIE : IRRÉSISTIBLES RANCHERS 2/3

Shelby serait ravie d'aider sa sœur à préparer son mariage si elle n'était pas obligée de côtoyer Kit Carson, le frère du marié. L'agaçant rancher a toujours exercé sur elle un attrait magnétique... Le désir est si brûlant entre eux qu'ils finissent par y céder pour une aventure sans lendemain. Alors, quand Shelby découvre sa grossesse, elle est bouleversée. Comment dire à Kit, qui ne veut ni se marier ni avoir d'enfant, qu'il sera bientôt père ?

Retour dans le Wyoming, de Rachel Lee

C'est à contrecœur que Vanessa se rend dans la maison de son enfance, dont elle vient d'hériter et qui est pleine de douloureux souvenirs. Elle n'a qu'une envie : la vendre au plus vite ! Les travaux nécessaires ont été confiés à un certain Tim Dawson. Vanessa est tout de suite troublée par l'entrepreneur et se prend d'affection pour son fils Mathew. Leur présence égaye son quotidien, si bien qu'elle n'est plus sûre de vouloir quitter cette ville qu'elle a tant haïe...

Seconde chance pour un mariage, d'Andrea Laurence - N°1081

À l'instant où Mason lui demande s'il peut réemménager chez eux, Scarlet sent son cœur battre à tout rompre. A-t-il oublié que s'ils sont en instance de divorce, c'est sur sa demande à lui, ou prend-il simplement plaisir à la tourmenter ? Bien sûr, il s'agirait d'offrir un foyer à la petite fille de son frère mourant. Mais est-ce une raison suffisante pour cohabiter de nouveau avec Mason alors qu'elle s'efforce de préserver ce qui reste de son cœur meurtri ?

Captive d'un secret, de Cat Schield

Nate Tucker – le séduisant producteur du groupe de rock de sa sœur jumelle Ivy – veut qu'elle emménage chez lui à Las Vegas ? Lorsqu'il lui fait cette proposition, Mia se retrouve confrontée à un terrible dilemme. Bien sûr, elle est amoureuse de Nate et porte son enfant, mais cet homme n'est-il pas aussi celui que sa sœur lui a confié aimer en secret ? Et puis, ne s'était-elle pas promis de quitter Nate pour ne pas provoquer la colère d'Ivy si celle-ci venait à découvrir la vérité ?

Promesses à Sunset Ranch, de Charlene Sands - N°1082

SÉRIE : SECRETS ET RIVALITÉS 3/4

Elle le croyait disparu. Il voulait l'oublier. Leur histoire, bâtie sur un mensonge odieux, était vouée à l'échec. Leur passion, fondée sur le plaisir charnel, devait rester éphémère. Mais il y a toujours un « mais ». Lorsque Katherine et Justin se retrouvent à Sunset Ranch, ils doivent soudain faire face à leur destinée – et veiller sur cet enfant qu'ils ont, malgré eux, conçu ensemble...

Tant de souvenirs à Sunset Ranch, de Charlene Sands

SÉRIE : SECRETS ET RIVALITÉS 4/4

Casey Thomas est de retour chez lui, dans la maison de son enfance. Bien trop près de Sunset Ranch et de la belle Susanna qu'il a dû abandonner dix ans plus tôt. En revoyant son premier amant, qui a piétiné son cœur, Susanna est bouleversée. Cet homme, cette femme, amenés à se côtoyer jour après jour, vont devoir lutter contre le désir qu'ils éprouvent encore l'un pour l'autre – et contre le brûlant souvenir qui pour toujours les unit...